KB052425

곧 죽어도 등교

브릿G
단편
프로젝트

골 죽어도 등교

송헌
위래
아소
차삼동
쩌리
한유
손장훈
송이문

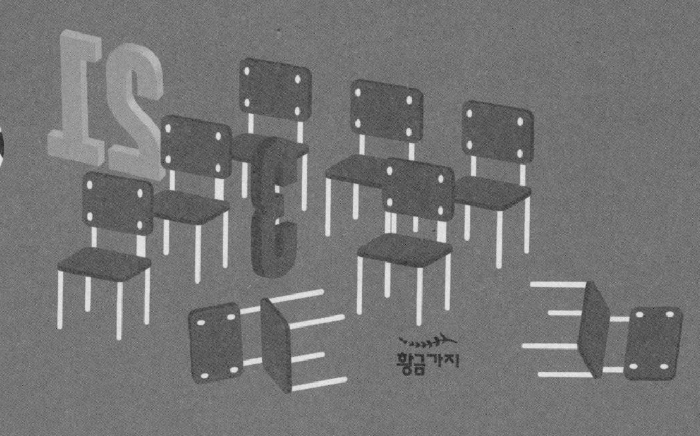

황금가지

차례

밀실 연애편지 사건

평범한 사물함이었다. 어디서 편지가 나온 거야. 도라에몽이냐.
너 뭐냐, 하고 사물함을 두들겨 봤다. 통, 통. 깡통처럼 낡은 사물함은 손으로 치니 맑은 소리가 났다. 얇은 철판이라 그런가. 여기에 숨겨진 기능 같은 게 있을 리도 없다.
처음으로 받은 연애편지의 여운은 개뿔, 에어컨도 안 켰는데 몸이 으스스한 기분이 들었다.

송헌

아직 20대. 글을 쓰고 읽는 것을 좋아한다.

노래를 듣고 부르는 것을 좋아한다.

1.

여름이에게.

안녕! 이렇게 편지를 쓰게 돼서 조금 민망하네. 사실 편지는 어버이날 때 말고는 쓴 적이 없어서 이렇게 적는 게 맞는지도 모르겠어. 너는 내가 누군지 모를 테니까 마음 놓고 하고 싶은 말 하면 될 텐데도 막상 쓰려고 보니까 지금 벌써 30분째 책상에 앉아만 있네.

그냥 처음부터 이야기하자면, 사실은 옛날부터 너한테 자꾸 시선이 갔었어. 밥 먹을 때나 수업 받을 때나 너가 친구들이랑 놀 때나. 그리고 너 혼자 조용히 책 읽을 때도 왠지 멋있게 느껴지구, 다른 사람 이야기 진지하게 들어줄 때는 꼭 그래주는 것도 참 좋게 보였어.

(중략)

사실은 이게 무슨 감정인지 나도 그동안 애매했거든. 그래서 뭐라고 표현을 못했는데 요즘에는 좀 알 것 같아. 단순히 친구로 호감 가지는 거 말고, 정말로 누굴 좋아한다는 게 이런 거구나 생각을 해.

대놓고 고백은 용기가 없어서 못하겠지만, 그래도 너를 좋아하는 사람이 한 명 있다는 걸 너한테 말하고 싶었어. 편지 받으면 좀 놀라려나?

어쨌든 그래. 내가 누군지 모르겠지? 알려줄 생각은 없어. 맞추고 싶으면 한번 맞춰 봐. 아마 못 맞출걸?

그래도 항상 응원하고 지켜보고 있어! 여름아, 오늘 하루도 재밌게 보내고 밥 맛있게 먹어. 공부 열심히 하구.

그럼 안녕!

"이건 또 뭐냐……."

사물함을 열어 보니 못 보던 종이가 놓여 있었다. A4 용지를 출력해 손바닥만 한 크기로 자른 편지였다. 총 세 장이었는데 내용도 낯 뜨거웠다. 나도 몰랐던 내 장점들이나 바로 그저께까지 있었던 일들에 대한 감상이 한 가득 적혀 있어서, 편지만 보면 이 '여름이'와 내가 동일인물이라는 게 믿기지가 않을 정도였다.

이쯤 되면 부정할 수 없다. 이건 연애편지였다. '내가 너를 좋아한다 꺄르륵 까륵.' 하는 바로 그거. 머리에 꽃 꽂은 것처럼 실실대며 다니는 애들이 지들끼리만 통하는 웃음 지으면서 주고받곤 하는 그 물건이 내 사물함에 들어 있었다.

게다가 익명으로 썼다. 건방지게, 자기가 누군지는 알려 주기 싫다 이 말이지.

주위를 둘러봤다. 시계는 오전 7시 20분을 가리키고 있었다. 여느 때처럼 교실에는 아무도 없었다. 내가 제일 일찍 오니까.

편지를 곱게 접어서 주머니에 넣었다. 한 번 더 읽어 보고 생각은 그 다음에 해야겠다.

근데 재주도 좋네. 이걸 언제…… 어? 가만 있어 봐.

"이거 언제 넣은 거야."

어제 교실 문은 내가 잠갔다. 열쇠를 교무실에 반납하고, 선생님들한테 인사하고 집에 왔다.

교실에서 나오기 직전에 사물함에서 책을 하나 꺼내긴 했지만 그때는 편지는커녕 종이쪼가리 하나 없었는데.

내가 알기로는 학교 안에 학생들이 남아 있던 것도 아니었다. 완전 조용했지.

다시 몸을 굽혀 사물함을 열었다. 제일 아래에 있는 사물함은 이래서 불편하다. 얼굴 들이대고 보는 게 아니면 제대로 확인도 안 돼.

안을 들여다보니 익숙한 광경이었다. 교과서가 몇 개 꽂혀 있고 그 옆의 남은 공간에 체육복이 쑤셔 넣어져 있다. 앞쪽에는 배달음식 책자, 필기구 같은 것들이 놓여 있고. 그 외에도 기억은 안 나지만 거스름돈을 넣어뒀던 건지 동전 몇 개가 구석에 굴러다니고 있었고, 못 보던 것 같은데 미니 클립도 두 개 보였다.

평범한 사물함이었다. 어디서 편지가 나온 거야. 도라에몽이냐.

너 뭐냐, 하고 사물함을 두들겨 봤다. 통, 통. 깡통처럼 낡은 사물함은 손으로 치니 맑은 소리가 났다. 얇은 철판이라 그런가. 여기에 숨겨진 기능 같은 게 있을 리도 없다.

처음으로 받은 연애편지의 여운은 개뿔, 에어컨도 안 켰는데 몸이 으스스한 기분이 들었다.

2.

곧 있으면 1교시 수업이 시작할 시간이었다. 혼란을 틈타 종범이에게 물었다.

"종범아."

"왜?"

종범이는 언제나처럼 심드렁하게 답했다. 속내를 감추기

위해 무심한 듯 시크하게 툭 던졌다.

"너 연애편지 같은 거 받아 본 적 있냐?"

"뭐냐? 그 참신한 도발은."

"받아 본 적 없어?"

"어."

이건 의외였다. 종범이가 나랑 어울려 다니느라 점수를 깎아먹긴 해도 얼굴도 단정하고 이만큼 좋은 애가 없는데. 얘도 그런 거 받아 본 적은 없구나. 하긴 받았으면 말을 했겠지. 내가 이겼네.

뿌듯한 마음에 나도 모르게 헤실거리는 웃음이 나왔다. 종범이가 의아한 투로 물었다.

"근데 그건 왜?"

"아니, 아무것도 아냐."

누군지 몰라도 편지 쓴 애는 용기 내서 적었을 텐데 함부로 다른 사람한테 말하고 다니고 싶진 않았다. 하지만 종범이 녀석이 날카롭게 눈을 빛내며 물었다.

"혹시 너 연애편지 받았어?"

시선처리에 신경 쓰면서 답했다.

"안 받았는데? 그냥 물어본 거야."

통하지 않았다.

"근데 눈은 왜 피해? 너 오늘 수상해."

종범이가 내 책상 쪽으로 손을 뻗었다. 말릴 새도 없이 교과서가 휙 들리고 종이 한 장이 팔랑거리며 책상 아래로 떨어지려고 했다.

"이거 뭐야, 이거."

잽싸게 종이를 낚아챈 건 내가 아니라 종범이였다.

"보자. 응? '여름이에게'?"

"야야, 조용히 해. 조용히."

종범이는 종이를 받아 들고서는 한 글자씩 꼼꼼히 읽었다. 되게 심각한 표정이네. 혹시 누가 들을 새라 슬쩍 귀띔했다.

"다른 애들한테는 말하지 말구."

종이를 다 읽고는 종범이가 내 쪽으로 얼굴을 가까이 댔다. 그리고 목소리를 낮춰 물었다.

"이거 진짜 초여름 네가 받은 거야? 주작 아니고?"

뭐? 주작? 이게 사람을 뭘로 보고…….

"주작은 무슨. 사물함 여니까 있던데?"

"그래?"

이왕 말하는 김에 꼭 지적해야 할 사항도 하나 전달했다.

"그리고 내 성이 언제부터 초 씨였냐."

"왜? 6월인데 초여름 맞잖아."

"됐다. 말을 말자."

"그나저나 이게 오자마자 있었다고?"

"응. 우리 반에서 내가 제일 일찍 오잖아. 사물함 여니까 바로 보이던데."

"휴."

종범이는 얘를 어쩌면 좋냐, 하고 말하고 싶은 듯한 얼굴이었다.

"여름아. 내가 있잖아, 친구지만 네가 너무 안타깝다. 혼자 집에서 컴퓨터로 이거 타자 치고 인쇄해서 나한테 보여줄 생각에 실실 웃었을 너 생각하니까 내가 너무 슬퍼. 너를 어쩌면 좋냐."

종범이의 맑은 눈에 가득 찬 멸시의 감정이 나를 아프게 했다. 사람이 너무 억울하면 목소리가 떨리는구나. 푸들거리는 음성으로 내가 항변했다.

"진짜 받은 거라니까? 우리 집 프린트도 없잖아. 너한테 부탁했던 거 까먹었냐. 방금도 네가 억지로 뺏어간 거잖아."

"티를 그렇게 내는데 눈치를 못 채니? 네가 큰 그림 그린 거잖아. 그리고 네 말에는 결정적인 모순이 있어."

피식 하는 소리가 들렸다. 명백한 비웃음이었다. 종범이가 심문하듯이 다다다 말을 쏘았다.

"이거 어제는 없었지?"

"응."

"오늘 너 제일 먼저 교실 왔지?"

"응."

"오니까 이게 사물함 안에 있었고?"

"응."

"아이고……."

한심해 하는 시선이 나를 향했다. 이제는 안쓰러움까지 보였다. 그게 나를 조금 더 화나게 만들었다.

"주작을 하려면 좀 치밀하게 해라. 어제 너랑 나랑 또 누구냐. 예지도 있었고. 연우랑 정윤이었나? 하여튼 대여섯 명이서 마지막으로 나갔잖아."

"그랬지?"

"문은 네가 잠갔고. 근데 어제는 없던 편지가 오늘은 왜 있어. 누가 넣었는데? 귀신이 넣었어?"

"아니, 나도 그걸 모르겠어."

"당연히 모르시겠지. 이건 네 주작이니까. 내가 앞으로의 네 교우관계를 위해 이번만 비밀로 해 줄게. 다음번엔 좀 더 제대로 계획을 짜서 가지고 와 봐. 여자 글씨체 못 쓴다고 타이핑으로 쉽게 가려고 하지 말고 글씨도 좀 배워서 손글씨로 좀."

그렇게 말하고는 곧장 책상에 비스듬히 엎드려 눈을 감았다. 하여튼 싸가지 없는 자식이.

저 보기 좋은 이마에 딱밤을 놓으면 이놈이랑 오늘 대차게 한 판 싸워 볼 수 있지 않을까. 간신히 충동을 억누르며 수업 준비를 했다.

"야, 자지 마. 좀 있으면 국어 온다."

"오면 깨워 줘……."

"근데 진짜로 내가 한 거 아니거든. 이거 누가 보낸 건지 알겠냐?"

귀찮아하는 목소리로 답이 돌아왔다.

"몰라. 너 아니라고 치면 누가 나중에 열쇠 가지고 열어서 넣어놨겠지. 교무실 가서 물어봐……."

"그래, 내가 이거 누군지 밝혀낸다. 만약에 주작 아니면 어쩔래."

종범이가 눈을 게슴츠레 뜨고는 말했다.

"걔랑 볼 수 있게 영화 예매권 두 장 줄게. 영화는 알아서 골라. 대신 이틀 안에 풀기. 못 풀면 네가 사는 거야."

"받고 팝콘 콤보까지."

"맘대로 하세요."

퍽이나 찾겠다. 그렇게 말하는 듯한 어조에 저절로 이가 뿌드득 갈렸다. 너 이 자식, 너는 나에게 모욕감을 줬어. 지갑 털릴 준비나 해라. 나는 다짐했다.

* * *

점심 시간에 밥을 먹다가 예지가 물었다. 종범이를 향해서였다.

"아까부터 여름이 왜 저래? 화난 거 아냐?"

"냅둬. 저게 바로 검거된 주작범의 최후인가 뭔가 하는 그거야."

"응? 주…… 뭐?"

예지가 고개를 갸우뚱했다. 얘는 인터넷 문화 같은 걸 전혀 모르니까.

"그게 뭐냐면……."

예지에게 설명하는 척하며 젓가락 각을 날카롭게 세웠다. 그대로 종범이 놈의 식판으로 돌격했다. 대공 방어가 철저한 젓가락이 나를 마주했다. 틱, 틱. 티딕. 못 볼 꼴이 다 싫었는지 예지가 손사래를 치며 말렸다.

"아휴, 왜 또 그래. 밥 먹을 때는 밥만 좀 먹어."

"한여…… 아, 아니지. 초여름."

"여기 초 씨 없다."

"있는 것 같은데."

"없다니까."

예지가 쿡쿡대며 웃었다.

"너네는 서로 이름으로 장난치는 걸 왜 그렇게 좋아해?"

종범이가 얄밉게 말했다.

"아니, 난 장난 아닌데? 아무튼 그럼 이거 예지한테 물어볼까?"

"뭘?"

"주작인지 아닌지. 여기 계신 엄근진한 대법관님한테 판단해 달라고 하자."

고민이 되긴 했다. 장난으로 쓴 편지일 가능성도 있으니까. 그래도 예지가 어디다 떠벌리고 다닐 애도 아닌데 상담 정도 받아보는 건 괜찮지 않을까?

내가 생각을 끝내기도 전에 종범이가 내 주머니로 손을 휙 가져갔다. 젓가락을 든 채여서 미처 대항하지 못했다. 종범이 놈의 손에 들린 종이 세 장이 그대로 예지에게 전달되었다.

"어디 봐. '여름이에게'? 와, 여름아. 이거 너한테 온 거 맞지? 연애편지네?"

예지가 얼굴을 확 밝히며 말했다. 우리 엄마도 저만큼은 안 좋아할 것 같은데. 예지는 편지를 읽으려다가 망설이듯이 말했다.

"이거 내가 읽어도 돼? 실례 아닐까?"

종범이가 아무렇지도 않은 것처럼 답했다.

"괜찮아. 나도 읽었어. 우리 죄는 엔빵이야."

"응?"

"매도 같이 맞는 게 낫다네."

"아하. 그러면 읽는다?"

"응. 종범이 재가 자꾸 내가 직접 써놓고는 누구한테 받은 척한다는데 나 진짜 억울하거든."

내 하소연에 예지가 물었다.

"그런데 여름아, 이거 언제 받은 거야?"

"오늘 아침에 학교 오니까 있었어."

"어제 우리 나갈 때는 없었고?"

"응."

"거 봐, 주작이라니까."

"넌 좀 가만히 있어."

"조용, 조용. 그럼 내가 일단 읽어볼게."

예지는 식판 옆에 놓여 있던 물을 한 입 마시고는 편지를 찬찬히 읽었다. 세 장이지만 A4 용지를 작게 자른 거라서 양이 그렇게까지 많지는 않았다. 종범이와 내가 반찬 쟁탈전을 벌이는 사이에 예지가 편지를 모두 읽었다.

첫말은 이랬다.

"여름이 좋겠다."

"응?"

"이거 쓴 애. 여름이 너 진짜 좋아하나 봐."

"엥?"

"그래?"

종범이와 내가 동시에 말했다. 예지가 힘차게 고개를 끄덕였다.

"응. 그냥 봐도 보이는데? 내 생각에 얘는 여름이 너한테 푹 빠진 거야. 단순한 호감이라기보다는, 되게 오래 전부터 지켜보면서 쌓아올린 신뢰감 같은 거라고 해야 하나? 여기

봐. 자기도 어떤 감정인지 잘 몰랐다잖아. 그런데 이제는 알게 된 거고. 얘는 정말 진심이야."

예지는 말을 하면서도 만족스러운지 고개를 주억거렸다. 머쓱한 기분이었다. 뭐라고 답을 해야 할지 고민하는데 종범이가 퉁명스럽게 말했다.

"진짜로 여름이가 쓴 거 아닌 거 같아?"

"응. 만약에 그럴 거였으면 편지 같은 걸로 공 안 들이고 간단하게 쪽지 정도로 하는 게 낫지 않았을까? 그게 더 편하잖아. 장난치려고 한 거면 이렇게 애정이 확 드러나게 적지도 못했을 거고."

예지의 말은 확실히 일리가 있었다. 할 짓 없는 애가 장난 친 거라고 친다면 쓸 때 대체 얼마나 재밌었는진 몰라도 저런 걸 쓰면서 받았을 정신적 타격을 더 걱정해야 될 거다. 내용이 좀…… 너무 그랬어.

종범이는 그래도 납득이 안 가는지 입을 삐죽거렸다.

"이건 컴퓨터로 친 거니까 품은 별로 안 들어갈 텐데."

그러자 예지가 잘 말했다는 듯이 눈을 빛냈다.

"그치. 이거 컴퓨터로 쓴 거잖아. 그게 핵심이야."

"무슨 핵심?"

"잘 봐. 내용을 보면 편지는 진심으로 쓴 건데 손글씨가 아니라 인쇄를 한 거잖아. 그럼 하나는 확실하지."

예지는 숨을 고르듯이 말을 멈췄다. 내가 물었다.

"뭐가?"

예지는 짓궂은 미소를 띠며 말했다.

"자기가 누군지 저얼대로 들키고 싶지 않다는 거. 얘는 못 찾으면 고백은커녕 티도 안 낼 거 같은데?"

줄곧 인상을 찌푸리고 있던 종범이가 그제야 이죽거렸다.

"예지 님 말씀 잘 들었니? 여름아. 이 어리석은 중생아. 너는 대체 무슨 꿈을 꾸었느냐."

솔직히 받아주기 싫었지만 반사적으로 말이 튀어나왔다.

"썸을 타고 있는 저를 보았습니다."

"그런데 푸흡. 표정이 왜 죽상이세요?"

"그 꿈은 이루어질 수 없…… 아오. 뭐, 그래. 나보고 어쩌라고."

바보 둘이 노는 꼴을 보다가 예지가 맑게 웃었다. 나를 달래듯이 예지가 말했다.

"에이, 그러지 마. 찾으면 되잖아?"

하지만 종범이는 여유만만했다.

"내가 추리 소설 좀 읽어 봐서 알거든? 이건 그거야."

"응?"

"밀실 살인……은 아니구, 밀실 연애편지? 하여튼 작정하고 숨긴 거잖아. 어떻게 찾겠어. 여름아. 내 친구 여름아. 방학 때 여자친구 만들어서 바다 갈 생각 같은 거 혹시 했니? 그런 원대한 꿈을 꿨어? 그럼 넌 임마, 나랑 우정여행이야.”

깔깔 웃는 종범이를 향해 주먹이 불끈 쥐어졌지만 그 충동은 잠시 접어두기로 하고 예지에게 물었다.

“어떻게 찾는데?”

“방법은 여러 가지가 있지 않을까 싶은데.”

“뭐야? 도와줄 거야?”

종범이가 간절하게 눈빛으로 만류했다. 누가 보면 예지가 대단한 비행이라도 저지르는 줄 알겠네.

예지는 종범이를 향해 싱긋 웃었다. 상당히 인자하고도 그윽한 미소였다.

“친구 연애 사업인데 거들어 줘야지.”

3.

8교시까지 수업을 마치고 우리는 교무실에 들렀다. 종례를 마치고 서류 같은 걸 정리하던 담임 선생님이 우리를 보고 말씀하셨다.

“여름아. 왜?”

“열쇠 반납하러 왔어요.”

“그래. 맨날 네가 고생하네.”

종례 시간에 담임 선생님이 열쇠와 자물쇠를 가져오고,

마지막으로 나가는 사람이 잠근 다음에 다시 교무실에 열쇠만 되돌려 놓는 식이다. 누가 한다고 정해져 있는 일은 아니지만 어떻게 하다 보니까 내가 고정적으로 하게 되었다.

종범이가 말했다.

"빨리 확인하자."

"알겠으니까 보채지 좀 마."

우리는 교무실 안쪽 구석으로 갔다. 벽 쪽에 열쇠를 넣어 두는 사물함 같은 게 붙어 있고 그 바로 아래에 책상이 있다. 책상 위에는 '열쇠 불출 대장'이라는 요상한 명칭을 가진 파일이 하나 놓여 있는데, 열쇠를 꺼내거나 반납할 때는 꼭 여기다 반이랑 이름을 써야 한다. 어제 내가 열쇠를 돌려놓은 후에 다시 누군가 교실에 들어왔다면 여기에 이름이 적혀 있을 거라는 말이기도 했다. 아침에는 당황해서 그랬는지 여기까지는 생각이 안 갔었는데 예지가 말해 주고서야 깨달았다.

보자. 오늘이 6월 3일이고, 한여름. 내 이름만 적혀 있다.

6월 2일도 한여름, 한여름.

그 전날도 마찬가지였다. 한여름, 한여름.

뭐야, 이거.

예지도 의아했는지 내게 확인했다.

"이거 꼭 써야 하는 거였지?"

"응. 선생님들이 열어 주셔야 열쇠 꺼낼 수 있으니까. 내가 반납하고 난 다음에는 아무도 안 왔네."

교무실을 빠져나오며 종범이가 감탄하며 말했다.

"와, 대박. 진짜 밀실이다, 밀실. 복도에서 창문 같은 거로 넘어가지는 않았겠지?"

"나가기 전에 그거도 확인하잖아. 창문도 잠겨 있었어. 깨고 들어간 다음에 새로 바꿔 단 게 아니면 그럴 리는 없다고 본다."

"그럼 어떻게 들어간 거야?"

"나도 몰라……."

종범이와 나는 낙심해 중얼거렸다. 하기야 누군지 곧바로 알 수 있을 거라는 생각까진 안 했지만 막상 현실이 되어 닥쳐오니 약간 의기소침해졌다. 이거 누군지 알아낼 수 있으려나.

예지가 주위를 환기시키듯이 손바닥을 짝짝 쳤다.

"자, 집중. 일단 제일 쉬운 방법은 실패했으니까 차선책으로 가 보자."

"뭐야, 계속할 거야? 그냥 포기해, 포, 읍읍. 야, 너 손은 씻었냐?"

악마의 속삭임처럼 유혹하는 종범이 입을 막아 버리니 질색을 했다. 그러게 왜 계속 초를 치려고 해.

"진짜 너 가만히 좀 있어 봐. 예지야, 차선책이 뭔데?"

예지가 눈을 빛냈다.

"소거법을 쓰는 거지."

* * *

학교를 나온 우리는 자주 가는 카페에 자리를 잡았다. 종범이는 내키지 않아 했지만 투덜대면서도 따라왔다.

내가 말했다.

"용의자를 좁혀 나가자."

"너 좋다는 애면 자선사업이 취미거나 직업이 천사거나 그런 애일 텐데, 용의자는 어감이 좀 이상하지 않니? 걔는 아마 주말마다 봉사활동도 꼬박꼬박 갈걸?"

종범이는 뭐가 웃긴지 자기 혼자 깔깔 웃었다.

마침 주문한 음료가 나왔다고 벨이 울렸다. 자리에서 일어서며 말했다.

"네 건 알아서 들고 와라."

"미안해. 내가 잘못했어!"

간사한 자식 보게.

음료를 들고 와서 말을 이었다.

"이 편지는 분명히 요 이틀 사이에 쓴 거야. 이 부분은 확실해."

"근거가 있어?"

종범이의 질문에 나는 생각하던 것을 차근차근 풀어놓

았다.

"봐, 얘는 고등학교 입학 때부터 지금까지 1년 3개월 정도? 그동안 있었던 일을 쭈욱 적었단 말이야. 바로 그저께 있었던 일까지."

"정말이네. 이번 주에 체육했던 것까지 적혀 있다."

우리 반에 수영이라는 친구가 있는데 몸이 좀 약하다. 그저께 체육 시간에 오래달리기를 하는데 뒤에서 보니 애가 비실비실하는 거 같기에 달려가서 물병을 가져다 줬었다. 편지를 쓴 애는 그것까지 적어놓고 있었다.

예지가 거들었다.

"그런데 그걸 어떻게 봤대? 관찰력 대단하다. 나는 아까 편지 읽고 알았어."

"그 근처에 있었으면 볼 수도 있었을 것 같은데."

"하여튼 하나는 확실해. 편지 쓴 애는 우리 반이야."

내 말에 종범이가 반박했다.

"아니지. 다른 반 애가 창문으로 봤을 수도 있잖아?"

"그것도 그렇네."

내가 설득되려고 하는 차에 예지가 말했다.

"달리기 하나는 그럴 수도 있는데 다른 것까지 보면 우리 반이라고 보는 게 맞지 않을까? 보면 1학년 때부터 지금까지 있었던 일을 다 적어놨잖아. 우리는 1학년 때부터 쭉 같이 갔으니까 우리 반 여자애들 중에 한 명이겠지."

"아하."

"마침 이야기가 나와서 말인데 여름이랑 너는 옛날부터 친했지?"

"응. 뭐 그렇지. 초5 때였나? 그때부터니까."

"오래도 봤다."

이런저런 감정을 담아 이야기하니 종범이가 잘 말했다는 듯이 받아쳤다.

"그때는 여름이 얘도 착했는데."

"그랬지. 그땐 우리 좋았지. 네가 내 이름 가지고 장난치기 전까지는."

"와, 자기가 먼저 해 놓고 생사람 잡는 거 봐."

"뭐래. 너는 이제부터는 아예 종범이도 아냐. 범종이는 어떠냐? 좋아 보이는데."

우리가 티격태격하고 있으려니 예지가 언제나처럼 중재에 나섰다.

"싸우지 말구. 우선 정리해 보자. 용의자가 다 해서 15명인가?"

"15명? 여기 한 명은 빼야 하는 거 아냐?"

종범이가 말했다. 나는 고개를 끄덕였다.

"그래, 최소한 한 사람은 빼야지."

예지도 동의했다.

"맞아, 맞아."

나는 머릿속을 정리하면서 이어 말했다.

"남자친구 있는 애들도 빼야 돼. 남사친 말고 이성으로 좋아하는 게 처음이라잖아. 걔네는 일단 아닌 거지."

"우리 반에 누구누구가 남자친구 있는데?"

나는 그런 건 관심이 전혀 없어 몰랐다. 물어보는 걸 보니 종범이도 마찬가지인 것 같았고. 우리는 예지를 바라봤다. 예지가 손가락을 하나하나 꼽으며 이야기했다.

"주혜, 서연이, 민아 걔네랑, 지금까지 내가 알기로 남자애랑 사귄 경험 있는 애들이랑 뺄 사람 다 빼면 다섯 명. 딱 다섯 명 남는데?"

"그것밖에 안 남아?"

"응. 예진이랑 정아랑 연희. 봄이랑 나."

"뭐야. 그렇게 해서 다섯 명이야?"

이예진, 윤정아, 김연희, 정봄, 서예지라. 후보들의 면면을 살피니 솔직히 얘네 중에 있을 거라는 상상은 잘 안 됐다.

내가 의아하게 물으니 예지가 종범이와 나를 차례로 바라봤다. 그리고 태연하게 답했다.

"아, 나 뺄까? 그럼 네 명. 봄이도 빼?"

심술기가 발동해 짓궂게 말했다.

"아냐. 예지 넣고, 일단 아무도 빼지 말자. 모두가 모두를 의심하는 거야."

"이야, 아주 갈 데까지 가 보자는 거네."

종범이가 시니컬하게 말했다.

피식 웃으며 내가 맞받았다.

"그래. 일단 다 용의자로 올려."

첫 수사에 이 정도면 꽤 성공적인 성과라고 자축할 만도 했지만 막막한 기분이 설핏 들었다. 어떻게 교실에 몰래 들어간 건지, 그걸 모르는 이상은 더 이상 진척되기는 쉽지 않을 것 같았던 탓이다.

4.

다음 날은 조금 늦게 등교했다. 교실에 들어서니 벌써 반 아이들이 절반 가까이 와 있었다.

어제 연습한 상쾌한 미소를 지으며 말을 건넸다.

"너네 뭐하냐."

"뭐야, 한여름. 오늘 왜 이렇게 늦었어? 너도 변비야?"

미소가 단번에 일그러졌다. 이예진. 얘가 용의자 중에 하나라고? 격하게 부정하고 싶었다. 함정수사고 뭐고 모르겠다. 나는 생각나는 대로 말했다.

"너는 빨리 온 거 보니까 내가 불가리스 사 준 거 마셨나 보다, 야."

"그거 효과 괜찮더라. 나 어제 마트 가서 다섯 개 들이로 사왔잖아."

예진이가 고맙다며 내 어깨를 두드렸다. 뭐라 할 말을 찾을 수가 없어서 "그래? 다행이다……."라고만 답했다.

내 시야로 종범이가 자리에 앉아 있는 게 보였다. 이쪽을 보고 있기에 눈빛으로 마음을 전했다. '예진이는 아무리 봐도 아닌 것 같은데.'

눈빛으로 답이 돌아왔다. '나대지 말고 이리로 와 봐.'

나는 자리로 가 앉았다. 종범이가 소곤거리며 말했다.

"어떤 것 같아?"

"내가 누구랑 사귀어 본 적은 없어도 판단은 할 수 있잖아. 아무리 그래도 좋아하는 애랑 이런 대화를 일상적으로 나눌 것 같지는 않다."

"아냐, 방심하지 마. 일단 보류해. 그리고 아직 정아는 안 왔는데 조금 있으면 올 것 같으니까 오면 어제 상의한 대로 해."

종범이의 말대로 5분 후에 정아가 교실로 들어왔다.

"야, 야! 누가 나랑 지우개 좀 같이 털어 주라. 뭐야. 아무도 없어?"

이걸 해야 하나. 망설이는 차에 종범이가 내 옆구리를 쿡 찔렀다. 반사적으로 일어서며 말했다.

"내가 해 줄게."

주위에서 웅성거림이 일었다. 물론 감탄은 아니고 백퍼

센트 놀림이었다.

"뭐야, 한여름?"

"쟤 정아한테 관심 있나 봐. 와아, 카사노바. 와아, 바람둥이!"

"야야. 너는 너무 국어책이다."

"다 닥쳐. 너네가 안 도와주니까 내가 도와주는 거잖아. 정아야, 가자."

"그래!"

정아는 고맙다며 웃었다. 둘이 함께 교실을 나섰다. 정아는 밝고 주위 애들이랑 교우 관계가 좋은 친구였다. 나도 적잖이 호감이 있었다. 물론 친구로서의 이야기다.

"아니, 봐. 교실에 칠판지우개가 왜 네 개나 있냐구. 그리고 내가 그걸 왜 맨날 다 털어야 돼. 여름아, 이거 좀 심하지 않아?"

"응, 그치."

우리는 이런저런 대화를 나누며 계단을 내려갔다. 뒤뜰에서 지우개를 털려고 양손에 하나씩 들었다. 그때 정아가 말했다.

"미안, 잠깐만."

"응?"

정아는 핸드폰을 꺼냈다. 누군가와 메시지를 잠깐 주고받았더니 살짝 웃었다. 내가 물었다.

"왜? 누군데?"

"나 어제 도서관 갔다가 번호 따였거든. 우리보다 한 살 많대. 성격도 되게 좋다?"

정아가 웃었다. 사랑의 시작을 예감한, 꽃처럼 빛나는 얼굴이었다.

칠판지우개를 턴다고 분필 가루가 교복에 좀 묻었지만 용의자를 한 명 줄일 수 있었으니 남는 장사였다.

* * *

"일단 정아는 확실히 아니구, 예진이도 아냐. 한 달 용돈까진 내가 걸 수 있어."

점심을 먹으면서 그렇게 말했다. 종범이는 납득하지 못하는 눈치였지만 예지는 일리가 있다고 생각했는지 선선히 긍정했다. 정답을 향해 다가가는 학생을 보는 선생님의 미소 같은 묘한 표정처럼도 보이는 게 좀 이상하긴 했지만.

예지가 말했다.

"이제 다음 누구야? 연희?"

"그렇게 되겠네."

"둘 다 아니라고 치면 사실상 연희 확정 아냐?"

종범이가 불쑥 말했다.

"잘 됐네. 연희 딱 너 좋아하는 스타일이잖아. 그치?"

다 안다는 듯이 은근한 시선을 보내기에 반문했다.
"내가 좋아하는 스타일을 네가 어떻게 아냐?"
"척보면 척이지. 내가 너를 일이 년 겪니."
예지가 흥미진진한 목소리로 끼어들었다.
"여름이가 어떤 스타일 좋아하는데?"
"조용하고 여리여리하고 그런 거 좋아할걸."
"미안하지만 전혀 아니다."
"그래?"
종범이는 그렇게만 말하고 다시 밥을 먹는 데 집중했다. 예지가 이야기를 정리했다.
"일단 그럼 연희한테…… 어?"
휴대폰을 보고는 예지가 얼굴을 살짝 기울였다. 내가 물었다.
"왜?"
"여름아. 연희는 패스해도 될 거 같아."
"뭐야, 왜?"
"연희 남자친구 있다는데? 나도 몰랐어……."
종범이가 숨이 넘어갈 듯이 웃었다.
"와, 한여름. 남친 제조기. 대단하다, 대단해."
아니, 지금 그렇게 웃을 때가 아닌 것 같은데.
입을 가리고 쿡쿡거리던 종범이도 슬슬 그걸 깨달았는지 안색이 새파래졌다.

내가 말했다.

"우리가 전제를 좀 다시 짤 필요가 있는 것 같아."

5.

"문제는 크게 두 가지야."

수업시간에 발표를 하듯이 내가 입을 열었다.

"첫 번째는 '범인'이 어떻게 교실 문을 열고 들어가 편지를 넣었는지. 두 번째는 그게 대체 누구인지."

"이젠 아예 범인이야? 걔도 참 억울하겠다."

종범이가 기가 막힌 것처럼 딴죽을 걸었지만 나는 조용히 무시했다.

예지가 마찬가지로 내 말에만 집중해 답했다.

"맞아. 우리는 첫 번째는 아직 알 수가 없어서 뒤로 넘기고 두 번째에 집중했잖아? 그게 어그러졌으니까 이제는 전면적으로 계획을 수정할 필요가 있어."

"어떻게?"

"첫 번째의 비밀을 밝히는 거지. 그 조건에 맞는 사람이 바로 범인이야."

예지가 뿌듯한 얼굴로 내 쪽을 바라봤다. 이 말을 하고 싶었지? 그렇게 묻는 것 같았다. 답례로 나는 조용히 박수를 쳤다. 지음(知音)이라는 게 이런 걸 말하는 건지도 모른다. 예지와 나 사이로 말없이 교차하는 시선에 종범이가 머리칼을 쓸어내렸다.

"뭐야. 왜 나만 소외시켜."

"너도 참여를 좀 해라."

"응? 나는 밝혀지면 영화 티켓이랑 팝콘까지 사야 되잖아. 오히려 방해를 해야 하는 거 아냐?"

예지와 나는 동시에 배신자를 보는 듯한 시선을 보냈다. 종범이는 무슨 말을 할지 고민하더니 묵비권을 행사했다.

예지가 내게 물었다.

"처음에 편지 봤을 때 어땠는지 좀 자세하게 말해 줘."

나는 기억을 되살려 하나하나 설명했다. 당시의 상황이나 사물함 안이 어땠는지 그런 것들. 예지가 말했다.

"그럼 그 전날 있잖아. 여름이 네가 생각하기에 편지를 넣어놓을 만한 때가 있었어?"

잠시 생각했다가 고개를 저었다.

"아니, 없어. 왜냐면 교실에서 나오기 직전에 확인했거든. 그때는 아무것도 없었으니까. 종범이 너랑 예지도 같이 있었잖아."

"맞아. 그랬지."

종범이도 그때 생각이 나는지 곧장 수긍했다.

챙길 게 있어서 같이 사물함 쪽에 있었으니 틀림없다.

종범이 사물함이 내 바로 위고 예지도 내 옆옆 칸이다. 그때는 분명 편지 같은 건 없었다. 우리 모두 증인이다. 예지가 물었다.

"그날 그 전에 사물함은 언제 열었는지도 기억나니?"

"그것까진 모르겠어. 아침에는 열었을 텐데."

종범이가 거들었다.

"그건 의미 없지 않아? 어차피 얘는 사물함 자물쇠도 없는데. 아무나 열려면 열 수도 있는 거고."

"흐음. 확실히 그 시간은 딱히 의미가…… 응?"

"예지야, 왜?"

예지는 갑자기 큰 깨달음을 얻은 듯한 얼굴로 나와 종범이를 쳐다보았다. 알 듯 말 듯한 표정이었다.

"아, 아냐. 아무것도. 나 그러고 보니까 집에 빨리 가야 될 일 있어. 먼저 가야겠다."

"뭐?"

"내일 봐!"

누가 봐도 의심스러운 말투였다. 빠르게 말을 쏟아내고 예지는 자기 집 쪽으로 걸었다.

종범이와 나는 집 방향이 같아서 10분 정도 더 같이 가야 한다. 말없이 휴대폰을 만지던 종범이는 잠시 고민하는 듯하다가 은밀한 비밀을 털어놓듯이 내게 말했다.

"예지가 좀 수상해."

"예지가?"

"방금도 봐. 갑자기 집에 가 버렸잖아. 내 생각에는 더 이야기하다가는 자기가 쓴 게 들통날 것 같으니까 가 버린 것 같아. 틀림없어. 앞으로는……."

"앞으로는 뭐?"

종범이가 한 손으로는 휴대폰을 두드리면서 말했다.

"앞으로는 적극적으로 안 나설걸. 내 예상이 아마 맞을 거야."

"예지가 나 좋아한다고?"

"이야기가 그렇게 되나?"

그건 미처 생각도 못한 것처럼 고개를 갸우뚱하길래 한심하다는 눈빛을 가득 담아 보냈다.

"됐다, 됐어."

종범이가 슬쩍 떠보듯이 물었다.

"초여름 너는 예지 어떻게 생각하는데?"

"어떻게 생각하긴. 예지가 예지지."

"아니, 바보야. 이성으로 관심이 있냐 그거 묻는 거지."

"있겠냐?"

종범이는 못 믿겠다는 눈치였다. 유도신문이라도 거는 것처럼 재차 말했다.

"예지가 왜? 예쁘고 공부 잘하고. 성격도 완전 천사잖아."

"나도 알아. 우리랑 친구해 주는 거 보면 모르겠냐."

종범이와 내가 나란히 낄낄 웃었다. 날씨가 덥긴 해도 꽤 기분 좋은 바람이 우리 둘 사이를 스쳐 지났다. 나는 확답처럼 말했다.

"하여튼 이성적으로는 관심 없어."

"그래? 그러면……."

뜸을 들이다가, 종범이가 빈틈을 파고들듯 물었다.

"너 뭐 좋아하는 애 없냐."

"없어. 없다는데 왜 이렇게 캐물어. 그만 물어봐, 짜식아."

"누가 모태솔로 아니랄까 봐."

안심한 것처럼 종범이가 웃었다.

"그 웃음 뭐냐? 네가 그럼 그렇지, 하는 거 같아서 기분이 상당히 나쁜데."

사실 그다지 기분이 나쁜 건 아니었지만 핀잔처럼 말했다. 우리 대화는 항상 그랬다.

"뭔 소리야. 내가 네 걱정이 너무 커서 웃음이 나온 거야."

"퍽이나."

우리는 계속해서 말도 안 되는 이야기들을 나누며 걸었다.

헤어질 때가 다 돼서 종범이가 말했다.

"여름아. 예지가 쓴 거일지도 모른다는 거 일단은 모른 척하자."

"그래야겠지?"

솔직히 아직도 믿기지 않긴 했지만 예지가 쓴 거라면 그게 최선이긴 했다. 거절 말고는 돌려줄 말이 없었다. 어색해지기도 싫었고.

"예지가 마음먹으면 본인이 말하겠지, 안 그래? 너는 그냥 모르는 척해 주는 게 상책이야. 너 믿는다, 초여름. 아니, 한여름. 봐, 내가 이름도 제대로 불러 줬잖아. 오는 건 쥐뿔도 없는데 가는 건 넘치는 이 우정을 봐서라도."

"알겠어, 알겠어. 가만 있을게. 나대지 좀 마."

"믿는다."

종범이는 끝까지 신신당부를 하며 자기 집 쪽으로 향했다. 애들이랑 같이 있을 때는 크게 실감이 안 났지만…… 누가 날 좋아한다고? 왠지 싱숭생숭한 마음에 휴대폰만 들여다 보고 있는데 메시지가 왔다. 예지가 보낸 것이었다.

- 여름아.

- 응?

- 나 범인 알 것 같은데.

- 진짜?

- 응. 근데 말 안 할래.

역시 예지는 아닌가? 아냐, 자기가 쓴 거니까 이런 식으로 연막작전을 펼치는 걸지도 몰라.

그런 생각을 하고 있으려니 다시 메시지가 왔다.

- 대신에 힌트를 줄게.

- 뭐?

- 사랑은 눈에 보이진 않지만 거기에 있어. 그리고 서로 끌어당기는 거래.

- 누가 한 말인데?

- 그냥 방금 내가 지어낸 말. 이제 힌트 끝.

예지는 거기까지만 말하고 다른 화제를 꺼냈다. 시시콜콜한 잡담을 잠깐 하다가 집에 가 침대에 누웠다.

종범이와 한 내기는 기한이 이틀이었으니까 내일까지는 누군지 알아내야 한다. 머릿속의 정보를 쭉 정리해 봤다.

잠긴 교실. 열려 있는 사물함. 교과서, 체육복, 동전, 클립, 필기구.

내 이름만 적혀 있던 서류. 창문은 닫혀 있었다.

우리 반 여자애들. 이예진, 윤정아, 김연희, 정봄, 서예지.

나를 오래 지켜본 것 같은 편지.

예지가 한 말들. 시간은 의미가 없다. 사랑은 눈에 보이지 않지만 존재한다. 서로 끌어당긴다.

……어?

얼떨떨한 기분이었다.

휴대폰으로 동영상 사이트를 켰다. 검색어를 입력하고 터치하니 곧 노래가 흘러나왔다.

충격적인 진실에 이 노래를 듣지 않으면 도저히 버틸 수 없을 것 같았다.

초점 없는 네 두 눈의 사랑을♪ 느낄 수는 없지만♬

나도 모르게 혼잣말이 나왔다.

"와, 코난이 이런 기분이었구나……."

6.

아침에 학교에 갔다. 평소보다 일찍 갔는데 드물게도 누가 나보다 먼저 와 있었다. 종범이였다. 약간 당황한 기색으로 종범이가 내게 인사했다.

"너 되게 일찍 왔네?"

"그러는 너는."

"아, 나는 일이 좀 있어 가지고. 근데 너 왜 그래?"

종범이가 보기에도 내 얼굴이 복잡해 보였나 보다. 자리에서 일어나 다가오며 걱정 어린 시선을 보냈다.

"초여름, 왜 안색이 안 좋냐. 아직 그렇게 덥진 않잖아. 뭐야, 왜. 오늘 내기 끝나는 날이라서 그래?"

종범이는 의기양양한 미소를 지었다.

"너 결국 누군지 못 밝혔잖아. 솔직히 예지가 의심스럽기는 해도 확실하게 증거가 있는 것도 아니고. 내가 이겼지? 그치? 아, 아니다."

팔짱을 끼고 진지하게 분석하듯이 말을 이어나갔다. 참자, 참아.

"좀 이상하긴 했어. 어제 생각을 해 봤는데 예지도 범인 아닐 수 있다 싶더라. 그거 적은 애가 솔직하게 다 적었을 거라는 법은 없잖아. 일부러 헷갈리게 거짓말을 적었을 수도 있고. 그렇게 치면 이거 무승부라고 봐야 하는 건가?"

"……."

"걱정 마라. 우리가 몇 년 친군데 내가 너를 등쳐먹겠니? 됐어, 됐어. 영화 그냥 더치페이하고 예지까지 같이 데려가서 보자. 대신에 팝콘은 네가 사고. 뭐야. 왜 대답이 없어? 너 어디 아파?"

아, 더 이상 못 버티겠다.

"나 그거 범인 알았어."

"응, 예지."

"예지 말고. 진범."

"진범? 그게 누군데?"

종범이는 금시초문이라는 얼굴로 눈을 크게 떴다. 타이밍을 보다가 말할 생각이었는데 말을 안 하려니 못 배기겠다. 살짝 떨리는 가슴을 진정시키며 입을 열었다.

"솔직히 나도 고민 많이 했는데, 속 시원하게 밝히는 게 편할 것 같다."

나는 앞에 선 애를 똑바로 바라보면서 말했다.

"정봄. 너지?"

오랜만에 발음하니 어색한 느낌이었다.

정봄, 종범이, 범종이.

한여름, 초여름, 늦여름, 기타 등등.

우리는 몇 년째 서로 이름을 장난처럼 바꿔 부르고 있었다.

종범이, 그러니까 봄이는 얼떨떨하게 말했다.

"나? 내가 썼다고?"

그러고는 깔깔대면서 웃었다.

"야, 뭐야. 너 개그 연습하고 왔냐? 밤새서 훈련 같은 거 했어? 되게 웃겼는데 방금."

"나 진지한데."

"……."

그제야 봄이도 장난이 아니라는 걸 느낀 듯했다. 그게 아니면, 장난으로 넘길 선을 지났다는 걸 깨달았는지도 모른다. 봄이가 안색을 굳히고 반문했다.

"그래? 좋아. 들어나 보자. 왜 내가 그걸 썼다고 생각하는데? 나 너랑 같이 나갔잖아. 예지랑 다른 애들이랑. 그 전에는 너도 못 봤다고 했고. 차라리 그 편지 쓴 애가 일부러 내용을 좀 바꿔 적었다고 생각하는 게 맞지 않아?"

"아니. 그 편지에 뭐가 적혀 있었건 사실 그런 건 별로 상관없어."

"뭐?"

편지의 세세한 부분 같은 건 그걸 쓴 사람이 누군지 찾는 데 있어 중요한 단서가 아니다.

"내가 그 편지를 언제 발견할 수 있었느냐, 그게 중요한 거지."

"무슨 말이야?"

"편지 처음으로 보기 전날 내가 마지막으로 사물함을 봤을 때 편지는 없었어. 그렇지? 너도 옆에서 짐 꺼내고 있었잖아."

"응. 봤으면 네가 곧장 말했겠지."

"그런데 사실은 그때 이미 편지가 사물함 안에 있었다고 한다면 어떡할래?"

내 사물함은 가장 아래에 있다. 허리를 굽히는 정도로도 사물함 전체가 다 보이진 않는다.

"완전히 자리 깔고 앉는 게 아니면 사물함 위쪽은 안 보이거든. 편지는 거기 있었던 거야."

"뭐?"

사랑은 눈에 보이지 않아도 거기 있다. 서로를 끌어당긴다. 예지가 준 힌트는 말 그대로였다.

나는 내 사물함으로 다가가 문을 열었다. 교과서 몇 권과 체육복이 나란히 들어 있고 앞쪽에는 필기구, 배달음식 책자, 동전 같은 것들이 있었다. 그리고 내 것이 아닌, 못 보던 클립 두 개.

클립을 들고 봄이에게 보였다.

"남들이 안 볼 때를 골라서 편지를 내 사물함 위쪽에 두고 클립을 놔두는 거야. 그리고 그 바로 위에 있는 사물함 바닥에 자석을 놔두면 어떻게 될 거 같아?"

당연하게도 자석과 클립 사이에 편지가 고정된다.

"그런 다음 내가 사물함을 마지막으로 닫고 나서 자석을 떼어내면 편지가 떨어지겠지. 갑자기 생긴 것처럼."

그리고 그런 걸 할 수 있는 사람은 내 사물함 위 칸을 쓰는 사람밖에 없다. 내가 그날 마지막으로 사물함을 열고 닫았을 때 바로 내 옆에 있던 사람.

"봄이 너야."

봄이는 아무 말도 하지 않았다. 무슨 말을 해야 할지를 모르는 얼굴이었다.

5초, 10초. 짧은 시간 동안 침묵이 길게 흘렀다. 나는 뒷머리를 쓸어내렸다. 말을 잘 정리해야 했다.

"이 건에 대해서 더 하고 싶은 말 있어?"

봄이는 잠시간 말이 없다가 억지로 입을 벌렸다. 항변하는 것 같은 목소리가 쏟아져 나왔다.

"아니, 일리가 있는 건 알겠는데 그렇다고 꼭 내가 했다는 법은 없잖아? 누가 몰래 들어왔을 수도 있는 거고."

"너네 집 프린트기. 그거 컴퓨터 좀 만지면 인쇄 뭐 했는지 다 나오는데."

"……진짜?"

"응."

사실 그런 기능이 있는지는 모른다. 하지만 쟤도 모르니까 아무 상관없지.

마침내 봄이가 망연자실한 얼굴로 한 마디를 내뱉었다.

"아, 아오……."

예전에 초등학교 때 나한테 장난치려다가 간파 당했을 때 자주 이런 표정을 지었다. 지금은 그것보다 몇 배는 심각해 보이긴 했지만, 솔직히 좀 귀여워 보였다.

봄이가 변명으로밖에 안 보이는 말들을 주워섬겼다.

"그니까 알지? 여러분 이거 다아, 거짓말인 거 아시죠? 영화표 뜯어내려고 내가 큰 그림 그린 건데 들켰네. 아깝다야. 하, 하하. 한여름 너 되게 똑똑하다. 와, 한여름, 와, 대단하다. 야. 너 내가 무슨 말하는지 알지? 하하."

알긴 뭘 알아. 일부러 내는 웃음소리라는 게 굉장히 어색하게 들린다는 건 알겠다. 차라리 연기를 더 제대로 했으면 속을 수도 있었을 텐데. 진심이었다고 광고하는 것도 아니고 발연기 그게 뭐냐.

우리 사이로 침묵이 감돌았다. 굉장히 민망한 기분이었

다. 그 편지 봄이도 읽고 나도 몇 번이나 읽었다. 아니지. 쟤는 아예 자기가 썼잖아. 그 낯 뜨거운 내용들. 정봄이 속으로 그런 마음이었다고 생각하니 얼굴이 확 뜨거워지는 것 같았다. 내가 이런데 당사자는 어떻겠어.

"왜 말이 없어? 내 말 혹시 못 믿는 건 아니지?"

평소와는 다르게 퍽 소심한 말투로 봄이가 말했다. 마침내 결정의 순간이 왔다. 나는 심호흡을 한 번 하고 봄이를 바라봤다. 어제 진상을 안 다음부터 고민을 꽤 많이 했다. 덕분에 잠도 제대로 못 잤지만 결론을 내리긴 했다.

봄이는 아마도 나를 좋아하는 것 같다. 나도 봄이가 싫지 않다. 좋은 애니까. 내가 아예 모르는 척 넘기면 봄이는 마음고생을 할 것이다. 거절해도 상처를 받는다. 나는 봄이가 마음 아파하는 건 별로 보고 싶지 않다.

좀 패기가 없긴 해도 지금은 이게 최선이 아닐까 생각하며 입을 열었다.

"우리 생산적이고 발전적인 얘기를 좀 해 보자."

"그게 뭔데?"

"그러니까."

나는 주먹을 한 번 꽉 쥐었다 풀었다.

봄이는 교실 앞에 수학 문제를 풀러나가는 것처럼 비장한 표정이었다.

침착하게 생각한 대로만 말하자. 마인드 컨트롤을 하면

서 입을 열었다.

"너 나 좋아해?"

앗, 이렇게 직접적으로 물어보려던 게 아니었는데. 긴장해서 실수했다. 봄이는 멍한 표정이 되었다가, 뭔가를 말하려는 듯이 입을 열었다가, 다시 우물쭈물하다가, 마침내 큰 소리로 외쳤다.

"야이씨, 뭐, 왜 뭐! 그러면 안 되냐?!"

그러고는 나를 지나쳐 휙 교실 밖으로 뛰쳐나갔다. 말릴 새도 없었다. 나도 당황했거든.

마침 예지가 교실로 들어오며 인사를 했다.

"어디 가, 봄아? 응? 여름이도 왔네?"

예지가 난처한 얼굴로 말했다.

"혹시 나 지금 타이밍 잘못 잡은 거야?"

* * *

구세주처럼 나타나신 예지 님에게 자초지종을 설명하니 머리를 감싸쥐셨다.

"내가 못 살아. 그렇게 물어보면 그걸 누가 '응, 좋아해.' 말하겠어."

조곤조곤한 목소리에 스며든 질책에 몸이 움츠러들었다. 조심스럽게 물었다.

"너는 언제부터 알았어?"

예지는 태연하게 대답했다.

"나? 처음부터 알았는데? 편지 보자마자."

"응?"

그때부터 자석이 어쩌고 하는 걸 다 꿰뚫어 봤단 건가. 그건 솔직히 좀 무서운데. 내가 으슬으슬한 표정을 지으니 예지가 쿡쿡 웃었다.

"아니, 어떻게 했는지 그런 방법을 바로 알아차린 건 아니고. 애초에 나는 표적 수사 같은 거였으니까 알기가 쉬웠거든."

"표적 수사?"

"바보야. 당연히 알지."

"……."

예지 기준으로는 엄청나게 강한 표현에 나는 조금 더 의기소침해졌다.

"여름이 너한테 그런 식으로 편지 쓰고, 그만큼 자세히 볼 사람이 누가 있겠어. 봄이밖에 없지. 그거만 알면 나머지는 거기다 맞춰 나가니까 다 알겠던데?"

별로 어렵지도 않았다는 듯이 설명하는 예지 님의 존안을 경의를 담아 바라봤다. 예지가 말을 이었다.

"자석은 어제 얘기하다가 알았어. 더 말하다가는 들킬 것 같기에 자리 피한 거였지. 나중에 봄이랑 작전회의 하려구. 봄이한테 메시지도 바로 보냈었는데. 네가 한 일을 다 알고 있다. 협력해 주겠다. 일단 나 의심스럽다고 말해서 시간 좀 벌고, 내일 아침에 학교에서 얘기하자고."

"아, 그래서 걔가 그랬구나."

그제야 어제 집에 갈 때 이상하다고 느꼈던 것들이 이해가 됐다. 예지는 조금 곤란하다는 얼굴이었다.

"솔직히 봄이가 혼자서 안절부절못하는데 귀여워서 좀 더 지켜보려다가 그래도 너희 둘이 해결하는 게 좋을 것 같아서 힌트 줬는데, 이렇게 빨리 맞출 줄은 몰랐어. 이건 내 실수야."

예지가 고개를 설레설레 저었다. 그러고는 말했다.

"그래도 수습은 해야지?"

"응, 그렇지."

거하게 망쳐 버리긴 했어도 원래 계획이 있었던 만큼 봄이랑 한 번 더 대화를 나눠야 했다. 예지가 상기된 목소리로 물었다.

"그럼 어떡할 거야?"

"뭘?"

"봄이가 고백한 거나 마찬가지잖아. 답을 줘야 수습이 되지. 여름이 너도 그럴 생각이었지?"

"아, 응. 생각해 놓은 게 있긴 해."

"어떻게 말할 거였는데?"

예지가 눈빛을 빛냈다. 기대에 부응해 주지 못할 것 같은 불안감에 휩싸이며 생각했던 걸 말했다.

"우리가 친구로 지낸 시간이 기니까 일단은 좀 알아가 보는 시간을 가지자. 이런 거?"

예지는 잠시 멍한 표정이 됐다가 억지로 이해해 보려는 것처럼 어렵사리 미소를 지었다.

"말만 그렇게 하고 실제로는 오늘부터 손도 잡고, 그런 거 말하는 거지? 여름아, 그 말 맞지?"

"아니, 진짜로 일단 생각할 시간이 좀 있어야……."

"여름아 좀!"

예지가 소리를 질렀다.

얘는 체육 시간에도 맑은 목소리만 나와서 신기한 앤데, 이런 식으로 소리칠 줄도 아는구나. 멍하니 그런 깨달음을 얻고 있으니 예지가 쏘아붙였다.

"너네 벌써 몇 년째 알았는데 또 알아가는 시간을 가지긴 왜 가지니. 좋으면 좋다, 아니면 아니다. 확실히 해야지. 참고로 나는 봄이 편이니까 그렇게 알아."

"두 개로밖에 선택 못하는 거지?"

"당연하지."

"알겠어."

그런 거라면 답은 정해져 있다. 오히려 이렇게 등을 떠밀어 주니 후련한 기분까지 드는 걸 보니 용기가 없었을 뿐

이쪽이 진심인지도 모르겠다.

7.

정봄은 정처 없이 걷고 있었다. 주위를 둘러보니 벌써 교문 밖이었다. 언제 여기까지 나왔지. 시계를 봤다. 학생들이 등교하기엔 아직 이른 시간이었다.

일단 시간 좀 죽이다가, 애들 다 오고 나면 그때 살짝 들어가야겠다. 아무 일 없던 것처럼 농담하고 다시 종범이니 초여름이니 웃기지도 않은 말장난 주고받고, 그러면 원래대로 돌아가겠지. 정봄은 행복회로를 혹사시켰다.

근데 진짜 어떡하지.

처음 만났을 때부터 한여름이 편했다. 가장 친한 친구였다. 중학교 때는 그렇게까지 자주 놀지는 않았지만 고등학교에 올라가서 같은 반이 되고 다시 친해졌다. 그 애의 이런저런 장점들을 알게 되고, 다시 확인하고, 어느새 하루 중에 한여름 생각을 가장 많이 하게 되었다.

그렇다고 당장 사귀고 싶다거나 그런 건 아니었다. 그냥 가끔 답답한 느낌이 들었던 것뿐이었다. 그래서 장난도 좀 칠 겸 편지를 썼던 건데. 완벽한 계획이라고 뿌듯해 하기까지 했는데. 어설펐나 보다.

"에이 씨, 모르겠다. 이미 엎질러진 거."

포커페이스. 아무렇지 않게 대하기. 그렇게만 하자. 지금까지처럼 앞으로도. 정봄은 결론을 내렸다. 적잖이 마음이 편해졌다. 그때 핸드폰이 울렸다. 반사적으로 휴대폰을 켰다. 메시지 발신인 '더운 놈'.

아, 뭐야. 뭔 소리 하려고.

심장이 콩닥거리면서도 정봄은 심호흡을 한 번 한 뒤에 메시지를 열었다.

간결한 내용이었다.

- 야.
- 왜. 뭐.
- 너 어디야.
- 알아서 뭐하게.
- 그냥.
- 그냥 뭐.
- 야.
- 왜.
- 너 오늘 마치고 뭐해.

응? 이걸 왜 물어봐?

- 알아서 뭐하게.

다음 메시지는 세 개가 한꺼번에 왔다.
영화 티켓 쿠폰 하나, 둘. 그리고 팝콘 콤보 쿠폰 하나.
메시지가 하나 다시 왔다.

- 내가 이겼긴 한데 자비로운 마음으로 사 준다. 오늘 마치고 보러 가.

정봄은 핸드폰을 잠깐 끄고 숨을 내쉬었다. 웃음이 자기도 모르게 새어나왔다.

- 뭔데 이거. 데이트 신청이야?
- 맘대로 생각해. 아, 예지는 안 온다. 그렇게 알아.
- 너랑 둘이 본다고?
- 왜? 싫어?

어떻게 답할까, 정봄은 잠깐 고민하다가 결정했다.

- 싫은 건 아닌데, 그냥 네가 보자고 하면 보지 뭐. 알겠어. 아, 나 지금 밖인데 편의점에서 음료수나 사갈까?
- 응. 그래 주면 고맙고.

- 알겠어. 좀 있다 봐.

미소를 머금고 정봄은 학교를 향해 걸었다.

우리

13번이 돌아와서 말했다.
아무도 없는데?
창가에 앉아 있던 3번은 운동장을 바라봤다.
체육 하는 애들도 없는데.
체육관에서 수업 하나?
그렇다기엔 바깥 날씨가 선선하고 화창해서 운동하기에 좋았다. 13번과 3번은 서로를 멀뚱하게 바라보았다.
13번이 말했다.
너무 조용하지 않아?
조금?
3번은 13번의 말에 동의했다.
마치 학교에 교실이라곤 우리 반밖에 남지 않은 것 같았다.
무언가 이상했다.

위래

단편소설 「미궁에는 괴물이」가 네이버 '오늘의 문학'란에 2010년 10월 게재되었으며, 2014년 3월 단편소설 「동전 마법」이 큐빅노트 공모전에 당선되어 온우주 소식지에 게재되었다. 2015년 7월 단편소설 「성간 행성」을 크로스로드 SCI-FI란에 게재하였고, 2017년 4월 단편소설 「쿠소게 마니아」가 브릿G 출판지원작으로 선정되었다. 2018년 1월에 장편 연재소설 『마왕이 너무 많다』를 문피아에 완결했다.

시작종이 울렸다.

수업이 시작되었다.

우리는 자리에 앉아 선생님을 기다렸다.

선생님은 수업이 시작되고 10분이 지났는데도 오지 않았다. 우리는 문제지를 뒤적이거나 영어 단어를 베껴 적다가 가까이 앉은 아이들끼리 서로 떠들기 시작했다.

7번만이 시계를 힐끔 바라보곤 자리에서 일어났다. 7번은 반장이었다.

얘들아, 조금만 조용히 하자.

우리는 아무도 그 말을 듣지 않았다.

몇 번인가 주저하던 7번이 단상으로 나갔다.

우리 중 몇몇이 7번을 바라보았다.

선생님 모시고 올게.

하지만 아무도 7번의 말에 대꾸하지 않았다.

몇몇 아이들이 소곤거렸다.

재 뭐라고 했어?

선생님 모시고 온다는데.

자기 혼자 모범생인 줄 알아.

7번은 입술을 깨물었지만 듣지 못한 척하고 교실을 나갔다.

그리고 다시 10분이 지났다. 선생님도 7번도 교실로 돌아오지 않았다.

우리는 대부분 그 사실에 대해 신경 쓰지 않았다. 부반장이었던 28번이 뒤늦게 7번이 나간 교실 앞문을 보면서 생각에 빠져들었다.

28번이 자리에서 일어났다.

13번이 고개를 들며 말했다.

매점 갈 거면 같이 가지?

아니. 교무실 가려고.

왜? 반장 간 거 아냐?

안 오잖아. 늦으면 자습이라도 하라고 할 텐데.

시험 기간이라 그런 거 아냐? 선생님 일이라도 돕고 있나 보지.

떠들다가 또 단체로 벌 받기 싫어서 그래.

마음대로 해, 그럼.

13번이 손을 내젓자 28번은 교실을 나섰다.

그리고 28번도 돌아오지 않았다.

수업이 시작한 지 30분째가 되어가자 우리는 주의를 흩트리고 쉬는 시간이나 다름없이 목소리를 높였다. 몇몇 아이들이 통화가 안 된다며 통신사에 불만을 토로했다. 그 이야기로 공감대를 만든 아이들이 또 모여들었다. 시끄럽게 떠드는 소리 때문에 다른 반 선생님이 주의를 줄 법도 했지만 아무도 교실로 찾아오지 않았다.

13번은 그 부분을 의아하게 생각했다.

그사이 4번과 16번이 짝을 지어 화장실로 갔고 돌아오지 않았다. 13번의 의심은 더 깊어졌다.

13번은 왜 아무도 교실로 돌아오지 않는지 이상하다며 옆자리에 앉은 9번에게 말했다.

그러자 9번이 대꾸했다.

몰래 매점이라도 간 거 아냐?

반장이랑 부반장도 안 오잖아.

걔들은 선생님 일이라도 돕나 보지. 같이 매점 갈래?

아냐. 난 됐어.

13번이 거절하자 9번은 자리를 옮겨 다른 아이들에게 말했다.

매점 갈 애 있냐?

점심 먹은 지 얼마나 됐다고.

안 갈 거야?

뭐 먹을 건데?

5번과 24번이 자리에서 일어났다.

세 사람이 뭘 먹을지 떠들면서 나가는 모습을 보고 13번은 별다른 위화감을 느끼지 못했다. 나도 갈걸 그랬나? 점심 먹었는데 왜 이렇게 배가 고프지? 13번은 문제집 귀퉁이에 피라미드를 그리며 친구들이 오기를 기다렸다.

수업 시간은 이제 10분이 남았다.

13번과 멀지 않은 자리의 3번이 말했다.

근데 얘네는 똥이라도 싸는 건가? 왜 안 오지?

누구 말하는 거야?

3번은 화장실에 간다던 4번과 16번에 대해 이야기했다. 13번은 3번 가까이 자리를 옮겼다.

매점 갔겠지. 같이 갈래?

아냐. 우리 점심 안 먹고 매점에서 때웠는데?

그래?

13번은 그렇게 말하곤 엉뚱한 이야기를 꺼냈다.

옆 반 체육인가?

아닐걸? 그리고 시험 기간에 무슨 체육을 해.

그런데 왜 이렇게 조용하지?

공부 열심히 하나 보지 뭐.

13번은 그런가 하고 생각했다가 자리에서 일어났다. 곧 쉬는 시간이었기 때문에 우리는 대부분 자기 자리에 앉아 있지 않고 자기들 좋을 대로 모여서 앉아 있거나 서 있었다. 13번은 복도로 나가 옆 반을 바라봤다.

3번이 그 모습을 얼떨떨하게 보았다.

뭐해?

13번이 돌아와서 말했다.

아무도 없는데?

창가에 앉아 있던 3번은 운동장을 바라봤다.

체육 하는 애들도 없는데.

체육관에서 수업 하나?

그렇다기엔 바깥 날씨가 선선하고 화창해서 운동하기에 좋았다. 13번과 3번은 서로를 멀뚱하게 바라보았다.

13번이 말했다.

너무 조용하지 않아?

조금?

3번은 13번의 말에 동의했다.

마치 학교에 교실이라곤 우리 반밖에 남지 않은 것 같았다. 무언가 이상했다.

13번이 말했다.

다른 반도 보고 와야겠다.

3번은 말릴까 하는 생각을 했지만 구태여 그럴 필요성을 느끼지 못했다. 이제 수업도 다 끝났으니 핀잔할 선생님은 없을 것이다.

13번과 3번이 교실 밖으로 나가자 우리는 그 모습을 바라보았다.

재네 뭐 하는 거지?

3번이 교실 앞에 서 있는 동안 13번이 성큼성큼 걸어가며 다른 반들을 둘러보았다. 13번은 반 하나를 둘러볼 때마다 3번을 향해 고개를 가로젓고 양팔로 가위표를 그렸다.

곧 같은 층에 남아 있는 학생이 우리 반밖에 없다는 것을 알게 되었다.

3번은 무언가 알 수 없는 일이 일어나고 있나는 걸 알게 되었다. 그러곤 13번을 향해 그만 됐으니 돌아오라고 손짓했다. 13번은 교무실로 올라가는 계단과 3번을 번갈아 바라보았다. 13번은 교무실로 올라갔다. 3번은 13번을 기다리며 교실 앞에 있었다. 13번은 오지 않았다.

27번이 3번에게 와서는 말했다.

너희 뭐해?

학교에 다른 애들이 아무도 없어서 확인하고 있었어.

무슨 말이야?

그냥 그 말 그대로 아무도 없다니까.

27번이 복도로 나가서 3번과 함께 옆 반을 확인했다.

그냥 체육 나간 거 아냐?

운동장에 아무도 없는데.

체육관 가서 하겠지. 근데 우리 부반장 어디 갔지? 숙제 봐야 되는데.

아까 교무실 갔잖아.

근데 왜 안 와?

그러게.

3번의 마지막 말은 복도에서 울렸고 우리에게 크게 들렸다. 그 때문에 교실이 잠깐 조용해졌다. 분위기를 읽지 못한 몇몇 아이들을 빼고서 다들 복도에 서 있는 3번과 27번을 주목했다. 3번과 27번은 교실로 들어왔다. 우리는 교실 가운데로 모여서 밖으로 나갔다가 돌아오지 않는 아이들에 대해서 이야기했다.

뒤늦게 15번이 이야기에 끼며 말했다.

애들도 아니고 웬 무서운 이야기야?

우린 진지한데.

정신 차려.

그 말과 함께 수업 마침종이 울렸다.

하지만 이상하게도 우리들 중에 교실 밖으로 나가는 아이는 없었다. 우리는 잠깐 서로의 눈치를 봤다. 쉬는 시간이 시작되면 들려야 할 각 반에서 왁자지껄 떠드는 소리가 들려오지 않았다.

그러던 중에 수업 시간 내내 잠만 자던 10번이 자리에서 일어났다.

10번이 교실 뒷문으로 향하자 침묵을 지키고 있던 우리 중 15번이 10번에게 말했다.

너 어디 가?

화장실 가는데. 왜? 수업 끝난 거 아냐?

10번은 눈을 비비며 대답했고 교실의 분위기를 알아차리지 못한 거 같았다.

아냐. 갔다 와.

그 말에 3번이 무어라 말하려 했지만 27번이 3번의 손목을 잡았다. 우리는 복도 창문을 열고 10번이 교실을 나서 화장실로 들어가는 것을 보았다.

우리는 잠시 기다렸다.

우리 반 교실 앞을 지나는 다른 반 아이들은 아무도 없었다. 10분 잠깐이라도 운동을 하겠다고 운동장으로 나오는 아이들도 있는데 보이지 않았다. 정확히 무엇을 기다리는지는 알 수 없었다. 기다리는 동안 우리 반은 조용했고, 덕분에 학교 어느 곳에서도 조그마한 인기척 하나 없다는 걸 알 수 있었다.

걔 아직 화장실에서 안 나온 거지?

15번이 말하자 27번이 대꾸했다.

큰 거 누는 거 아냐?

이번에는 3번이 말했다.

누가 확인하러 갈래?

니가 가야지?

내가 왜?

니가 보냈잖아.

보내다니? 걔가 화장실 가고 싶어서 간 거지. 내가 언제 가라고 했어?

뻰뻰한 새끼.

너도 입 다물고 있었으면서 왜 나한테 지랄이야?

27번이 둘 사이를 막아서며 말했다.

분위기 험하게 왜 이래? 나도 말하지 말라고 말렸으니까 내가 갈게.

27번이 자진해서 말하자 14번도 자리에서 일어났다.

나도 같이 가.

꼭 그럴 필요는 없는데.

아냐. 나도 화장실 가고 싶었어. 그리고 너희들이 쑈 하는 것도 이상하다고 생각했고.

뭐가?

3번이 불만스럽게 따지자 14번이 인상을 쓰며 말했다.

그냥 점심 먹고 퍼지는 시간이니까 학교가 조용한 거지. 이렇게 진지하게 떠들 필요 있어? 밥 먹고 할 일 없니?

아냐. 아까 빈 반 확인하는 거 봤잖아?

그냥 장난친 거겠지. 그러다 오늘 밤에 이불 걷어찬다.

여기 스마트폰 통화되는 사람 있어?

갑자기 그 이야기가 왜 나와?

14번은 대충 대답하곤 27번과 함께 화장실로 향했다. 화장실로 가는 길에 옆 반을 확인한 14번이 중얼거렸다. 그 목소리가 우리 반까지 들렸다.

뭐야. 진짜 아무도 없네.

그 말은 조용한 복도에서 우리 반까지 쉽게 퍼졌다. 하지만 14번은 큰 문제랄 것도 없는 것처럼 화장실로 들어갔다. 그에 반해 27번은 화장실 앞에서 몇 번이나 불안한 듯 우리를 바라봤다. 곧 한숨을 한 번 쉬고는 14번을 따라 화장실 안으로 들어갔다.

그리고 아무런 일도 일어나지 않았다.

우리의 계산이 맞는다면 화장실에 들어갔나가 나오지 않은 건 모두 다섯 명이었다. 우리는 화장실 칸마다 앉아 있는 우리 반 아이들을 상상할 수 있었다. 정말로 그렇다면 농담 같은 상황이었다. 우리는 우리도 모르는 사이 커다란 TV쇼의 주인공이 된 거 같았다.

몇몇 아이들이 부모님과 다른 친구들에게 전화를 걸었지만 아무도 받지 않았다. 불안은 더 커져갔다.

3번은 칠판에 숫자를 적기 시작했다.

너 뭐해?

3번은 대꾸하지 않았다. 3번이 숫자를 적어가다가 같은 반 아이들의 이름을 부르며 걔 몇 번이냐고 물었다. 그제야 다들 그 숫자가 무엇인지 알 수 있었다. 우리는 총 스물여덟 명 중에 열한 명이 교실로 돌아오지 못했다는 걸 확인했다.

3번이 말했다.

통화되는 애들 없지?

그 말에 통화를 시도해 보지 않은 아이들도 스마트폰을 들었다. 신호는 가지만 전화를 받는 사람은 아무도 없었다.

누군가 말했다.

학교 밖의 다른 사람들도 다 사라졌다는 거야?

확인해 보기 전에는 알 수 없지.

3번이 말했다.

학교 밖으로 나가면 괜찮을지도 몰라.

그러자 15번이 말했다.

어떻게 나간다는 거야?

누군가 말했다.

창문으로 나가면 어때?

창문으로?

커튼을 잘라서 묶은 다음 그걸 타고 내려가면 되잖아.

영화를 너무 많이 본 거 아냐?

15번이 핀잔을 줬지만 3번은 그럴듯한 아이디어라고 생각했다.

해 볼 사람?

15번이 손을 내저으며 말했다.

난 반대야. 아직 무슨 일이 일어난 것도 아닌데 왜 가겠다는 거야? 시간이 지나면 다 좋아질지도 몰라.

어떻게 다 좋아진다는 거야? 지금 당장 화장실도 못 가는데?

그 말과 함께 수업 시작종이 울렸다.

수업 시작종이 울리는 동안 15번이 목소리를 키워가며 말했다.

아니. 이제 겨우 한 시간 지났어. 좀 더 지켜보자는 거야. 이게 다 꿈이고 환상이면? 우리가 뭔가 착각하는 거라면? 무슨…… TV쇼 같은 거면 어떻게 할 거야? 커튼 값은 니가 낼 거야? 누가 떨어지면 책임질 수 있어?

15번의 말에 몇몇 아이가 눈치를 보며 고개를 끄덕이며 동의했다.

3번이 말했다.

그럼 넌 여기 있어. 다른 사람 일하는 데 초치지 말고. 해 볼 사람 없어?

3번이 자신부터 한 손을 들며 호응하자 몇몇 아이들이 하겠다며 나섰다. 누군가 손을 들었다.

커튼부터 뗄까?

남은 스무 명 남짓한 아이들 중에 3번을 주축으로 여닐곱 명의 아이가 커터칼로 커튼을 잘라내고 어설프게 꼬고

묶으며 밧줄을 만들기 시작했다. 하지만 커튼이 낡고 해진 데다 다들 처음 하는 일이었기 때문에 쉽지 않았다.

다시 수업이 시작되고 30분이 지나도록 아무도 교실에 오지 않았다.

공포를 느낀 아이들은 저마다 모여들거나 커튼으로 밧줄을 묶는 것을 도왔다.

15번도 뒤늦게 다가와서 말했다.

도와줄까?

마음대로 해.

15번이 돕기 시작하자 남은 아이들의 절반 정도가 커튼을 밧줄로 만드는 데 매달렸다. 다른 아이들은 그 일을 지켜보거나 복도 밖을 내다보면서 시간을 죽였다. 호기심을 참지 못한 2번과 25번이 밖으로 나갔고, 그걸 지켜보던 누군가 3번을 대신해서 칠판에 숫자를 더했다.

15번이 더해진 숫자를 보고 말했다.

또 누가 나갔어? 왜 안 말린 거야?

내가 무슨 자격으로 말려? 그리고 돌아올 수도 있잖아.

누군가 그렇게 대꾸하자 15번도 마땅히 할 말이 없었다.

3번이 말했다.

밧줄 내려 보자.

몇 번이나 묶은 커튼을 올리고 내리면서 조절했기 때문에 길이는 적절했다. 난간에 묶인 밧줄은 화단까지 여유

있게 내려갔다. 우리는 실험해 보진 못했지만 이 길이 안에선 가장 튼튼한 밧줄이라고 생각되었다.

15번이 말했다.

니가 말했으니 너부터 내려갈 거지?

15번이 3번을 가리켰다.

3번은 고개를 가로저으며 말했다.

아니. 몸이 제일 가벼운 사람부터 내려가야지.

자기가 하자더니 왜 위험한 일은 남한테 떠맡겨?

넌 말을 왜 그딴 식으로밖에 못하냐? 떠맡기다니? 이게 나 혼자 좋자고 하는 거야? 지원할 사람 없어?

우리는 서로를 바라보았다. 몸이 제일 작은 것은 19번이었다. 19번은 어쩔 수 없다는 듯 나섰다.

내가 해야겠네. 튼튼한 거 맞지?

19번은 밧줄을 만들 때 참여하지 않았기에 커튼으로 만든 조잡한 밧줄을 의심스럽게 바라보았다. 아무도 그 의문에 대답하여 책임을 지고 싶지는 않았기 때문에 입을 다물었다.

3번이 말했다.

당겨 봤을 때는 괜찮았어. 괜찮을 거야.

한번 해 보지 뭐.

19번은 가볍게 창틀에 오르고 난간을 넘었다. 다들 19번이 체격은 작지만 늘 체육 시간이면 공격수 자리를 넘보는 걸 알고 있었다. 19번도 밧줄을 불안하게 보긴 했지만 튼튼하기만 하다면 학교를 내려가는 것 정도는 걱정 없다고 생각했다.

19번이 밧줄을 잡고 내려가기 시작하자 우리는 창틀을 가득 메워가며 19번을 조마조마하게 바라보았다.

19번은 여유롭게 말했다.

괜찮은데?

19번은 자신이 붙었는지 한 손을 놓고 손을 흔들기까지 했다. 몇몇 아이들이 야유 비슷한 비명을 질렀지만 19번은 쉽게 한 층을 내려갔다.

우리는 어려운 고비는 넘어갔다고 생각했다. 19번은 사라지지도 않았다. 학교를 나가면 전부 괜찮아질 거야. 근거 없는 희망이 생겨났다.

하지만 지이익 소리가 들려왔다.

누군가 무슨 소리냐고 되묻기도 전에 19번이 밧줄과 함께 화단으로 떨어져 내렸다. 쿵 소리가 들렸다. 다들 비명을 지르면서 창틀에서 떨어졌다. 누군가 구토를 했다.

15번이 3번에게 달려들며 멱살을 잡아 올렸다.

이 개새끼야. 니가 괜찮다며?

3번은 아무런 대꾸도 하지 못했다.

몇몇 아이들이 다시 창밖을 내다보았다. 19번은 눈을 뜬 채로 가만히 화단에 누워 있었다. 주변으로 커튼으로 만든 밧줄이 떨어져 있었다. 우리는 시체가 사라지지 않는다는 걸 알게 되었다.

15번이 3번의 멱살을 쥐고 흔들었다.

뭐라고 말 좀 해 보시지?

저 정도면 괜찮을 줄 알았는데……. 나만 이렇게 생각한 건 아니잖아?

쓰레기 같은 새끼.

15번은 3번을 밀쳐서 넘어트렸다.

누군가는 친구가 토한 것을 치웠고 누군가는 19번의 시체를 내다보지 못하도록 창문을 닫았고, 누군가는 3번을 위로했다. 나머지는 15번과 함께 있었다.

15번이 말했다.

밖으로 나가는 건 위험해. 저게 개짓거리 하다가 무슨 일이 생겼는지 봤잖아.

그렇지만 여기에 계속 있다고 해서 무슨 수가 나는 건 아니잖아?

누군가의 대꾸에 15번이 말했다.

아직 해도 안 졌어. 시간이 지나면 상황이 바뀔 수도 있잖아.

하지만 시간이 지나면 뭐가 바뀐다는 걸까, 누군가는 그렇게 생각했지만 우리 중 누구도 15번과 다투고 싶지 않았다. 저 말처럼 참고 기다리면 뭔가 바뀔지도 몰라. 누군가

스스로도 믿지 않는 말을 되뇌었다.

수업이 끝나고, 시작되기를 반복했다. 창밖으로 노을이 지자 누군가 불을 밝혔다. 창백한 형광등 불빛이 교실을 채웠다. 해가 완전히 지자 복도는 어둠에 잠겼다. 우리는 무엇이라도 나올 것 같은 공포를 느꼈지만 교실에는 아무도 오지 않았다.

마땅한 대책이 없었기 때문에 다들 15번 주위에 앉아 있거나 각자의 자리에 앉아 있었다. 대화는 없었다. 이 모든 일이 일어나지 않았길 바라면서 스마트폰이나 책을 들여다보거나 책상에 엎드려 있었다.

15번과 함께 앉아 있던 누군가가 말했다.

너희 배 안 고파?

먹을 거 줄까?

그렇게 말한 건 따로 앉아 있던 23번이었다. 누군가 고개를 끄덕이자 23번은 책상 서랍에서 빵을 꺼내 던졌다.

하지만 15번이 먼저 그 빵을 낚아챘다.

잠깐만.

뭐야?

우리가 언제까지 여기 있을지 모르잖아. 너 혼자 먹는 건 좀 이기적이지 않냐?

그 모습을 보고 빵을 던져 준 23번이 다가왔다.

무슨 말이야? 그거 내 빵이야. 내가 얘한테 준 거라고.

그래서? 지금 같은 상황에서 니 빵 내 빵 따질 때야? 얘 혼자 배고픈 줄 알아? 다 같이 살아야 할 거 아냐. 말이 나왔으니 하는 말인데 전부 먹을 거 꺼내 봐. 버틸 만큼 버텨서 나눠 먹어야 하니까.

그걸 왜 니가 정하는데?

다들 저 말 어떻게 생각하냐?

우리는 23번의 말보다 15번의 말에 더 동조하고 있었다. 당연히 빵을 나눠 먹을 수 있을지도 모른다는 유혹이 컸다. 23번은 자신이 불리한 걸 알고서 입술을 깨물었다.

그래, 그럼…….

23번이 마지못해 15번의 말을 인정했다.

그 대신 먹을 거 숨겨 두는 애도 있을 수 있으니까 서로 뒤지는 거로 하자.

우리는 잠시 침묵했다.

15번은 흔쾌히 동의했다.

그래.

조용하던 교실이 잠시 부산스러워졌다. 15번과 23번이 아이들을 찾아가며 서랍과 가방, 사물함을 뒤졌다. 다들 불편하게 생각했지만 다 같이 살아야 한다는 뜻에서 동의했다. 하지만 몇몇 아이들은 그 뜻에 동의하지 않았다.

그리고 그 선두에 서 있는 것은 3번이었다.

니가 뭔데 우리 물건을 뒤지겠다는 거야?

왜? 남 주기엔 아까운가 보지?

니가 몰래 처먹을 거 뻔히 아는데 내가 왜 널 주냐? 2만 5000원짜리 체육복 3만 원이라고 구라치고 돈 걷으려고 한 거 우리가 다 까먹을 줄 알았냐?

미쳤냐? 그 얘기가 여기서 왜 나와? 애 하나 잡은 거로는 성에 안 차든?

15번은 당황하며 말을 돌리려 했다. 하지만 3번은 더 거세게 나갔다.

3번은 난간에 묶여 있던 끊어진 밧줄을 손에 들었다.

이거 보이냐?

그러고선 3번은 밧줄의 끊어진 단면을 우리에게 보여 주었다. 우리는 3번이 말하는 의도를 단번에 알아차릴 수 있었다.

여기는 뜯겨 나가서 줄이 풀렸는데 이 부분은 매끄럽게 잘려 있어. 누가 잘랐다는 말이지.

또 뭔 개소리야?

그리고 너 밧줄 꼬는 거 돕겠다고 줄 끄트머리에서 얼쩡거리는 거 안 본 애가 없어. 니가 그랬지?

내가 왜?

니가 애들 휘어잡으려고 정치질하는 거 누가 모르냐? 그래. 밧줄에 매달릴 애가 꼭 죽었으면 하는 건 아니었을지도 모르지. 그 대신 니 말이 옳다는 걸 보여 주려면 내가 하는 일에 문제를 만들어야 했으니까. 속옷 벗겨 가며 뒤져 보기 전에 칼이나 내놔.

누구 마음대로 뒤진다는 거야? 그냥 커튼이 깔끔하게 끊어질 수도 있는 거 가지고 생트집 잡네. 너희도 그렇게 생각 안 하냐?

15번은 우리에게 시선을 던졌지만 동의하는 아이는 거의 없었다. 우리는 15번의 눈을 피했다.

3번이 결정적인 말을 던졌다.

너도 애들 먹을 거 있나 뒤져 봤잖아?

찾아 봐 그럼. 없으면 죽여 버린다 진짜.

3번은 15번의 가방과 서랍을 뒤지고 몸을 더듬었다. 혹시나 하는 생각에 쓰레기통이나 가까이 앉은 같은 반 아이들의 자리도 뒤졌다. 하지만 3번이 찾는 칼은 나오지 않았다.

우리는 3번이 틀렸다는 생각은 들지 않았다. 칼이라는 건 쉽게 숨길 수도 있는 거니까.

하지만 주도권이 15번에게 넘어갔다는 건 다들 알 수 있었다. 15번이 3번의 멱살을 쥐어 올렸다.

15번이 말했다.

다 찾았냐?

3번은 대답하지 않고 주먹을 쥐었다.

우리는 서로를 바라보면서 당장이라도 주먹다짐이 시작

될 거란 것을 알았다. 우리는 긴장감인지 기대감인지 명확하지 않은 감정에 휩싸였다.

그때 11번이 말했다.

내가 가지고 있어.

15번과 3번이 11번에게 고개를 돌렸다.

11번은 15번과 함께 어울려 놀던 친구였다. 하지만 이번엔 자신이 틀렸다고 생각한 모양이었다.

11번이 주머니에서 커터칼을 꺼냈다.

3번은 15번을 밀쳐내곤 옷깃을 바로잡았다.

그럴 줄 알았지.

뭘 그럴 줄 알아?

15번은 얼굴이 붉어져서는 잘린 밧줄을 집어 들었다.

개새끼들이 뭉쳐서 지랄하네. 이 씹새끼야. 칼 줘 봐. 이 딴 칼 쪼가리로 커튼이 이렇게 반듯하게 잘리겠냐? 어?

15번이 흥분하면서 달려들자 11번이 엉겁결에 들고 있던 칼을 넘겼다.

우리는 놀라서 한 발자국 물러났다.

15번이 밧줄의 단면과 칼을 쥐고 3번에게 다가갔다.

야, 봐 봐. 보라고. 벨 수 있는지 보라고.

3번은 기 싸움에서 지지 않겠다는 듯 자리를 버티고 15번을 노려보았다. 우리는 설마 15번이 칼을 휘두르진 않을 거라고 믿었다. 하지만 정말로 그렇게 믿었다면 우리는 두 사람에게서 물러나지 않았을 것이다.

누군가 헉 하고 숨을 들이쉬었다.

3번의 목으로부터 솟아 나온 핏줄기가 천장을 때렸다. 3번이 주저앉자 누군가 한 박자 늦게 비명을 질렀다. 3번이 신음을 삼키며 급하게 목을 부여잡았다. 하지만 핏줄기가 3번의 붉게 젖은 손가락 사이로 다시 삐져나왔다. 천장을 적신 핏방울이 우리 정수리 위로 떨어졌다.

우리는 책걸상을 무너뜨리며 15번에게서 물러났다. 겁에 질린 11번이 교실 밖으로 도망쳤다.

15번은 얼굴에 묻은 3번의 피를 소매로 닦아냈다.

뭐 이 개새끼들아? 죽어 볼래?

우리는 이제 15번이 밧줄을 자른 범인이란 것도, 그가 두 번째로 살인을 저질렀다는 것도 알게 되었다. 누군가 15번에게 진정하라거나 왜 이러는 거냐는 말을 던졌다. 15번은 대답하지 않았고 누군가 또 토하기 시작했다. 누군가 끝 모를 비명을 목이 쉬도록 질렀다.

15번은 재미있다는 듯이 칼을 내밀고 우리에게 다가왔다. 한 발 내디딜 때마다 누군가 비명을 질렀다.

순간 15번이 무릎을 꿇더니 쓰러졌다.

15번 뒤로 23번이 의자를 들고 서 있었다.

잠깐의 침묵 뒤에 23번이 우리를 돌아보며 말했다.

뭐해? 치우자.

3번은 누가 봐도 너무 많은 피를 흘렸기 때문에 다시 일어난다는 생각을 하긴 어려웠다. 15번 또한 깨어나지 않았고 23번이 내려친 뒤통수가 부어오르기 시작하자 교실 밖으로 보내기로 판단했다.

우리는 다 같이 이동하는 것보다 시체를 옮길 인원을 최소로 줄이는 것이 타당하다고 생각했다. 지원자는 없었다. 우리는 가위바위보를 했고 21번과 26번이 걸렸다.

우선은 3번을 치웠다. 밧줄을 다시 커튼 조각으로 펼친 다음 3번을 눕혔다. 그리고 우리는 21번과 26번이 3번을 복도 끝까지 옮기는 걸 확인했다. 붉은 피로 이어진 줄이 길게 남았다. 남은 아이들이 마른걸레와 밀대로 피를 닦아냈지만 완전히 닦이진 않았다. 누구도 피로 질척한 걸레와 밀대를 짜내고 싶어 하지 않았다.

21번과 26번은 다시 돌아와서 이번엔 15번을 커튼 조각에 눕혔다.

그리고 같은 일이 반복되었다.

하지만 이번엔 21번과 26번이 돌아오지 않았다.

복도 너머로 긴 비명이 들려왔다.

누군가 말했다.

무슨 소리야?

하지만 복도 끝으로 가서 그걸 확인해 볼 용기를 가진 아이는 없었다. 21번과 26번이 시체를 옮기는 모습을 보고 있던 다른 아이가 15번이 일어나는 걸 봤다고 말했다. 다시 비명이 학교에 울려 퍼졌다.

우리는 21번과 26번이 15번과 싸우다가, 다 같이 사라졌을 거라고 판단했다. 하지만 누군가는 15번이 살아 있고, 사라지지 않을 수도 있다고 말했다. 하지만 그렇다고 해서 다시 15번을 찾으러 갈 수도 없었다.

우리는 교실 문 앞에 책걸상으로 바리케이드를 치기로 했다.

어차피 우리는 아무런 할 일이 없었고, 밖으로 나가겠다고 말하는 아이도 없었기 때문에 바리케이드는 교실 입구를 완전히 틀어막았다.

우리는 이제 사라지거나 죽은 아이들의 사물함을 분리해서 변기로 썼다. 책을 그러모아 차가운 시멘트 바닥 위에 깔았고, 낱장을 찢어 구기면 더 보온이 좋다는 이야기에 다들 교과서와 문제지를 찢었다.

우리는 늦게까지 찢어진 책 위에서 이야기를 나누거나 지금 일에 대해 걱정을 나누었고, 보다 마음의 여유가 필요한 아이들은 연습장에 끼적이며 빙고 게임을 하거나 오목을 두었으며, 부족한 콘센트 자리에도 불구하고 배터리를 충전해 가며 휴대폰 게임을 했다.

밤새 음식을 나눠 먹고 오물로 가득 찬 사물함 두 개를 창문 밖으로 던졌다.

날이 밝고 등교 시간이 지났다. 우리 교실엔 아무도 찾아오지 않았다. 밤새 깨어 있던 아이들은 해가 뜬 뒤에야 뒤늦게 눈을 붙였다.

23번이 말했다.

뭔가 규칙이 있는 거 같아.

누군가 되물었다.

무슨 규칙?

교실에선 사라지지 않는 거 같아. 교실에서 없어진 사람은 아직 없으니까.

23번은 창문 밖을 내다보며 말했다.

그리고 죽어도 사라지지 않아.

몇몇 아이들이 창밖을 내다보았고 19번은 어제 쓰러진 그 자리에 그대로 누워 있었다.

끝으로 서로를 바라보고 있으면 사라지지 않는 거 같아. 다른 사람의 시야에서 벗어나야 사라지는 거지.

확신할 수 있어?

아니. 그래서 확인해 보고 싶은데. 같이 해 볼 사람?

그 말에 깨어 있던 아이들이 서로 바라봤다. 지원하진 않겠지만 다른 아이들이 나섰으면 하는 바람이었다.

17번이 늦게나마 손을 들었다.

해 보자.

바리케이드 한쪽이 허물어졌다. 우리는 23번과 17번이 나가는 걸 바라보았다. 23번은 복도를 내다보지 말라고 말한 다음 밖으로 나갔다. 금세 23번과 17번이 돌아왔다.

실험으로 자신감이 붙은 23번이 말했다.

나갈 사람 있어?

함께 나갔다 온 17번은 자신은 나가겠다고 말했다. 하지만 다른 아이들은 아니었다.

23번이 말했다.

계속 교실에 남아 있을 수는 없어. 언젠가는 나가야 해.

그 말에 1번이 손을 들었다.

23번은 더 기다렸다. 더는 아무도 손을 들지 않았다. 23번은 저 혼자 고개를 끄덕였다.

그래, 그럼.

세 사람은 간단히 이야기를 나누곤 학교의 중앙계단을 따라서 운동장을 지나 정문으로 나가겠다고 말했다. 운동장으로 나가게 되면 혹시나 서로를 시야에서 놓치는 일이 생기더라도 우리가 그 아이들을 볼 수 있기 때문이었다.

우리는 또 보자며 인사를 나누었다.

23번을 따라 17번과 1번이 교실을 나섰다. 몇몇 아이들이 자신도 따라 나갈 걸 하고 후회했다.

하지만 시간이 지나도 운동장은 텅 비어 있었다.

혹시 실패한 걸까 하고 생각했을 때 누군가 운동장으로 달려 나왔다.

1번 혼자였다.

1번은 시종일관 뒤를 힐끔거렸다. 곧 1번을 뒤쫓는 것이 15번이라는 걸 알 수 있었다. 피를 뒤집어써서 머리가 떡지고 옷이 찢어졌지만 15번이었다.

1번은 도와 달라고 외쳤다. 몇몇 아이들이 화분을 15번에게 던졌지만 근처에도 미치지 못했다.

15번이 1번을 따라잡았다. 그러곤 큰 체격으로 1번을 덮쳐 머리카락을 쥐고 바닥에 메다꽂았다. 1번이 15번을 떨쳐내려 했지만 해내지 못했다. 우리는 욕을 하며 그만하라고 외쳤지만 15번은 멈추지 않았다. 곧 1번이 움직이지 않았다.

15번이 자리에서 일어났다.

우리는 뒤늦게 15번에 대항할 방법을 생각해 냈다.

창문 닫아!

순간 들었을 때는 무슨 말인지 이해하지 못했지만, 곧 우리는 그 말을 이해했다.

창문이 닫히기 시작하자 15번이 말했다.

날 봐! 날 보라고!

우리는 창문을 등지고 바닥에 줄지어 앉았다.

이제 15번이 외치는 목소리가 들리지 않았다.

누군가 말했다.

우리 반으로 오고 있는 걸지도 몰라.

그 누구도 15번이 사라졌다는 확신을 하지 못했다.

우리는 바리케이드를 다시 쌓아 올렸다.

하지만 그것은 괜한 기우였다.

15번은 다시는 우리 반으로 되돌아오지 못했다.

우리는 간혹 운동장에 넘어져 있는 시체들이 다시 일어나지 않을까 힐끔거렸고, 누군가 벌떡 일어나며 무슨 소리를 들었다고 듣는 일에 익숙해져 갔다.

먹을 것은 이틀이 지나기 전에 동났고, 사흘째 되는 날 대부분은 목이 말라 잠을 이루지 못했다.

누군가 화장실 수돗물을 떠와야 한다고 말했다. 정수기는 교무실 앞에 설치되어 있었기 때문에 우리 기준에서 너무 멀었다. 수돗물이라도 상관없었다. 우리는 모두 동의했다.

물을 떠 올 두 사람을 정하기 위해 가위바위보를 하고 싶었지만 그러기엔 우리 숫자가 너무 적었다. 우리는 겨우 일곱 명밖에 없었다.

우리는 고심한 끝에 한 명은 교실에 남고 나머지는 복도에 줄을 지어서 서로의 등을 바라보았다. 그리고 6번과 8번 두 사람이 시야에 닿는 위치에서 수돗물을 떠오기로 했다.

나는 화장실 앞에서 모두를 지켜보는 시점이었다. 가장 멀리 교실에서 빼꼼 고개를 빼고 있는 12번이 보였고, 가장 가까이에 수도꼭지를 돌려 페트병에 물을 뜨고 있는 6번과

8번이 보였다. 여기까지는 아무 문제도 없었다.

하지만 6번이 물을 떠서 나를 향해 고개를 돌렸다가 헉 하는 소리와 함께 주저앉았다. 내 등 뒤에서 무언가를 본 것이었다. 나는 반사적으로 뒤로 고개를 돌렸다.

계단을 통해 이쪽으로 기어 올라오려고 한 누군가의 시체였다. 나는 그게 누구인지 알 수 있었다. 3번의 시체를 옮긴 뒤 15번을 옮기다 사라졌다고 생각한 26번이었다. 26번은 눈꺼풀이 잘렸지만 희멀건 눈동자만은 피로 물들지 않아 나를 똑바로 바라보고 있었다. 사라지고 싶지 않았던 15번이 26번의 눈꺼풀을 잘라냈던 것이다.

하지만 그게 중요한 것이 아니었다. 나는 재빨리 중대한 실수를 깨달았다. 나는 다시 고개를 돌렸다. 페트병 하나가 바닥을 구르고 있었고, 다른 하나는 이제 허공에서 떨어지는 와중이었다.

손을 뻗기 전에 물이 가득 담긴 페트병이 떨어지고 차가운 물방울이 내 얼굴로 튀었다.

나는 다른 아이들을 당황하게 해서는 안 된다는 걸 깨달았다.

내가 화장실로 들어서자 가장 가까이 서 있던 20번이 무슨 일이냐며 화장실 안쪽으로 고개를 디밀었다. 그러곤 아무 말도 하지 않고 얼어붙은 그대로 있었다.

나는 페트병에 물을 마저 담고 뚜껑을 닫은 다음 화장

실을 걸어 나왔다.

아무 말도 하지 않았지만 아이들은 표정으로 무슨 일이 일어났는지 알아차렸다. 당황해서 더 큰 실수를 하면 안 된다는 걸 다들 알고 있었지만, 교실의 안전한 자리에 남아 있던 12번은 비명을 지르며 교실로 돌아갔다.

누군가 사라진 거냐고 내게 계속 되물었고 나는 고개를 끄덕이며 그렇다고 대답해야만 했다.

교실로 돌아온 우리는 6번과 8번을 잃은 것을 칠판에 적어 두기도 전에 다른 문제를 직면해야 했다. 12번도 사라진 것이다.

12번이 사라졌다는 것은 우리가 생각했던 규칙 중 하나가 깨어졌다는 말이었다. 교실도 안전한 장소가 아니었다. 아마도 교실이라는 장소에 다들 모여 있었기 때문에 서로가 서로의 시야에 들어가 있었던 것뿐이었다.

하지만 이제 우리는 네 명뿐이었다. 그런 요행을 바라며 계속 교실에 남아 있을 수는 없었다. 우리는 목을 축인 다음 교실 밖으로 나갔다. 더 지체했다간 해가 질 것이다.

우리는 각자 손을 잡아 둥글게 만들었다. 혹여나 서로가 시야에서 벗어나더라도 붙잡고 있는 상태에서 갑자기 사라지지는 않을 거라는 믿음 때문이었다.

금세 손에 땀이 차올랐기 때문에 중앙계단의 첫 층계참에서 22번이 미안하다며 손을 놓곤 옷에다 땀을 훔쳐야 했다.

우리는 아주 느리게 움직였다. 네 사람 중의 한 사람은 뒤로 계단을 내려가야 했고, 나머지 둘은 옆으로 내려가야 했으며, 네 사람 모두 서로의 얼굴을 보기 위해 고개를 바짝 들어야 했기 때문에 바닥에 무엇이 있는지, 계단을 얼마나 내려왔는지 확인할 수 없었다. 학교에 다니며 익숙해질 대로 익숙해진 계단인데도 낯설었다.

아래층으로 내려오자 복도에 비릿한 피 냄새가 났다.

18번이 말했다.

사라지면 다들 어디로 가는 걸까?

모르지.

20번이 18번에 말에 대꾸했다.

사라진 사람들이 모두 같은 곳으로 갔으면 좋겠어.

그럴지도 몰라.

하지만 그건 알 수 없었다. 사라진 사람들이 어디로 가는지 확인할 방법은 단 하나뿐이었다.

마지막은 1층 로비로 내려오는 계단이었다. 1층 로비를 직접 바라볼 수는 없지만 빛이 들어오는 풍경이 보였다.

내가 말했다.

이제 다 왔어.

하지만 그 말과 동시에, 뒤로 걸어가던 20번이 뒤로 넘어졌다.

나는 20번을 잡아당겼지만, 22번은 우리를 따라 넘어지지 않기 위해서 우리의 손을 놓아 버렸다.

나는 충격에도 눈을 감지 않기 위해서 시야에 들어온 20번과 18번을 바라보았다.

하지만 정작 20번은 눈을 질끈 감고 말았다. 등에 바닥을 부딪친 충격 때문일지도 몰랐다.

우리는 22번이 사라졌다는 걸 알았다.

18번이 말했다.

아주 잠깐이었는데.

22번이 서 있던 자리 아래에는 23번의 시체가 누워 있었다. 20번이 밟고 넘어진 시체였다.

18번이 말했다.

나는 실험을 해 봐야겠어.

무슨 말이야?

내가 되물었다.

손을 놔 줘. 사라지면 어떻게 되는지 궁금해.

안 돼. 이제 셋밖에 안 남았잖아?

나는 동의를 구하기 위해 20번을 바라보았다.

하지만 20번은 나와 생각이 다른 것 같았다.

가고 싶다면 가. 난 이해할 수 있어.

20번이 18번의 손을 놓았다.

손을 놓고 싶지 않았지만 18번의 표정은 완고했다. 이제 와서 몸싸움을 할 수도 없었다.

내가 말했다.

그래. 사라져.

18번은 그대로 계단 위로 걸어 올라갔고, 우리는 잠시 그 뒤를 바라보다가 다시금 서로를 바라보았다.

가자.

로비를 나서자 밝은 햇빛이 우리를 내리쬐었다.

자연스럽게 내가 뒤돌아선 채 걷게 되었다.

우리는 둘 다 눈조차 깜빡이지 않기 위해서 인상을 써야 했다. 그런데도 이따금 눈을 깜빡였고, 눈을 다시 뜰 때 서로가 그 자리에 있다는 걸 확인하곤 안도했다.

운동장의 흙바닥을 밟고, 1번의 시체를 지나쳤다. 15번이 사라졌을 자리였다.

교문까지 얼마 남지 않았다는 걸 의미하기도 했다.

학교를 벗어나기만 하면 이 악몽이 끝날지도 모른다. 나는 그렇게 생각했다.

별안간 20번이 우뚝 멈춰 섰다.

내가 말했다.

뭐야? 왜 그래?

20번이 떨리는 목소리로 말했다.

누가 우릴 보고 있어.

그럴 리는 없었다. 학교 밖으로 지나가는 사람을 우리는 단 한 명도 찾아볼 수 없었다.

내가 캐물었다.

무슨 말이야?

저기 누가 있다고. 너무 무서워. 학교로 돌아가자.

누가 있다는 거야? 누구를 말하는 거야?

누군지 모르겠어.

20번은 이제는 손에 힘을 주고 뒷걸음질 치기 시작했다.

나는 다급하게 손에 힘을 주며 말했다.

자세히 말해 봐. 뭐 때문에 그러는 거야?

설명할 시간 없어. 가까이 다가오고 있다고.

20번의 표정은 당장이라도 울 것 같은 얼굴이었다.

연기하는 것은 아니었다. 20번의 붙잡은 두 손이 덜덜 떨려왔다.

무엇이 그리도 무섭단 말인가?

돌아보고 확인하고 싶지만 20번이 사라질지도 몰랐다.

내가 제안했다.

좋아. 그럼 내가 뒤를 바라볼 테니까, 천천히 자리를 바꾸자.

안 돼. 못 돌아서겠어.

그건 그냥…… 환각이야. 내가 확인만 하면 된다고. 겁에 질려서 헛것을 보고 있는 거야.

아냐. 아니야.

이제는 양손으로 하는 씨름이 되었다.

하지만 떨쳐내는 힘이 더 강했다.

축축하게 젖은 손아귀에서 20번의 손이 빠져나갔다.

20번은 돌아서서 내달리기 시작했다.

안 돼!

나는 무심코 20번을 붙잡으려고 손을 뻗었다.

하지만 멈춰 섰다.

20번이 나를 두고 학교로 뛰어가는 모습이 보였다.

나는 사라지지 않았다.

학교의 창문을 하나씩 살펴보았지만 날 바라보는 시선은 어디에도 없었다.

등 뒤에서 누군가 날 보고 있다는 뜻이었다.

하지만 돌아볼 용기는 나지 않았다. 20번이 1층 로비로 완전히 들어서는 걸 보고 나서 나는 천천히 발걸음을 떼었다.

이제 운동장의 절반을 넘어섰다. 이대로 뒷걸음질을 치면 학교 정문에 도달할 것이다.

나는 그제야 모든 아이들이 혼자 남았을지도 모른다는 생각을 했다. 사라진 것처럼 보이지만 각자의 세계로 분리되어서 모두가 혼자 남아 있을지도 모른다.

하지만 그렇다면 20번이 돌아서는 순간 내가 사라졌어야 할 텐데. 20번이 봤다고 한 건 누구지?

내 등 뒤에선 아무런 인기척도 느껴지지 않았다.

다시 한 걸음을 옮겼다.

툭 하고 무언가가 내 등에 닿았다.

나는 천천히 뒤를 돌아보았다.

연기

“왼쪽 현관으로 나가자.”

“거기도 잠겨 있으면?”

“우리가 거기로 들어왔잖아.”

“몰라. 잠깐만……. 이쪽 문이 안에서 잠겼으면 반대쪽은 밖으로 잠가야 되잖아?”

인희와 내 눈이 마주쳤다.

“그럼 아직 학교에 누가 있다는 거야?”

대답보다 먼저 발이 튀어나갔다. 숨이 턱까지 차오를 만큼 전력으로 뛰었다. 이번에는 내가 먼저 도착했다. 이젠 팔이 다 저릴 지경이었지만 문을 잡아당길 때는 힘이 잔뜩 들어갔다. 그러나 이번에도 덜컹하며 근육이 걸리는 느낌만 났다.

“잠겼어.”

아소

다독 다작의 꿈에 시달리는 사람. 2018년 10월 장편 로맨스 판타지 『가시관과 환상향』을 출간 완결했다.

우리 학교는 에어컨을 마음대로 쓸 수 있다.

추위가 창문 틈으로 몰래 비집고 들어오는 것과 반대로 더위는 노골적으로 유리창을 통해서 내리쬔다. 누구의 낭만에서는 창가에 앉는 것이 좋을지 모르겠지만, 실제로 여름에 창가에 앉아 보시라. 그대로 살이 구워지는 느낌이 날 테니.

그렇다고 커튼을 치기엔, 지극히 다용도 활용에 목적을 둔 낡아빠진 두꺼운 암막커튼뿐이라서 어렵다. 조금이라도 커튼을 치면 당장에 캄캄해지니. 곧바로 선생님이 우리를 쪼아 댄다.

"수업하는데 누가 이렇게 어둡게 하냐, 엉? 당장 안 걷어?"

아무리 불만스러운 소리를 내도 소용없다. 저렇게 말하면서 들고 있던 단소로 교실 앞문까지 탕탕 두드려대야 완

성인 말이니까. 수학 선생님이라서 그런지 관악기를 타악기처럼 다루고 있다. 하여간 대화가 안 되는 선생님이라서, 내가 본격적으로 항의하지 않는 데는 다 이유가 있다.

"요즘 애들은 정신이 약해빠져서 그렇지. 햇빛이 얼마나 된다고 커튼을 쳐. 솔직히 우리 학교처럼 에어컨 잘 틀어주는 곳이 어디 있다고 컴컴하게 있을라 그래? 밥 먹으러 갈 때도 틀어놔, 체육하러 나가도 틀어놔. 얼마나 시원하냐, 잉? 안 켜도 가만히 있으면 시원해져."

"체육하면 더우니까 그렇죠!"

"시끄럽다."

쓸데없는 말이 길어지자 선생님이 짜증을 냈다. 하긴 아주 틀린 얘기는 아니었다. 사립학교라서 그런가. 늘 돈이 없다고 엉망진창인 학교 내부를 방치하면서 딱 한 가지, 에어컨만큼은 마음대로 틀게 해 주었다. 내 뒷자리에 앉은 애는 에어컨 바람을 제대로 맞는 자리라 아예 하트무늬 담요까지 두르고 있었다.

선생님들은 여름이니까 에어컨을 틀어도 괜찮다 싶다가도, 저 담요만 보면 속이 뒤집어지는 모양이다.

"니네 수업 시간에 담요 두르고 있지 말랬지! 그럴 거면 에어컨을 꺼!"

"아, 여기 앞자리는 덥단 말이에요!"

"저는 추워요!"

저렇게 대꾸하면 국어 선생님은 요렇게 세모꼴이 된 눈으로 우리들을 한 번 쏘아보다가 홱 수업을 시작했다. 사실 나도 오래 에어컨 바람을 맞다 보니 으슬으슬하긴 했다. 그렇다고 사오월 동안 사물함에 처박아 둔 담요를 빨기는 귀찮아서 그냥 추위를 참는 쪽을 택했다.

"솔직히 우리 학교는 에어컨 때문에 살았지. 안 그랬으면 진작 망했어."

"다른 학교들 보면 30도를 넘어가도 안 틀어 주려고 그런다잖아."

"그래봤자 교무실은 빵빵하게 틀어놨겠지."

"맞아."

다른 학교 아이들은 여름만 되면 죽는 소리를 했다. 그래도 선생님들 말처럼 에어컨을 마음대로 틀 수 있어서 다행이다 싶으면서도, 선생님들이 왜 저렇게 예민하게 구는지 이해가 갔다. 모든 교실에서 한꺼번에 틀어대는데 전기세가 배겨나겠어. 하지만 당장 복도만 나가도 후끈 끼쳐오는 바람에 도저히 에어컨을 끌 수가 없었다.

"아, 여긴 산 속인데 왜 이렇게 덥냐."

애들이 부채를 파닥거리며 지나갔다. 급식을 먹으러 갈 때가 고비였다. 바깥 공기에 완전히 노출된 길 때문에 아이들은 가진 도구를 총동원했다. 아이돌 얼굴이 그려진 둥근 부채, 광고용으로 받은 빨간색 학원 부채, 아예 미니 선

풍기를 가진 애들도 있었다. 에어컨에 익숙해진 아이들은 유독 밖으로 나오는 걸 더 못 견뎌 했다.

내 친구도 마찬가지였다.

"야, 밥 먹으러 안 가냐?"

"오늘 급식 뭐 나오지?"

"몰라. 또 두부 같은 거나 주겠지."

인희는 거의 교복을 안 입은 거나 마찬가지인 상태였다. 생활복이랑 비슷한 반팔 티셔츠에, 체육복 반바지 차림이다. 이렇게 입으면 선생님한테 걸리더라도 어쨌든 학교 규정에 있는 옷이라 적당히 넘어갈 수 있었다.

"밥 먹고 야자 짼래?"

"오늘 담임이 야자 감독이잖아."

나는 목깃을 잡고 펄럭거리며 대답했다. 습하고 더운 공기가 땀으로 끈끈해진 피부를 타고 흘렀다.

"무슨 상관이야. 어차피 신경도 안 쓸걸?"

"그러다 우리 반에 또 세 명만 남으면 신경 쓰실걸."

"아아 진짜."

투덜거리며 급식실로 향하는 계단을 올랐다. 급식실엔 에어컨을 틀어놓았지만 국통과 아이들의 열기를 감당하기엔 부족했다. 그래도 바깥이랑 비교할 바가 아니지. 달라진 온도차에 겨우 숨을 좀 쉬는데, 이상하게 학생들과 어울리지 않는 형체가 보였다. 불퉁한 눈을 뜬 아저씨.

교장 선생님이다.

한쪽 손엔 집게를 들고, 얼굴만 한 그릇을 든 채 어정쩡하게 허리를 굽히고 있었다. 또 반찬을 나눠주러 온 모양이다. 보통 선생님들은 1층에서 따로 밥을 먹었는데, 가끔씩 저렇게 일찍 밥을 먹은 교장이 남는 반찬을 들고 왔다.

배식하는 사람들은 학생 전부가 밥을 다 먹어야만 선심을 쓰듯 남는 반찬을 더 주곤 했는데, 3학년인 우리들은 그때까지 기다릴 여유가 없었다. 그래서 핫도그나 요구르트 같이 맛있는 게 나오면 1학년들을 부러운 눈으로 쳐다보거나, 아예 늦게까지 기다렸기 때문에 은근히 교장 선생님을 좋아하는 애들도 있었다.

인희도 좋아하는 쪽이었다.

"아싸, 달걀 프라이! 오늘 비빔밥인가 봐."

서둘러 식판을 집은 인희가 뒷줄에 섰다. 교장은 느릿느릿하게 돌아다니며 애들에게 계란을 나눠주고 있었다. 절반의 아이들은 껄끄러운 듯 시선을 피했지만, 얼른 자기 식판에 놔 달라고 내미는 애들도 많았다.

"또 누구……?"

눈을 꿈벅거리며 교장이 물었다. 솔직히 전혀 어른 같지 않은 모습이었다. 개구리 같은 얼굴에 덩치는 크면서 등을 항상 굽히고 다닌다. 말하는 것도 대체 뭐라고 하는지 이해가 안 갈 정도다. 교감 선생님은 정말 선생님답게 깐깐하고 안경도 썼는데, 교장은 늘 붉은 이마에 숱 많은 눈썹을 꿈틀거려서 껄렁한 깡패 같은 모습이었다.

교장이라 제대로 수업을 받아 본 것도 아니어서, 나는 저렇게 음식이나 좀 나눠주고 환심을 사려는 태도가 늘 마음에 들지 않았다.

빈자리가 나서 인희랑 내가 앉기 무섭게, 집게를 딱딱거리며 교장이 다가왔다.

“계란 더 먹을 사람?”

“저요!”

인희가 얼른 식판을 내밀었다. 노란색과 흰색으로 얼룩덜룩한 계란 프라이가 금세 놓여졌다. 교장이 나를 쳐다보았다.

“너는?”

“전 안 먹어요.”

교장은 고개를 끄덕하고는 또 멀어져갔다. 인희는 내 옆구리를 쿡 찔렀다.

“너 안 먹을 거면 받아서 나나 주지.”

“지금도 너 식판 넘칠 거 같거든? 됐어.”

괜히 찝찝해진 나는 숟가락을 세게 찔러 넣으며 콱콱 비볐다.

* * *

급식을 먹고 매점까지 들린 뒤에야 우리는 교실로 돌아왔다. 그런데 역시, 다른 책상들이 죄다 깨끗해져 있었다. 책상 옆에 걸어뒀던 가방까지 싹 사라진 걸 보니 다들 도망간 게 틀림없었다.

"아, 이럴 줄 알았다니까!"

인희가 씩씩거렸다. 자기도 갔어야 했는데 분한 표정이었다.

"우리까지 합쳐서 네 명 남은 거 같은데?"

"외출증 좀 미리 빼돌릴걸. 지금 가면 이미 지키는 선생님 있겠지?"

"포기해."

여전히 미련을 갖는 인희를 말렸다. 휑한 교실에 에어컨만 윙윙 돌아갔다. 다들 누군가는 남겠지 싶어서 에어컨을 안 끄고 도망간 모양이다. 바깥은 절절 끓는데도 벽에서 냉기가 쏟아져 나왔다.

삐리링. 버튼을 누르니 그제야 에어컨은 찬바람을 토해내는 걸 멈췄다.

"야. 이따 쉬는 시간에 치킨 시켜 먹을래?"

"봐서."

나와 인희는 자리가 멀었다. 한참 책상에 앉아서 학교

앞 치킨 집 메뉴에 대한 진지한 토론을 하고 있는데, 언제 왔는지 담임이 탕탕 소리를 냈다.

"이것들이. 다 어디 가고 너희들밖에 안 남았냐?"

"몰라요!"

"남은 사람 이름 적어서 교무실로 가져와."

담임이 드르륵 문을 닫았다. 우리는 잠시 키득거리다가 금세 자기 자리에서 집중했다. 하지만 오래가지 않았다. 학교 근처에 있는 야구장에서 나는 함성이 여기까지 들려왔기 때문이다. 이러니 다들 야간자율학습 때 도망을 가지. 손가락 위를 굴러다니던 샤프가 책상 위로 굴러 떨어졌다.

중간 쉬는 시간이 되자 냉기도 다 빠져나가서 결국 에어컨을 다시 틀었다. 기계가 돌아가기 무섭게 앞쪽에서 어른이 불쑥 나타났다. 또 교장이다.

"너네, 공부 안 하냐."

"지금 쉬는 시간이에요!"

인희가 시계를 가리켰다. 교장은 얼빠진 표정으로 위를 올려다보았다. 그가 느릿느릿하게 시간을 확인하고는 일자 눈썹을 만들었다.

"벌써 시간이 그렇게 됐나."

애들은 어깨를 으쓱하고는 대답하지 않았다. 멋쩍게 서 있던 교장은 괜히 공부 열심히 하라는 둥, 잔소리를 조금 더 했다. 그러고는 열심히 돌아가는 에어컨을 보더니 갑자기 흐뭇한 표정을 지었다.

"우리 학교가 전국에서 전기세를 가장 많이 쓴다. 에어컨 이렇게 잘 틀어 주는 곳 별로 없어. 공부 열심히 해라."

거기까지 말하고 나서야 교장이 드르륵 앞문을 닫았다. 그가 지나가자 다른 반에서도 쿵쾅거리는 소리가 났다. 슬슬 쉬는 시간이 끝날 때라서 뒤늦게 교실로 돌아가는 아이들의 그림자가 복도에 어른거렸다.

"진짜 무슨 야자 시간에 학생보다 선생이 많냐. 공부하기 싫다!"

인희가 투덜거리며 의자를 끌었다. PMP를 들여다보고 있던 친구 하나가 쉿 하는 소리를 냈다. 인강인지 드라마인지. 귀에 꽂힌 이어폰을 보다가 나는 다시 자습시간으로 돌아갔다. 마음에 걸리는 것도 없는 쳇바퀴 생활이었다.

정신을 차리고 보니 하루 일과가 끝났다는 종소리가 들려오고 있었다. 기다렸다는 듯 짐을 챙긴 아이들이 빠져나갔다. 나는 항상 인희랑 같이 돌아갔기 때문에 복도에서 기다렸다. 오늘 주번인 인희가 불을 다 끄고 열쇠를 짤랑거렸다.

"아, 내일이 화요일이라니! 오늘이 금요일이었어야 하는데."

문을 잠근 우리는 후다닥 학교를 빠져나왔다. 이미 짙게 깔린 어둠은 주변을 알아보기 어려울 정도였다. 교문으로 나가는 내리막길에는 가로등이 딱 하나 설치되어 있었는데, 그마저도 전구 수명이 다 됐는지 깜박거렸다.

한참 수다를 떨며 큰 길까지 나왔는데, 갑자기 인희가 헉 하는 소리를 냈다.

"큰일 났다. 나 에어컨 안 끄고 왔어!"

"뭐?"

마음이 급해진 인희가 내 팔을 잡아끌었다.

"내일 아침에 가뜩이나 담임 기분 더러울 텐데 에어컨 켜 놓은 거까지 들키면 진짜 죽어. 같이 얼른 끄러 갔다 오자, 응?"

"야! 방금 나왔잖아. 기억 좀 잘 하지."

"아, 제바아알."

인희가 되도 않는 앙탈을 부려댔다. 결국 항복한 나는 같이 학교까지 가 주기로 했다.

* * *

다시 학교로 올라가는 오르막길은 음산하기 짝이 없었다. 선생님들도 이미 다 빠져나가서 운동장엔 자동차 라이트 하나 없었다. 그나마 위안이 되었던 가로등마저 모두 꺼져 있었다. 밤바람에 나뭇잎이 우수수 흔들렸다. 미처 식지 않은 더운 바람이 불어대는 탓이었다. 적막함 속에서 들리는 소리가 은근히 소름 돋았다. 인희는 겁도 없는지 핸드폰 불빛을 척 꺼내들었다.

"빨리 갔다 오자."

우리는 발밑을 비춰 가며 길을 되짚어갔다. 발밑에서 미끄러지는 작은 돌 알갱이마저 왜 이렇게 거슬리는지. 무섭다는 얘기를 하면 더 두려워질까 봐 입을 꾹 다물었다. 곧 어슴푸레하게 학교의 윤곽이 드러났다.

다행히 아직 현관문이 잠겨 있진 않았다. 후다닥 안으로 들어가서 신발을 벗었다. 우리 반 교실은 4층에 있다. 양말만 신은 인희가 쿵쿵거리며 오른쪽 계단을 올라갔다. 따라 올라가려던 나는 문득 미간을 좁혔다.

계단 옆 신발장에 실내화가 잔뜩 쑤셔 박혀 있었다. 바닥에 가지런히 놓은 게 아니라 꽉꽉 채우느라 마구 우겨넣은 형상이었다. 저게 원래 저랬던가? 손님용 까만 실내화가 입구를 막아 둔 벽돌처럼 보였다.

"안 올라오고 뭐해!"

인희가 난간 너머로 머리를 쑥 내밀었다. 그제야 나는 신발을 바닥에 내려놓고는 계단을 탔다.

한 층, 한 층 올라갈수록 냉기가 느껴졌다. 약간 후덥지근했던 현관이 빠르게 잊혔다.

내가 인희의 등을 쿡 찔렀다.

"얼마나 세게 틀어 놨길래 여기까지 찬바람이야? 너 문단속은 제대로 했어?"

"그건 제대로 했어."

우리는 작은 목소리로 수군거렸다. 인희도 무언가 이상한지 마른침을 삼켰다. 사람이 없는 밤의 학교라니. 하필이면 온갖 공포영화에서 나오던 배경이라 더 기분이 찜찜했다. 우리는 미끌거리는 돌계단을 서둘러 올라갔다.

4층에 도달하자 인희가 걸음을 멈췄다.

"씨발."

창백하게 굳은 인희가 욕을 내뱉었다. 그녀가 뜨악한 표정으로 뒤를 돌아보았다.

"저기 좀 봐 봐!"

인희가 낮게 깔린 쉿 소리를 냈다. 처음에는 무슨 말을 하는지 몰랐다. 계단에서 복도로 다가가며 시야에 교실이 드러나고서야 알 수 있었다. 뒷문에 달린 창으로 교실 안이 보였다. 분명 이 시간이면 아무도 없어야 하는데.

발가벗은 남자들이 에어컨 앞에 서 있었다.

내가 헉 소리를 내며 주저앉았다.

"뭐야? 변태야?"

"그런가 봐! 존나 징그러워!"

"어떻게 들어온 거야? 왜 저러고 있어!"

"나도 몰라! 아 기분 개 더러워!"

최대한 숨죽인 속삭임이 빠르게 오갔다. 남이 공부하는 교실에 저렇게 들어와서 대체 뭐하는 짓이야? 몰래 쳐다보고 있는 동안 남자들은 미동 하나 없이 뒤를 향해 서 있었다. 하나같이 중년 이상은 되어 보이는 퉁퉁한 몸집들이었는데, 그들의 몸 가운데에서 뻗은 하얀 실 같은 것이 교실 바닥까지 닿고 있었다. 아무것도 모르고 저길 다시 들어갈 3반 애들이 불쌍했다. 식은땀이 돋아난 내가 속삭였다.

"경찰에 신고하자."

"당연하지! 잠깐만 기다려 봐."

일단 이 자리를 피한 다음에 신고하려는지 인희가 뒷걸음질을 쳤다. 같이 몸을 돌리던 내가 입을 딱 벌렸다.

"인희야!"

"야! 큰 소리 내면…… 헉!"

뒤늦게 계단을 올라온 다른 남자가 있었다. 교실에 있던 놈들과 똑같이 생긴 모습이었다. 무표정한 눈동자가 데루룩 굴러서 인희에게 향하는 걸 보고 나도 소리없이 비명을 질렀다. 인희가 갑자기 악 소리를 내며 그를 후려쳤다. 우리는 무작정 뛰기 시작했다. 휘청거리던 인희가 곧 나를 앞질렀다.

도망치면서도 오한이 돋아났다. 대체 뭐야? 여고라서 변태 꼬이는 건 알고 있었지만 이렇게 정신 나간 인간까지 학교에 드나든다고? 참을 수가 없어 뒤돌아보니, 뜻밖에도 벌거벗은 남자는 그 자리에 멀뚱히 서 있었다. 이렇게 큰 소리가 나는데 교실 안의 남자들도 마찬가지였다. 고개조차 돌리지 않았다.

왜 안 쫓아오지?

의문이 머리를 쿡쿡 찔러댔다. 보통 들키면 잡으려고 쫓아오지 않나? 마치 누가 거기 박아둔 듯이 가만히 있다니. 그러나 당장은 생각보다 달아나는 게 더 급했다. 절대로 가까이 가고 싶지 않다. 어둠 속에서 그들의 기분 나쁜 희끄무레한 잔상이 어른거렸다.

* * *

한참을 뛰어가던 인희를 간신히 따라잡았다. 벽을 붙잡은 인희가 숨을 몰아쉬며 욕을 하고 있었다.

"안 쫓아와?"

"어."

"도망갔나? 저 개 같은 새끼들! 학교까지 들어와서 뭐하는 짓이야!"

인희가 분통을 터트렸다. 나는 숨을 쉬기도 바빴다. 말 대신 손을 마구 휘저으면서 핸드폰을 가리켰다. 그제야 신고 생각이 난 인희가 빠르게 핸드폰을 눌렀다. 그런데.

"뭐야……?"

길게 끌리는 어미가 불길하게 들렸다. 어리둥절하게 쳐다보니 인희가 황망한 표정으로 핸드폰을 내려다보고 있었다.

"영역권 이탈이라는데?"

112가 선명하게 적힌 화면을 아무리 눌러도 통화로 연결되지 않았다. 이럴 리가 없는데. 땀이 식은 피부가 으슬으슬하게 식어갔다.

"그럴 리가. 여기가 무슨 지하도 아니고……."

"니 걸로 해 봐."

인희가 초조하게 재촉했다. 나도 얼른 주머니를 뒤졌다. 그러나 결과는 똑같았다. 통신사의 이름 대신 낯선 한글이 자리를 대신 차지하고 있었다. 통화 영역권 이탈입니다. 내가 겁에 질려 보였는지 인희는 듣지 않아도 결과를 알아차렸다.

"와…… 씨발. 지금 장난치는 거 아니지?"

"너 같으면 치겠냐?"

심장이 조여드는 기분이라 말을 고를 정신이 없었다.

"설마 산이라서 그런가?"

"말 같지도 않은 소리 하지 마. 원래 멀쩡히 되던 게 이제 와서 안 될 리가 없잖아!"

"쉬잇!"

흥분해서 목소리가 너무 커졌다. 인희가 입을 딱 다물었다. 다행히 벽을 타고 흐르는 우우웅 하는 소리만 빼면 학교는 조용했다. 그런데 우웅 소리는 뭐지? 사람이 돌아가도 학교에 돌리는 기계가 있던가?

인희가 내 어깨를 꽉 잡았다.

"지금 경찰에 신고는 못하니까 일단 나가자. 여기서 더 있다가 마주치면……!"

"알았어. 바로 내려갈 거야."

지나치게 새된 목소리를 내는 인희를 간신히 다독였다. 다리가 후들거려서 걷는 것도 의지를 잔뜩 내야 했다. 당장이라도 쫓아온 남자가 어깨를 잡아챌 것 같아서, 우리는 숨까지 참아가며 조심스레 움직였다.

아까 미친 듯이 달린 덕분에 남자는 따돌렸지만, 계단은 더 멀리 있는 반대쪽으로 가야 했다. 절대로 그것들이 있을 교실로 돌아가고 싶지 않다. 차갑게 식은 발을 질질 끌며 복도를 지났다. 왜 이렇게 소리가 크게 나는 거야. 발바닥을 거의 떼지 않는데도 나무가 삐걱거렸다.

이상하게도 복도가 둥글게 부푼 것 같았다. 약하게 푹신거리는 부분을 밟는데 갑자기 인희가 힉 하는 소리를 내며 뛰어올랐다. 들킬까 봐 잔뜩 긴장해 있던 나도 소스라쳤다.

"왜 그래?"

"방금 뭐 이상한 거 밟았어!"

"나도 그래! 그치만 지금 그런 거 신경 쓸 때야?"

그러나 인희는 기어이 걷는 걸 멈추고 한쪽 발을 들어올렸다. 얼굴이 울상이다.

"그냥 이상한 게 아니라 무슨 털 같은 게 있잖아, 그 변태 새끼들이 뭐 이상한 짓 한 거면 어떡해!"

인희가 손바닥으로 발을 휙휙 쓸었다. 나는 초조하게 주변을 둘러보았다. 아무것도 없었다. 우리 빼곤 인기척 하나 없…….

삐익.

꿈쩍. 어깨가 튀어 올랐다. 분명히 마루가 눌렸다.

"방금 들었어?"

주변을 둘러보았다. 창문으로 드리운 그림자의 윤곽엔 무엇 하나 비치지 않았다. 그러나 소리는 틀림없었다. 인희도 가까워지는 소리를 알아차렸는지 슬그머니 잡고 있던 발을 내려놓았다.

"빨리 도망가자……."

"하지만 소리는 양쪽에서 다 나잖아. 어디서 오는 줄 알고……."

속삭이는 동안 소리는 점점 더 빠르고 겹쳐서 나기 시작했다. 삐익. 삐걱. 삐익. 하지만 만약 사람이 걸어온다면 나야 할 둔탁한 발소리는 없었다. 누가 으스러트려서 뒤틀리는 것처럼 복도가 숨죽인 비명을 지르는 것 같았다.

"……?"

잔뜩 힘이 들어 간 허리에 식은땀이 배어났다. 뒷걸음질과 동시에 소리가 멈췄다. 여전히 복도는 고요했다. 분명 아까 전까진 바로 코앞에서 들렸는데? 의문과 함께 날개가 비벼지는 소리가 귓가에 울렸다.

인희가 소스라쳤다.

"아래!"

마루가 들썩였다. 질겁한 몸이 반응할 틈도 없이 납작한 판자가 눈에 띄게 불룩 올라왔다. 어둠이 손을 뻗듯이 수천 개의 털이 튀어나왔다.

"꺄아아악!"

"저게 뭐야!"

좁은 틈새로 뾰족한 다리 같은 것이 버둥거리며 바닥을 긁었다. 몸을 뒤틀던 그것은 순식간에 바깥으로 빠져 나왔다. 맹세컨대 단 한 번도 본 적 없는 벌레였다. 털이 곤두선 사람의 머리통을 유연하게 조각을 내고, 더듬이와 다리를 달아둔 것 같았다. 끔찍한 소리를 내며 신발장 위로 기어오른 그것이 벽에 붙었다. 잔뜩 힘이 들어간 인희의 손가락이 내 살을 파고들었다.

"……!"

우리는 꼼짝도 못했다. 먹잇감을 관찰하는 양 그것도 가만히 있었다. 아니, 더듬이는 움직였다. 1미터는 되어 보이는 긴 더듬이가 축 늘어져서 양쪽으로 흔들렸다. 보고 있을 수조차 없었다. 설령 어떤 간 큰 사람이 대걸레로 후려치더라도 그 즉시 얼굴에 달라붙을 것만 같았다.

"흐으으……."

인희가 주춤 주춤 물러났다. 자극하면 안 돼. 마른 침을 삼키며 몸을 숙였다. 벌레는 더듬이만 움직일 뿐 가까이 오지 않았는데. 꼭 시체와 걷는 기분이었다. 우리는 아주 느리게 움직였다. 그것은 잠깐 움직이지 않다가, 조금 거리가 벌어지자 사사삭 기어왔다.

"아아악! 싫어!"

더는 참지 못한 인희가 튕겨나가듯 도망쳤다. 나도 황급히 몸을 틀었다. 동작과 동시에 벌레의 더듬이가 떨리더니 인희를 향해 돌진했다. 기다렸다는 듯 여기저기서 벌레가 튀어나왔다. 벽이 새까매졌다. 귓구멍을 휘젓던 벌레 소음도 머리 전체가 울릴 정도로 커졌다. 버석거리는 벌레 껍질의 소리.

"히익! 히익!"

뛰는 높이가 점점 높아졌다. 발바닥에 밟히는 게 많아졌기 때문이었다. 그것들은 밟아도 부스러지지 않고 꿈틀거리며 움직였다. 인희는 미끄러지듯이 계단으로 뛰어들었다. 나무로 된 부분이 끝나자 벌레들은 더 이상 쫓아오지 않았다. 거짓말처럼 경계선에 멈춘 벌레들이 점점 높아져서 나는 간신히 뛰어넘었다.

우리는 쿵탕거리며 계단을 내려갔다. 발에 닿는 돌이 얼음처럼 차가웠다. 아무리 에어컨을 틀어놨다지만 한겨울보다 차가운 바닥이라니? 인희가 급하게 내려가다 벽에 어깨를 부딪쳤다. 쾅 소리를 내면서 넘어지기에 내가 질겁해서 남은 계단을 뛰어넘었다.

"괜찮아?"

"아파……."

인희가 울먹였다. 다행히 조금 쓸렸을 뿐이었다.

"얼른 일어나."

"저기, 교무실이야! 선생님 있는지만 보고 가자."

몸을 떨면서 인희가 말했다. 그런 걸 봤으니 우리 말고 믿을 만한 사람이 절실하긴 했다. 하지만 방금 본 그것들이 머릿속에서 떨어지질 않았다.

"그냥 빨리 나가자."

"한 번만, 응? 너도 방금 봤잖아. 또 따라오면 어떡해."

인희가 진저리를 쳤다. 겁에 질려서 눈이 완전히 풀려 있었다. 정신 좀 차리라고 뺨을 톡톡 쳤는데 둘 다 살갗이 얼음물처럼 차가웠다. 사람끼리 닿았는데도 개구리가 만지는 기분이었다. 왜, 이렇게 춥지. 덜덜 떨리는 이빨 사이로 입김이 새어나왔다.

인희를 끌어당겨 봤지만 고철처럼 무거워서 들리지가 않았다. 마지막으로 계단을 쳐다본 다음 인희의 겨드랑이 밑으로 팔을 집어넣었다.

"알았어. 빨리 보고만 오자."

그제야 인희가 일어났다. 교무실은 2층에 있다. 우리는 한 층을 더 내려가 조심스럽게 복도를 확인했다. 날개와 털과 다리가 없는 복도는 어둡고 조용했다.

"아무도 없어."

내가 인희를 돌아보았다.

"불도 안 켜져 있잖아."

인희는 입술을 꽉 깨물더니 고개를 끄덕였다. 우리는 사람을 찾는 걸 포기하고 남은 층을 내려갔다. 현관으로 나가기만 하면 이 괴상한 밤은 끝난다. 불안스레 계속해서 뒤를 돌아보다가 무언가에 부딪쳤다.

"악!"

소리를 지르고도 내가 더 놀라 입을 틀어막았다. 다행히도 이상한 뭔가가 아니라 인희에 부딪친 거였다.

"왜 안 나가고 거기 서 있어?"

부릅뜬 눈으로 인희가 돌아보았다. 문이 잠겨 있었다. 손잡이에 튜브를 몇 번 두른 데다 자물쇠까지 채워져 있었다. 내가 확 잡아당겼지만 철컹하는 소리만 날 뿐, 열리진 않았다. 잠시 말문이 막혔던 내가 인희를 잡았다.

"왼쪽 현관으로 나가자."

"거기도 잠겨 있으면?"

"우리가 거기로 들어왔잖아."

"몰라. 잠깐만……. 이쪽 문이 안에서 잠겼으면 반대쪽은 밖으로 잠가야 되잖아?"

인희와 내 눈이 마주쳤다.

"그럼 아직 학교에 누가 있다는 거야?"

대답보다 먼저 발이 튀어나갔다. 숨이 턱까지 차오를 만큼 전력으로 뛰었다. 이번에는 내가 먼저 도착했다. 이젠 팔이 다 저릴 지경이었지만 문을 잡아당길 때는 힘이 잔뜩 들어갔다. 그러나 이번에도 덜컹하며 근육이 걸리는 느낌만 났다.

"잠겼어."

"아…… 진짜."

인희가 얼굴을 감쌌다. 나는 주먹으로 문을 두드렸다. 우리가 여기 들어온 시간이 그리 길지 않았다. 들어올 땐 열려 있었으니까 밖에서 문을 잠갔다면 아직 들려야 할 텐데. 문짝이 다 흔들리도록 문을 내리쳤다.

"밖에 누구 있어요? 여기 사람 갇혔어요!"

"조용히 해! 그러다 내려오면 어떡해!"

잇새로 소리를 낸 인희가 심호흡을 했다.

"다 소용없어. 우린 여기서 못 나가."

허탈하게 손이 떨어졌다. 빌어먹게 추웠다. 팔을 문지르면서 다시 복도로 올라가려는데, 텅 빈 바닥이 눈에 띄었다. 왜 마음에 걸리지? 더럽게 때가 타서 얼룩이 진 바닥일 뿐인데……. 인희를 툭 쳤다.

“야.”

“지금 말 걸지 마.”

“너 들어올 때 신발 정리했어?”

“뭐?”

인희가 돌아보았다. 내가 현관에서 신발을 찾는 걸 보자 그제야 이상한 걸 느꼈는지 다가왔다.

“없어?”

“네 것도 내 것도 없어.”

나는 차가운 공기를 삼켰다.

“누가 신발을 정리했으면, 우리가 여기 있는 걸 안다는 얘기야. 학교에 학생이 들어왔는데 그냥 갈 리가 없어.”

“하지만 문은 잠겼잖아.”

“일단 잠그고 안에서 우리를 찾고 있을지도 모르지! 찾은 다음에 오른쪽 현관으로 나가면 되잖아.”

인희가 팔짱을 꼈다. 약간의 희망을 받아들여도 좋을지 고민하는 태도였다.

“그럼 어떡해. 기다려?”

“그래야지.”

“만약에 우릴 찾다가 그 벌레들한테 잡아먹히면?”

숨이 턱 막혔다. 무시할 수 없는 발언이었다. 아무리 어른이라도 그 끔찍한 것들을 만나는 순간 도망칠 게 뻔했다. 유일한 기회가 우리를 두고 도망가게 놔둘 순 없었다. 나는 욱신거리는 이마를 문질렀다.

"좋아. 찾아보자. 4층 밑으로는 그것들이 없었으니까."

"후우……. 알았어."

인희가 손바닥을 비볐다. 냉기가 두터웠다. 우리는 팔을 꽉 붙들었다. 서로의 온기가 조금이라도 위안을 주었으면 했다. 1층은 방금 전에 뛰어서 건너왔으니 아무도 없는 건 확실했다. 다시 올라온 2층은 고요했다.

"누가 있는 거 같진 않은데."

"교무실로 다시 가 보자."

아까 겪었던 충격이 있어서 둘 다 바닥만 보고 걸었다. 먼지와 머리카락이 낀 복도는 평소랑 다를 게 없었다. 시선의 끝에서 연녹색으로 칠해진 교무실 문턱이 나타났다. 나는 뒤꿈치를 들었다.

"선생님?"

창문을 들여다봤지만 불투명했다. 가뜩이나 어두운데 달빛마저 침침하니 잘 안 보였다. 인희가 찡그리며 문을 두드렸다.

"아무도 없어요?"

교무실 문을 두드렸지만 기분 나쁜 쇳덩이는 철퍽철퍽 하는 소리만 냈다. 철퍽철퍽이라니? 나는 다시 윤곽을 들여다보았다. 문짝 위로 한 겹 비닐이 씌워진 것처럼, 투명한 알로 가득 차 있었다.

"이게 뭐야?"

"뭐?"

그제야 개구리 알처럼 득시글거리는 걸 발견한 인희가 비명을 지르면서 팔을 털어냈다. 물에 토해 낸 알갱이 같았다. 물컹거리는 감촉이 달라붙는 느낌을 영원히 내 머릿속에서 지워 버리고 싶었다. 어떤 끔찍한 경험에서 나온 땀을 모조리 응축한다 해도 흉내 낼 수 없는 감촉이었다.

"씨발! 씨발!"

인희가 미친 듯이 팔을 교복에 문질렀다. 나는 멍하게 중얼거렸다.

"그것들이 지금 여기다가 알을 까놓은 거야?"

"알고 싶지 않아."

내일 부화해서 돌아다니게 되면 알고 싶어질 텐데. 이를 악문 내가 발로 알을 터트렸다. 죽어라. 죽어! 큰 덩어리를 뭉개는 느낌은 났지만 뭐가 죽는지는 모르겠다. 그저 갑자기 맞닥트린 공포를 어떻게든 해소하고 싶었다. 분노로 떨리는 다리를 한참 걷어차니 인희가 나를 잡아당겼다.

"이러고 있을 시간 없어."

간신히 호흡을 진정한 내가 발을 내렸다. 진탕이 된 알 웅덩이가 찐득하게 묻어났다. 기분이 더러워져서 양말도 벗었다. 급하게 흘린 땀은 순식간에 말라 버리고, 소금기가 소름을 부추겼다. 추웠다. 춥고도 무서워서 제발 뜨듯하고 더운 여름밤으로 돌아가고 싶었다.

그에 응답하듯 찌르르 하는 소리가 들렸다.

"……?"

몸이 뻣뻣하게 굳었다. 찌르르. 벌레의 소리였다.

뒤를 돌자 황갈색의 진액이 흐르는 턱이 보였다. 얼룩무늬에 털이 자라난 뒷다리는 아기 허벅지만큼 통통하게 근육이 부풀어 있었다. 망할 수천 개의 겹눈. 하수구 냄새가 코를 찌르고 두툼한 더듬이 중에서 한쪽만 찌륵찌륵 움직였지만, 우리를 가장 미치게 하는 건 크기였다.

사람 허리 높이까지 머리를 치켜든 거대한 귀뚜라미가 우리를 노려보고 있었다. 곤충 특유의 광택이 흐르는 몸통이 꿈틀거렸다.

"도망가!"

악을 쓰는 것과 동시에 그것이 뛰어올랐다.

"아악! 아악!"

미친 듯이 달렸지만 이번에는 따돌릴 수가 없었다. 긴 다리를 가진 것이 쏜살같이 움직이더니 종아리를 스치고 지나갔다. 날개에서 텁텁한 가루가 묻어났다. 소리를 지르며 허벅지를 털어냈지만 손바닥에까지 달라붙는 느낌에 미칠 것 같았다. 게다가 가렵기까지 했다.

파르르 떨리는 소리가 나더니 귀뚜라미가 인희를 훅 덮

쳤다.

“인희야!”

“아아악!”

헉 하고 놀란 내가 엉겁결에 그것의 뒤꽁무니를 걷어찼다. 발가락에 닿는 끔찍한 느낌은 둘째치고 키이익 하는 소리가 귀청을 찢어놓았다. 얻어맞은 충격에 뒤집혀서 버둥거리던 벌레가 노란색 액을 싸질렀다. 역겨워, 역겨워!

미친 듯이 발버둥을 치던 인희를 간신히 붙잡았다. 자꾸만 손에서 교복이 미끄러졌지만 안간힘을 써서 인희를 다시 계단까지 끌고 갔다. 복도에 벌레가 몸을 부딪치는 소리가 울렸다. 하지만 4층의 벌레들처럼, 계단으로 나오니 더 쫓아오진 않았다.

“흐으으, 흐으…….”

“괜찮아? 어디 좀 봐.”

인희가 계속해서 몸을 털었다. 그것이 붙었던 느낌을 지워 버리고 싶은 마음이 십분 이해갔다. 나는 인희의 몸에 붉게 남은 자국을 확인했다. 곤충에 쓸린 자국이었다.

“어떡해. 어떡해……. 나 죽는 거 아냐?”

인희가 울기 시작했다. 얼른 인희의 손을 붙잡았다. 무심코 상처를 긁고 있던 것이다. 나는 그나마 스타킹을 신고 있었지만, 맨살이 쓸린 인희의 상태는 무척 심각했다. 인희가 손톱으로 조금 긁었을 뿐인데 금방 기분 나쁜 색으로 부풀더니 진물을 흘려댔다. 나도 그것이랑 닿은 손바닥이 근질거렸다.

"괜찮아. 그런 소리 하지 마. 안 죽을 거야."

입으로 달래주면서도 점점 더 참담한 기분이 들었다. 이런 건 한 번도 본 적 없었는데. 냉동고처럼 차가운 학교에, 본 적 없는 벌레들이라니. 추위 때문에 더욱 비참한 기분이 들었다. 벌레는 따듯하고 습한 걸 좋아하는 거 아니었어? 춥고 건조함 속에서 피부가 공포로 부르텄다.

대체 어디서 생긴 거지? 그동안 우리가 열대야에서 그토록 피하고자 했던 곤충들은 쫓겨나다 못해 새로운 진화를 터득했을지도 모른다. 냉정하고 자연스럽게.

"약. 일단 소독하자. 그럼 괜찮아져."

양호실은 3층이었다. 인희를 혼자 두는 게 불안했지만 계단은 그나마 안전하다고 다독였다.

"나 혼자 두고 가는 거 아니지?"

"안 그래. 빨리 갔다 올게."

인희의 손을 한 번 꽉 잡아주고는 내가 움직였다. 이제는 복도가 조용해도 믿을 수가 없었다. 벌레들은 보이지 않을 때 어디선가 나타나니까. 퀭한 눈으로 주변을 살피며 문에 다가갔다. 이번에는 만지기 전에 양말로 툭툭 건드려보았다. 또 질척한 알 난리를 겪고 싶지 않았다.

양말은 평범하게 툭툭거리며 떨어졌다. 아무것도 없어.

벽에 등을 바짝 붙인 채 양호실 문을 밀었다. 잠겨 있진 않았지만 반쯤 열리다 멈췄다. 뭐야. 상체를 숙이고 안을 확인했다. 아, 진짜 미치겠다. 양호실 안은 고치로 가득 차 있었다.

돌겠네. 벽에 쿵 뒷머리를 치고는 심호흡을 했다. 멀쩡한 게 있는 줄 모르겠지만, 혹시나 하고 살짝 만져 봤더니 거미줄처럼 끈적거리다가 순식간에 녹아 버렸다. 이것도 무슨 부작용 있는 거 아냐? 다시 양호실 문을 쾅 닫았다.

못하겠어. 가쁘게 가슴이 오르내렸다. 그냥 집에 가고 싶었다. 시간이 얼마나 지났지? 벌써 자정인가? 야자는 10시에 끝난다. 학생들이랑 선생님이 다 사라지고, 우리가 다시 학교로 돌아가는 그 짧은 시간 안에 학교가 이렇게 엉망진창으로 변할 수가 있냐고.

그리고 망할 에어컨은 왜 안 꺼져 있는 거야?

복도 끝에 그림자가 나타났다. 폐로 넘어가던 공기가 헉 하고 막혔다. 울퉁불퉁한 그림자가 이제는 아예 사람 크기만 하게 서 있었다. 제발 이제 그만 해. 나는 눈을 질끈 감았다. 악몽이면 진작 깨어나란 말이야. 천천히 벽에 등을 기대고 그것들처럼 도망치려는데 발소리가 들렸다. 발소리. 곤충들이 아니라 사람의 소리였다.

반가움에 저절로 등이 떨어졌다. 역시 아까 추측한 게 맞았어! 우릴 찾고 있는 거야! 심지어 아는 얼굴 같았다.

내가 다가갈수록 인상은 확실해졌다.

"교장 선생님?"

미소를 그리고 있던 입꼬리가 점점 떨어졌다. 내가 아니라, 그의 것이 말 그대로 추락 중이었다. 반가움이 싹 날아갔다.

"여기서…… 뭐하는 거냐?"

두껍고 오래된 가죽이 꿈틀거렸다. 마치 수천 마리의 풍뎅이가 그의 피부 아래서 탈출하려는 것처럼 보였다. 당장 도망쳐야 된다는 걸 알면서도 그 광경에서 눈을 뗄 수가 없었다. 덥수룩한 눈썹 밑으로 울룩불룩한 눈두덩이 보였다. 벌레들은 어떻게든 살갗 안에 숨어 있으려고 애를 썼지만 너무 한꺼번에 들어 있다 보니 저절로 밀려났다. 흰자위 위로 벌레의 다리가 걸렸다. 위치를 잘못 잡아 자라난 속눈썹처럼.

"이 괴물."

허탈한 목소리가 새어나왔다. 이제 지긋지긋했다. 교장은 가증스럽게도 평범한 상황처럼 무슨 얘긴지 모르겠다는 듯 고개를 기울였다.

"넌 지금 있으면 안 돼."

"가까이 오지 마."

내가 노려보는 동안 교장은 느릿하게 움직이더니 교실로 들어갔다. 나는 문 틈새를 긁으며 약간의 온기라도 느껴 보려고 애썼다. 바깥에서 열기가 쏟아지는 밤인데 이토록 추웠다. 정말 간 걸까? 내가 방금 유일하게 벌레와 이야기 한 사람이 되었을지도 모른다. 헛웃음을 터트리며 나는 계단으로 곧장 달렸다.

돌아와 보니 인희는 기절해 있었다.

"하아."

비참한 기분으로 인희를 끌어안았다. 깨우고 싶지 않았다. 적어도 기절해 있으면 이 꼴은 보지 않아도 되니까. 상처를 확인해 보니 구슬 같은 모양으로 고름이 굳어 있기에 일단은 떼지 않고 두기로 했다. 나는 덜덜 떨면서 인희를 붙잡았다. 무슨 괴력이 솟아나서 인희를 1층까지 데려간다고 해도 어차피 나갈 수가 없었다. 추위와 벌레 속에서 기다리는 수밖에.

툭.

"?"

머리 위로 무언가 부드러운 게 떨어졌다. 그것들이 여기까지 왔나 싶어서 몸이 확 굳었다. 그러나 퀴퀴한 냄새에 눈이 깜박여졌다. 익숙한 냄새다. 손을 올려서 끌어당기니 담요였다. 사물함에 처박아 뒀던 내 담요.

고개를 돌리니 복도 끝에 교장이 서 있었다. 아까 보았던 벌레들이 새까맣게 등에 달라붙은 채로. 나는 거세게 떨리는 턱을 억지로 붙들었다. 비명을 질러서 주의를 끌고 싶진 않았다. 다른 것들보단 낫기 때문에 나는 교장을 노려보았다.

교장은 천천히 손등을 움직였다. 덮으라는 시늉 같았다. 무슨 의돈지는 몰라도 얼어 죽을 것 같아서 담요를 펼쳤다. 나는 온몸을 웅크리고 인희를 끌어안았다. 아주 약한, 약한 온기가 느껴졌다. 교장은 계속해서 손등을 흔들었다. 위로? 눈을 돌렸다가 진저리 친 내가 머리 위를 덮었다. 교장이 흔드는 걸 멈췄는지는 알 수 없었다. 그때부터 벌레들이 움직이는 소리를 들었으니까.

얼마나 많은 벌레들이 우리를 지나갔는지 모른다. 작은 담요 안으로 인희의 발을 끌어당겼다. 내가 지킬 수 있는 공간은 그것뿐이니까. 단지 버석거리는 소리와 감촉들을 잊을 수가 없었다.

* * *

다음 날 우리는 경찰들에게 발견되었다. 놀란 부모님들이 실종 신고를 하셨다. 경찰은 둘이 학교에서 잠들었다고 하며 혀를 찼다. 아침의 학교는 모든 흔적이 사라져 있었고, 인희의 상처는 넘어졌다가 더러운 계단에서 감염된 것으로 치부되었다. 기절한 데다 추위에 시달린 탓인지 인희는 지난밤을 제대로 기억하지 못했다.

"그게 사실일 리가 없어."

한참을 침묵하던 인희는 그 말만 했다. 나는 따지지 않았다. 우리가 말했던 기억들이 단순히 벌레를 무서워하는 여학생의 과장으로 치부된다고 해도 상관없었다. 어차피 무슨 말로도 내 경험을 공감시킬 수는 없다.

나는 그날 밤 잠들지 못했다. 한숨도 잘 수 없었다. 기절이라도 했으면 좋겠다고 생각한 밤, 따듯한 곳에서 만난 벌레들은 얼마나 다정했는가. 거대하고 차가운 공포들. 존재 자체를 알고 싶지 않았는데. 적어도 내가 죽일 수 있는 삶이라면 징그러워도 괜찮잖아.

경찰서에서 나와 돌아온 학교는 햇볕이 내리쬐고 있었다. 따갑고 노란 불이 운동장을 뛰놀았다. 지나치는 아이들은 우리를 호기심 어린 눈으로 쳐다보았다. 평화롭고 일상적인 풍경이었다.

"먼저 올라갈래?"

"어차피 곧 급식시간이잖아."

"난 안 먹으려고."

인희는 희미하게 미소 지었다. 나는 고개를 끄덕였다. 커다란 반창고를 붙인 채로 인희가 언덕을 올라갔다. 방수 페인트가 다 벗겨진 계단을 내려가다가, 나는 자동차 옆에서 있는 남자를 발견했다.

멀리서 교장이 우리를 바라보고 있었다. 혀 밑에서 신

맛이 솟구쳤다. 그는 뭘까. 왜 학교에서 벌레를, 자신을 키우는 걸까. 바깥은 절절 끓고 있어서, 내 예상대로 교장은 멀쩡한 사람처럼 보였다. 벌레들은 더위를 피해 다 도망갔을까?

내가 내려다보는 동안 교장은 천천히 걸어갔다. 같은 급식실을 향해서였다. 뻔뻔하게도 나를 향해 까딱 인사까지 했다. 즉시 구역질이 치솟았다. 혹시나 교장은 자신이 학생들을 사랑한다는 크나큰 착각이라도 할지 모른다. 역겨웠다. 고작 담요 하나 던져 주고 모든 은혜를 베풀었다는 식으로 굴다니.

어떻게 나오나 궁금해서 나는 찌르고 싶은 마음을 뒤로하고 급식실로 들어갔다. 식판은 들지도 않고 안으로 들어갔더니 영양사가 붙잡았다.

"저녁 먹으러 온 거 아니니?"

"네. 아뇨. 그냥 잠깐……."

"다른 학생들은 기다리고 있으니까 가서 줄 설래?"

설명하려다가 나는 도로 입술을 닫았다. 영양사와 대화하는 것만으로도 벌써 시선이 쏠렸다. 나는 적당히 돌아가 줄에 끼어들었다. 2학년들이 투덜거리는 소리가 들렸지만 알 바 아니었다.

내 차례가 돼서 식판을 받으니 그제야 교장이 슬금슬금 급식실로 올라왔다. 또 손에 그릇을 들고 있었다. 믿기지가 않아서 쳐다보는 동안 교장이 집게를 들었다.

"달걀 더 먹을 사람?"

의자를 걷어차고 싶은 걸 간신히 참았다. 어떻게? 빈자리에 아무 데나 걸터앉고는 수저를 쥐었지만 도저히 먹고 싶은 기분이 들지 않았다. 벌레는 계속 자신이 교장인 척 굴었다. 학교가 오래 된 만큼 그도 여기서 오래 버텨온 걸까. 나랑 인희 말고 밤에 남은 사람이 아무도 없었나? 정말 이대로 아무도 의심하지 않는다면.

눈치를 보던 교장이 옆으로 슥 다가왔다. 불뚝 솟아나온 배만 보아도 그인 걸 알 수 있었다. 눈을 피하고 있으려니 그가 살며시 달걀프라이를 내 급식판 위로 내려놓았다. 그러고는 뚜벅뚜벅 걸어 나갔다.

기가 막혔다. 모른 척 해 달라는 거야? 내가 집에서 얼마나 많이 씻었는지 그가 알까. 그 벌레가 알까. 애초에 씻지도 않는 종자가 알 리가 없지. 공포에서 쉽게 도망갈 수 있는 주인공들과 달리 나는 관둘 수 없었다. 대외적으로 여긴 학교고, 수능까지 얼마 남지 않았다. 이 시기는 버텨야 하는 거잖아. 내 삶을 졸업하지 못했잖아. 어차피 경찰에게 설명했을 때도 스트레스로만 치부했다.

벌레는 어디에나 있단다.

나는 젓가락으로 노른자를 찍었다. 어제 보았던 모든 것들이 계란 안에서 되살아났다.

졸업만 하면, 전부 다 밝힐 거야. 전국에서 가장 많이 나온다는 전기세는 몰래 괴이한 곤충들을 기르느라 썼다고. 기자들도 부르고, 과학자들도 불러서 학교에 쳐들어갈 것이다. 그러면 다시는 그 밤을 겪지 않겠지.

나는 미루고 미루다가 젓가락으로 그것을 집어먹었다. 아무 맛도 느껴지지 않았다.

비공개 안건

“그게 예외인 거지. 보통은 귀신이 사람들 눈에 안 보이거든. 큰일을 당했거나 하고 싶은 말이 있거나. 그러면 그 감정이 강해져서 사람들 눈에 보이는 거야. 그러니까 그 귀신은 그런 일을 당한 사람인 거지.”

온통 처음 듣는 얘기뿐이었다. 그 말을 너무 진짜같이 하고 있어서 성재는 귀신보다 윤희 쪽이 더 무서웠다.

“귀신은 말이야.”

윤희는 성재의 눈을 똑바로 바라보았다.

“죽은 자리 주변에서 맴돌게 돼 있어. 그러니까 그 귀신은 학교에서 죽은 사람이야.”

차삼동

지방 도시 거주. 이상하고 무서운 이야기를 상상하는 걸 좋아한다.

「록앤롤싱어」로 제6회 ZA 문학상 우수상을 수상했고,

「검은 책」으로 YAH! 문학상 대상을 받았다.

1.

학급 회의에 선생님은 없었다.

다른 선생님들은 처음부터 끝까지 교실에서 회의를 주재했지만, 2반 선생님은 그렇게 하지 않았다. 학급 회의는 너희들 몫이니 처음부터 끝까지 직접 이끌어야 한다며 선생님은 매번 자리를 비켜주었다.

어른의 개입이 없다고 회의가 자유롭게 흘러가는 건 아니었다. 어차피 학교생활이라는 건 늘 비슷해서 신선한 안건이 올라올 여지가 별로 없었다. 정해진 순서라는 게 있으니 그에 따를 따름이었다.

성재는 교탁 앞에서 프린트 물을 줄줄 읽었다. 5학년에 올라와서 어쩌다 보니 반장이 되긴 했지만 두 달이 지나도 여전히 아이들 앞에서 무언가를 말하는 것은 겸연쩍은 일이었다. 친구들끼리 '아무개 어린이'라고 부르는 게 웃기기도 했고, 아이들이 적극적으로 동참하지 않아서 더욱 힘이 빠지는 것도 있었다.

이날도 그랬다. 그 안건을 올리기 전까지는.

"이어서 각 부 활동 계획이 있겠습니다. 부장들은 나와서 발표해 주시기 바랍니다."

"준비물을 잘 챙겨오고 복도에서 뛰지 맙시다. 선생님을 마주치면 예의 바르게 인사합시다."

발표라고 해 봐야 열 개 정도의 생활 목표를 섞어서 매번 두어 개씩 말하는 정도였다. 생활부장의 발표가 끝나자 부반장이 나와 다음 주의 실천 목표를 이야기했다.

"5월은 가정의 달입니다. 항상 곁에 있는 가족들에게 고마워하는 마음을 가집시다."

대강의 순서가 끝나자 성재는 벽에 걸린 시계를 보았다. 아직까지 쉬는 시간이 되려면 15분 쯤 여유가 있었다.

"선생님 말씀이 있을 때까지 시간이 약간 남았는데요. 아마 10분 정도 얘기할 수 있을 것 같습니다."

성재는 문 쪽에 앉아 있는 아이에게 눈짓을 했다. 선생님이 오시면 알려 달라는 신호였다.

아이가 고개를 끄덕이는 걸 보며 성재는 분필을 들었다. 이런 걸 대놓고 얘기한다고 생각하니 기분이 너무 이상했지만, 이제 와서 돌이킬 수는 없었다.

귀신.

칠판에 쓰인 두 글자를 보는 순간 교실에 정적이 감돌았다. 입에서만 오르내리는 것과 이렇게 공식화를 하는 건 전혀 다른 문제였다.

성재는 잠시 심호흡을 하고서는 말을 이었다.

"이제부터는 그냥 편하게 얘기할게. 어쩌다 보니까 여기서 다루게 됐는데, 이건 공식 안건은 아니야. 여기서 우리끼리 얘기하는 거고. 기록도 안 남을 거야. 따로 얘기하면 좋겠지만 이런 자리가 잘 없으니까."

성재는 반 아이들을 둘러보았다.

"바로 물어볼게. 여기서 귀신 한 번이라도 본 사람 손들어."

아이들이 드문드문 손을 들었다. 정원 스물다섯 명 중에 여섯 명. 적지 않은 숫자였다. 성재는 손을 든 아이들의 눈을 한 번씩 보았다. 그중에는 평소 장난하는 걸 좋아하지 않는 친구들도 섞여 있었다. 헛소문을 내거나 거짓말을 할 아이들이 아니었다.

성재는 그중에 한 아이를 지목했다.

"여섯 명이 본 걸 다 들을 수 없으니까, 은미 얘기만 들을게. 얘기해 봐. 언제 어디서 봤는지."

"지난주 화요일이었어."

은미가 입을 열었다.

체육 시간이었다. 보통 당번이 자리를 지키지만 그날은 은미가 몸이 안 좋아서 당번 대신에 교실에 남았다. 둘이 있으면 수다라도 떨 텐데, 혼자서 딱히 할 게 없었으므로 은미는 교실 뒤편에 비치해 놓은 학급 문고를 읽었다. 그러다 30분쯤 지났을 때, 무언가 등골이 서늘해지는 걸 느꼈다. 5월이라 한창 낮이 더울 때인데도 갑자기 교실에 냉기가 확 감돌았다.

고개를 들어야 했지만 은미는 직감적으로 그러면 안 될 것 같다고 생각했다. 무언가가 자신을 계속 보고 있었다. 은미는 책을 보는 척 하며 그것이 지나가기를 기다렸다. 시간이 얼마나 흘렀는지 알 수 없을 정도로 무섭고 초조한 시간이었다. 한참이 지나서 그것이 사라졌다고 생각한 순간, 은미는 고개를 들었다.

누군가 자신을 보며 서 있었다.

"그게 귀신이었단 말야?"

은미는 고개를 끄덕였다.

"귀신이 아닐 수도 있잖아. 그런 생각은 안 해 봤어?"

"막상 보면 절대 그런 생각이 안 들어. 귀신이다 아니다, 그런 게 아니라. 그냥 사람이 아니라니까."

"근데 왜 아무도 안 부른 거야? 창문만 열면 바로 운동장인데, 하다못해 소리라도 쳤으면 옆 반에서 듣고 왔을 거 아니야?"

"그걸 보고 있으면 소리가 안 나와. 몸이 굳어서 아무 생각도 안 나고."

그때 기억이 떠오르는지, 은미는 몸을 부르르 떨었다. 그 거짓 없는 말투와 굳은 표정에 반 전체가 얼어붙었다. 실제로 은미는 그날 오후에 조퇴를 했다. 알음알음 퍼지던 귀신의 존재가 아이들 사이에 확 퍼지기 시작한 것도 그때부터였다.

"그렇게 얼마 동안 있었던 거야?"

"종 칠 때까지. 그렇게 귀신이랑 나랑, 눈싸움 하듯이 계속 있었어. 벨이 울리니까, 갑자기 없어지더라고."

성재는 은미의 이야기를 끄적끄적 다시 한 번 교탁 앞에 펼쳐둔 노트에 적었다. 가벼운 한숨이 나왔다. 아이들의 성화에 일단 안건으로 올리긴 했지만 이런 얘기를 한다고 뾰족한 수가 나는 건 아니었다. 확인 차 물어본 것으로 여섯 명의 목격담은 크게 다르지 않았다.

"근데 너희도 알다시피 당장 해결할 수는 없어. 선생님한테 말씀드릴 수도 없고. 단체로 학교를 안 나올 수도 없는 거고. 부모님들한테 얘기한다고 믿어 주시는 것도 아니잖아."

"그래서 이렇게 얘기하는 거잖아."

앞줄에 앉아 있는 아이 중 하나가 말했다.

"그럼 어떡하면 좋을까?"

그 옆에 있던 여자 아이가 말을 받았다. 여자 부반장인 진이였다.

"알아봤으면 좋겠다는 거지. 왜 자꾸 이렇게 나오는지. 이유가 뭔지. 정체가 뭔지."

"알아본다고 우리가 해결할 수 있나?"

"그렇다고 손 놓고 있을 수 없잖아. 애들이 너무 무서워하는데."

더 이상 버틸 재간이 없었다. 아이들은 어떤 식으로든 귀신의 정체에 대해서 알고 싶어 했다. 그리고 조금이라도 손을 쓰고 싶어 했다.

"그럼 그건 누가 하는데?"

"그걸 못 하니까 지금 여기서 얘기하는 거잖아. 맡아서 할 사람 뽑으려고."

진이가 말했다.

"알았어. 일단 물어 보자."

성재는 반 아이들을 둘러보며 먼저 손을 들어 보였다.

"여기서, 지금 학교에 귀신 왜 나오는지 알아볼 사람?"

아무도 손을 들지 않았다. 그렇게 안건에 못 올려 안달이더니, 정작 하려는 사람은 없는 건가. 아이들의 약간은 무책임한 태도에 성재는 답답해졌다.

"아무도 없어? 궁금하다며, 귀신 왜 나오는지."

성재의 말에 아이들은 고개를 돌리며 서로 눈치를 보았

다. 귀신 문제를 해결하고 싶은 마음은 있었지만 당사자가 자신이 되기는 싫은 것이다.

"이럴 거면 왜 올린 거야?"

성재의 말에 뒷자리 아이 하나가 손을 들었다. 혹시 하려는 건가. 성재가 바로 지목을 하자 그 아이가 말을 했다.

"그냥 반장이 하면 안 되나?"

"뭐라고?"

"반장이 하면 안 되냐고. 그래도 우리 중에서 반장이 제일 똑똑하잖아. 공부도 잘 하고. 그리고…… 귀신 본 애들은 놀라서 못 하고, 다른 애들도 겁을 많이 낸다고. 반장은 좀 낫잖아."

그 말과 함께 반 전체의 시선이 성재에게 집중되었다. 너무 갑작스러워 아무 말도 나오지 않았다. 이래서 이런 자리를 맡지 말았어야 했는데. 떠밀리듯 반장 자리에 들어간 이후로 성재에게 좋은 일은 한 번도 없었다. 거절하려 했지만 맨 앞자리에서 이렇게 몰리니 면이 서지 않았다.

"알았어."

성재는 얼떨결에 승낙을 했다. 안도의 분위기가 교실에 퍼졌다. 어쩌면 이러려고 지금 같은 상황을 만들었는지 모른다는 생각이 들었다. 한숨을 돌린 것 같은 아이들의 표정을 보니 은근한 오기가 생겼다.

"그런데, 나 혼자서는 못해. 누구 한 사람이라도 도와줘야지.”

성재는 아이들을 둘러보았다.

“누구 나 도와줄 사람 없어?”

또 떠넘기기가 시작되었다. 아이들은 아무도 손을 들지 않았다. 이 어수선한 모양새를 보자 화가 났다. 바로 앞에 앉아 있는 여자 부반장 진이에게 성재는 말을 했다.

“진이 네가 나랑 같이 하자.”

“내가?”

진이는 곤란한 표정을 지었다. 앞장서서 떠넘겨 놓고 저렇게 나오는 진이를 보니 어처구니가 없었다.

“그럼, 반장이라서 내가 하니까 부반장인 니가 도와야지. 아니면…….”

성재는 가운데에 앉아 있는 아이를 가리켰다. 남자 부반장인 석호였다.

“석호가 하든가.”

“나? 나는…… 귀신 안 찾아도 돼. 관심 없어.”

석호는 바로 거절하는 기색을 했다. 성재는 고개를 돌려 한숨을 크게 쉬었다. 벽에 걸린 시계가 눈에 들어왔다. 이제 시간이 얼마 남지 않았다. 곧 선생님이 들어올 것이다.

“시간 없어. 빨리 결정해야 돼. 정말 아무도 도와줄 사람 없어?”

성재의 말에 아이들이 웅성거리며 한 마디씩 거들었다.

"투표로 하자."

"제비뽑기하자."

"그냥 부반장한테 시키자."

난처한 광경이었다. 시간은 점점 줄어들고 있었다. 선생님이 이걸 보면 뭐라고 하실까. 성재는 일단 '귀신'이라고 쓰여 있는 칠판부터 지워야겠다는 생각을 했다. 칠판지우개를 들었을 때, 뒤쪽에서 조그마한 소리가 들렸다.

내가 할게.

칠판을 지우며 성재는 그 목소리를 좀 더 또렷하게 들었다.

"내가 할게."

웅성이던 아이들의 목소리가 순식간에 잦아들었다.

"내가 한다고."

아이들의 눈이 한 곳으로 모였다. 창가 안 쪽, 맨 뒷자리 구석이었다.

임윤희.

성재는 그 아이가 그렇게 나서는 것을 처음 보았다.

* * *

승아는 언니가 좋았다.

어릴 때부터 맞벌이를 한 승아의 집에는 부모님이 계시는 시간이 많지 않았다. 여섯 살 때까지는 할머니가 집에 있었지만, 할머니가 돌아가시고 난 후로는 하루 종일 집에 어른이 없었다. 집에는 항상 승아와 승아의 언니 둘뿐이었다.

승아보다 한 살밖에 많지 않아서 사실상 언니는 동갑내기나 마찬가지였다. 하지만 언니는 동생인 승아를 돌봐야 한다는 강한 책임감을 갖고 있었다. 외로움을 잘 타고 겁이 많았던 승아였지만 언니가 항상 함께 있었기에 외롭지 않았다.

언니는 친구들과 놀 때도 항상 승아를 데리고 다녔다. 한 살 어린 승아가 매일 따라다니는 것을 귀찮아하는 친구들도 있었다. 그럴 때면 언니는 인형을 주거나, 부탁을 들어주거나 다른 방법으로 환심을 사서 친구들의 마음을 돌려놓곤 했다. 한 살 위였지만 승아는 언니를 볼 때마다 한 다섯 살쯤은 많은 것 같은 느낌을 받았다.

초등학교에 입학했을 때 처음에 승아는 적응을 잘 하지 못했다. 집이나 유치원에 있는 것과 너무 다르게 느껴져서, 처음으로 출석을 불렀을 때 자기 차례에 승아는 무서워서 울었다. 그때문에 승아는 첫날부터 웃음거리가 되었다. 몇몇 아이들은 울보라고 이름 붙여 승아를 놀리곤 했다.

하지만 그런 장난은 오래가지 않았다. 승아가 언니에게 그 얘기를 하자, 다음 날 쉬는 시간에 다짜고짜 언니는 승아의 교실로 들어왔다. 그리고 눈에 보이는 대로 남자애

한 명의 멱살을 잡았다. 언니는 승아를 보고 말했다.

“너 놀린다는 게 얘니?”

승아가 고개를 젓자 또 다른 아이의 멱살을 잡았다.

“그럼 얘는?”

승아가 고개를 끄덕이자 언니는 바로 그 아이를 바닥에 패대기쳤다. 놀란 아이가 울음을 터뜨렸다. 언니는 눈을 시퍼렇게 뜨고 승아네 반 아이들을 보며 말했다.

“너희들 내 동생 건드리면 죽여 버릴 거야.”

그 이후로 아무도 승아를 괴롭히지 않았다.

그런 언니가 죽었다.

초등학교 4학년 때였다. 그날은 승아의 생일이었다. 승아는 친구들 몇 명을 불러 파티를 하기로 했다. 엄마를 졸라 파티 비용도 지원받았다. 승아는 언니와 함께 빵집에 들러 케이크를 샀다. 한손에 케이크를 들고 흐뭇한 마음으로 승아는 언니의 손을 잡고 걸었다.

친구들과 함께 놀 생각을 하니 신이 났다. 그날은 토요일이라 이미 그 전날 승아의 방은 파티용으로 꾸며 놓은 상태였다. 언니는 리본과 종이꽃, 색종이로 승아의 방을 예쁘게 장식해 주었다. 친구들의 축하 속에서 촛불을 끌 생각을 하니 승아의 가슴이 설레었다.

그 모든 순간이 승아에게는 지금도 슬로비디오처럼 남아 있었다.

신호등 앞이었다. 조금이라도 집에 빨리 가고 싶은 마음에 승아는 파란 불이 들어오자마자 앞으로 뛰쳐나갔다. 그때 옆에서 자동차 경적 소리가 들렸다. 승아는 옆으로 고개를 돌렸다. 트럭 한 대가 이쪽으로 달려오고 있었다. 피할 수 없을 정도의 속도였다. 차에 치였구나 생각한 순간 승아의 몸이 앞으로 확 엎어졌다. 상자에서 하얀 케이크가 빠져나와 산산이 뭉개졌다.

고개를 들자 언니의 몸이 허공에 떠 있었다. 언니는 천천히 하늘을 날더니 밑으로 확 떨어졌다. 사람들이 달려왔지만 아무것도 들리지 않았다. 바닥에 쓰러져 있는 언니의 모습만이 선명하게 보였다.

언니의 머리 위로 피가 동그랗게 퍼졌다.

2.

반장이긴 하지만 학급의 모든 친구들과 친한 것은 아니었다. 특히 윤희처럼 일부러 벽을 치듯 다른 아이들과 어울리지 않는 경우는 더욱 말을 붙이기 어려웠다. 복도를 나서며 성재는 아래를 내려다보았다. 윤희가 계단에 앉아 휴대폰을 만지작거리고 있었다. 평소에 거의 얘기를 해 본 적이 없는 터라 이름을 부르기가 쑥스러웠다. 성재는 일부러 계단을 내려가며 발소리를 크게 냈다.

인기척을 느낀 윤희가 뒤를 돌아보았다. 단정하게 양 갈래로 묶은 머리칼이 흔들렸다.

"많이 기다렸지?"

"아니야, 이 정도면 생각보다 금방 끝났는걸?"

따로 만날 시간을 내기 전에, 일단 수업을 마치고 의논을 하기로 했다. 선생님과 함께 지난 시간 숙제의 채점을 끝낼 때까지 윤희는 기다려 주었다. 말수가 없는 아이 치고는 자신을 대하는 데 그다지 스스럼이 없어 보이는 게 성재는 다행스러웠다.

방과 후 특별 활동을 하는 교실이 몇 군데 있었지만 이미 상당수가 하교해 학교에는 사람이 많지 않았다. 성재는 교사를 나서 운동장 쪽으로 걸었다. 서먹한 마음에 주머니에서 쿠키 봉지를 꺼내 윤희에게 내밀었다. 조금 전에 선생님에게 간식 삼아 받은 것이다.

"이거 먹을래?"

"응. 고마워."

윤희는 거리낌 없이 과자를 받았다. 운동장을 가로지르며 두 사람은 아무 말도 하지 않았다. 성재는 정문 앞 벤치를 가리키며 윤희에게 말을 했다.

"여기라도 좀 앉자."

성재는 벤치에 앉아 과자를 뜯어 조금씩 먹었다. 신경이 쓰여서인지 아무 맛없이 텁텁하기만 했다. 이렇게 괴상한 일로 별로 얘기해 본 적도 없는 아이와 앉아 있으니 딱히 할 말도 떠오르지 않았다.

"무슨 생각으로 한다고 한 거야?"

윤희가 손을 들었을 때 반 아이들은 대부분 놀라는 눈치였다.

"아무도 안 하잖아. 선생님 오실 때 다 됐는데 결정도 안 나고."

"그렇다고 니가 손 들 필요는 없잖아."

"그럼 하지 말까?"

윤희는 눈을 크게 떴다. 당황한 성재는 손사래를 쳤다.

"아니야, 해."

기껏 도와주겠다는데 거절할 이유가 없었다.

윤희는 잠시 동안 성재를 빤히 바라보았다.

"아마 이럴 때 아니면 너도 내 얘기 안 믿어줄 거야."

"응?"

고개를 갸웃하는 성재를 보며 윤희가 말했다.

"나, 귀신 본 적 있어."

"뭐라고? 근데 왜 아까 손 안 들었어?"

"아니 그게 아니라……."

윤희는 고개를 저었다.

"지금 애들이 봤다는 귀신은 본 적 없는데, 다른 귀신은 본 적 있다고."

"……."

"니가 귀신을 믿는지 안 믿는지는 모르겠지만, 일단은 너도 귀신 때문에 떠밀려서 이러고 있는 거니까."

윤희는 문득 입을 다물었다. 그리고 살짝 다그치듯 성재를 보며 물었다.

"너는 귀신이 특별할 때만 있을 것 같지?"

"응? 무슨 소리야?"

"귀신이 그렇게 별나게 나오는 거 아니야."

성재는 평소에 그런 것에 대해서 생각해 본 적이 없었다.

윤희는 성재를 향해 고개를 앞으로 내밀었다.

"지금도 있는걸? 여기 바로 너 뒤에도 있어."

그 말을 듣자 오한이 끼쳤다. 성재는 조심스레 뒤를 돌아보았다. 아무것도 보이지 않았다.

"뭐야, 왜 이런 장난을 쳐?"

"장난하는 거 아니야."

윤희는 진지한 얼굴로 말을 했다.

"귀신은 있는데, 보통은 안 보이는 거지. 너 뒤에도 있고, 저기서도 너 보고 있는데."

윤희는 운동장 바깥쪽의 화단을 가리켰다. 그 무심한 태도에 소름이 돋았다.

"하지 마, 왜 이런 소리를 해?"

성재는 약간 화가 났지만 윤희의 표정에는 조금도 변함이 없었다.

"내 말은 걱정할 필요가 없다는 거야."

"……."

"원래 사람들 사이에 섞여 있는 게 귀신이야. 안 보이기 때문에 별 상관없는 거지. 너는 그냥 없다고 생각하면서 살면 돼. 그럼 크게 다른 거 없잖아."

잔뜩 겁을 줘 놓고서 그런 말을 하니 더 짓궂게 느껴졌다. 하지만 윤희의 모습은 정말로 장난 같지가 않았다.

"그럼 애들이 봤다는 귀신은 뭐야?"

"그게 예외인 거지. 보통은 귀신이 사람들 눈에 안 보이거든. 큰일을 당했거나 하고 싶은 말이 있거나. 그러면 그 감정이 강해져서 사람들 눈에 보이는 거야. 그러니까 그 귀신은 그런 일을 당한 사람인 거지."

온통 처음 듣는 얘기뿐이었다. 그 말을 너무 진짜같이 하고 있어서 성재는 귀신보다 윤희 쪽이 더 무서웠다.

"귀신은 말이야."

윤희는 성재의 눈을 똑바로 바라보았다.

"죽은 자리 주변에서 맴돌게 돼 있어. 그러니까 그 귀신은 학교에서 죽은 사람이야."

* * *

그런 일이 없었으면 만나지 못했을 것이다.

합창부 부실이 있는 건물이 공사에 들어가지 않았다면.

공사 통보를 받은 건 4월 초였다. 당장 다음 주부터 부실을 쓸 수 없게 돼서 합창부인 승아는 강당에서 연습을 해야 했다. 늘 있던 공간이 아니라 아이들이 낯설어했지만 일단 연습할 자리가 주어진 것만 해도 고마운 일이었다. 5월 말 대회가 코앞이었다. 적응 기간이 필요했으나, 어차피 대회는 이런 데서 하는 거라며 마음을 다잡았다. 강당에 피아노가 있으니 연습하는 데는 무리가 없었다.

처음 그 아이를 본 건 연습을 마친 후 강당을 정리하고 있을 때였다. 대강 정리를 끝내고 문 쪽을 보았을 때, 그 아이가 강당을 향해 걸어 들어왔다. 주위에 사람들이 많았지만 승아에게는 마치 아무것도 없는 것처럼 그 아이의 얼굴만 보였다. 큰 키에 가는 얼굴, 동그란 눈에 작은 코. 순간 승아는 언니를 본 줄 알았다.

물론 그럴 리는 없었다. 언니는 죽었으니까.

탁구 운동복을 입고 있는 것으로 보아 그 아이는 탁구부인 듯했다. 합창부와 마찬가지로 탁구부도 부실이 공사에 들어가 한동안 이곳에서 연습해야 하는 것 같았다. 승아는 피아노를 닦으며 그 아이를 곁눈질로 계속 보았다.

머리를 짧게 자른 것을 제외하면 영락없는 언니였다.

새 학교를 다닌 지 1년이 지나는 동안 왜 그 아이를 못 봤는지 스스로 이해가 되지 않았다. 승아는 가까이 지나가는 척 하며 그 아이의 운동복에 붙어 있는 이름표를 보았다.

거기에는 '황수연'이라고 쓰여 있었다. 황수연. 그게 그 '언니'의 이름이었다.

언니, 하고 승아는 마음속으로 불러 보았다.

3.

그날 배운 걸 복습하는 데는 시간이 많이 걸렸다. 자꾸 잡생각이 떠올라 공부에 집중이 되지 않았다. 계속 윤희가 했던 말이 생각났다. 귀신이 사람들 사이에 섞여 있다. 그리고 그 주위를 맴돌고 있다. 그 얼굴을 떠올리자 성재는 또 오싹해졌다. 그런 말을 믿을 수 있을까. 그런 얘기를 하고 다니니 아이들이 어울리지 않았던 게 아닐까. 아니면 반대로 그런 걸 알고 있기 때문에 아이들과 어울리지 못했던 것일지도 모른다.

더 신경 쓰이는 문제는 따로 있었다.

감정이 강해지면 귀신이 사람들의 눈에 보인다. 귀신은

학교에서 죽은 사람이다.

학교에서 누가 죽었다는 얘기는 들은 적이 없었다. 그 사람은 누구일까. 성재는 본 적도 없는 귀신의 모습을 계속 상상했다. 무섭기도 하고 이상하기도 했다. 계속 그 모습이 생각이 나서, 그날 성재는 혼자서 잠들지 못하고 부모님의 방에서 함께 잤다.

* * *

점심시간에 식사를 마친 후 성재는 윤희의 자리 쪽으로 가 보았다.

"그럼 이제 우리 어떡하지?"

윤희는 의아하다는 듯 고개를 들었다.

"그건 내가 너한테 물어봐야 되는 거 아니야? 니가 대장이잖아."

"둘밖에 없는데 대장이 어딨어? 나는 아무 생각도 안 난단 말이야. 그리고 니가 나보다는 낫잖아. 잘 알고."

성재의 말에 윤희는 생각에 잠긴 얼굴로 양손에 턱을 괴었다.

"한 명씩 물어봐야지. 귀신을 어디서 봤는지. 당장은 그것밖에 방법이 없잖아."

성재는 고개를 끄덕였다. 이미 한 차례 들은 적이 있었지만 그걸 확인하는 건 또 다른 일이었다.

* * *

"지난 주 사회 시간이었는데 말야."

민호가 말했다. 생활 부장으로 성격이 밝고 친구가 많은 아이였다.

"갑자기 오줌이 마려운 거야. 그래서 선생님께 말씀드리고 화장실에 갔거든. 그리고 한참 일을 보는데……."

귀신이 화장실 앞에 서 있었다고 했다. 민호는 놀라서 한참을 그대로 있었다.

"일 보고 있었기에 망정이지 안 그러면 쌌을지도 몰라."

"귀신이 어떻게 생겼다고 그랬지?"

"전에 얘기 안 했나?"

"확인하려고 물어보는 거니까……."

수첩에 목격담을 적는 성재를 보며 민호는 귀신의 모습을 떠올렸다.

"귀신은 말이야, 아저씨야."

민호는 숨을 죽이며 침을 삼켰다.

"귀신이라고 하면 머리 풀어헤친 여자일 것 같잖아. 근데 아저씨더라고. 나이 많은."

"어느 정도 돼 보이는데?"

윤희의 물음에 민호는 입술을 문질렀다.

"글쎄? 우리 아버지랑 비슷해 보이던데?"

"그리고…… 다른 기억은 나는 거 없어?"

"옷은 흰 옷을 입고 있었어. 위에는 점퍼 같은 거 걸친 것 같고."

"귀신 치고는 차림이 수수하네."

"귀신이 누구한테 잘 보이려고 다니는 건 아니잖아."

윤희가 무심한 표정으로 성재에게 핀잔을 주었다.

수업을 마친 후 성재는 윤희와 함께 수첩에 기록한 여섯 명의 증언을 종합해 보았다.

귀신의 목격담은 다음과 같았다 .

- 체육 시간에 당번 대신 남았다가 교실에서 보았다. (은지)
- 수업 도중 화장실에 갔다 그 안에서 보았다. (민호)
- 문학반 부실에 놔둔 문집을 가지러 갔다가 복도에서 보았다. (성우)
- 주전자 물을 뜨는 도중에 개수대 앞에서 보았다. (유진, 세영)
- 야외 수업이 있을 때 늦게 나오다 학교 건물 뒤에서 보았다. (동민)

"이중에서 어떤 게 다른 것 같아?"

윤희가 물었다.

“글쎄, 난 잘 모르겠는데?”

수첩을 보며 윤희는 네 번째 항목을 손가락으로 짚었다.

“이건 다르잖아. 보통은 혼자 있을 때 봤는데 이건 둘이 있을 때 봤어. 귀신이 혼자 있을 때만 나타나는 게 아니라는 증거야.”

“음…….”

성재는 눈썹을 추켜세웠다. 뭔가 맞는 말 같았다.

“그렇지만 세 명 이상이 있을 때 귀신을 봤다는 말은 없으니까, 몇 명인지는 알 수 없어도 사람이 많으면 그 앞에 안 나타난다고 봐도 될 거야.”

“그런가…….”

“바꿔서 말하면, 애들한테 이렇게 말하면 귀신을 피할 수 있어.”

“혼자 다니지도 말고, 둘이 다니지도 말고.”

윤희는 당부하듯 성재를 바라보았다.

“셋 이상 다녀라.”

* * *

방과 후에 연습을 해야 했으므로, 합창부 연습 시간과 탁구부 연습 시간은 같았다. 합창부원들이 노래를 하고 있을 때면 그 앞에서 언니를 포함한 탁구부 부원들이 바쁘게 탁구채를 움직였다. 승아는 언니의 그런 모습이 좋았다. 노래를 하는 것처럼 시선을 두고 몰래 언니를 보는 것은 승아의 작지만 큰 즐거움이었다.

연습을 하다 머리가 아파 잠시 쉬러 밖으로 나왔을 때였다.

강당 뒤쪽의 잔디 위에 언니가 앉아 있었다. 처음으로 말을 붙여 볼 기회였다. 승아는 그 옆으로 다가가 인기척을 내고서 잔디 위에 퍼질러 앉았다. 놀란 언니가 옆을 돌아보았다. 승아는 친근한 태도로 말을 걸었다.

"혼자 이렇게 앉아 있는 거야?"

승아가 갑작스럽게 말을 걸자 언니는 당황하는 것 같았다.

"괜찮아."

언니가 경계하지 않도록 승아는 먼저 자기소개를 했다.

"나는 승아라고 해."

그 말에 언니는 눈을 동그랗게 뜨고 승아를 보았다.

"나는, 황수연……."

"알아. 명찰에 그렇게 쓰여 있는걸?"

승아는 활짝 웃었다.

그 이후로 두 사람은 자주 그 곳에서 시간을 보내게 되었다. 언니가 연습을 하다 자리를 비울 때면 승아는 그를 따라서 강당 뒤로 갔다. 그리고 그날 있었던 이야기들을 조금씩 나누었다. 좀 친해졌다고 생각했을 때, 승아는 용기를 냈다.

"저기, 언니라고 불러도 돼?"

언니는 눈을 동그랗게 뜨고 승아를 보았다.

"언니라고 부르고 싶어."

언니는 잠시 망설이다 고개를 끄덕였다.

4.

선생님이 자리를 비우자 성재는 교실 앞으로 나가 아이들 앞에서 윤희와 함께 조사한 결과를 간략하게 얘기해 주었다. 물론 귀신이 학교에서 죽은 사람인 것 같다거나, 윤희가 귀신을 볼 줄 안다는 말은 하지 않았다.

"여러 명 있을 때는 나타난 적이 없으니까, 학교 안에서는 꼭 세 명씩 짝을 지어 다니도록 해. 최소한 혼자서 다니지는 마. 그게 중요한 것 같아."

며칠이 지나자 2반에서 귀신 목격담은 사그라들었다. 정말로 귀신이 나타나지 않는다며 아이들은 성재의 말을 신기해했다.

하지만 그것이 끝은 아니었다. 다른 반에서 귀신 목격담이 계속되었기 때문이다. 당연히 2반만의 문제가 아니었고, 학교 여기저기서 귀신을 봤다는 얘기가 떠돌아 금방 소문이 났다.

다른 반에서는 말이 하도 나와서 직접 선생님이 중재를 했다는 얘기도 있었다. 듣자하니 선생님 중에서도 귀신을 본 사람이 있는 모양이었다.

"어떡할 거야, 이대로 괜찮은 거야?"

성재의 물음에 윤희는 알 수 없는 얼굴을 했다.

"우리 반 애들이 더 이상 귀신 안 보면 괜찮은 거 아니었어?"

"다른 사람들이 계속 본다잖아. 그리고 애들도 계속 셋이서 같이 다닐 수는 없어."

"그럼 어떡할까? 나도 귀신을 쫓을 수는 없어."

"그래도 난 좀 더 알아봤으면 좋겠어. 어쨌든 이만큼 알아낸 거 너밖에 없잖아."

윤희는 난처하다는 듯 미간을 찌푸리더니 이윽고 승낙을 했다.

윤희가 제안한 방법은 처음과 같았다. 최대한 많은 목격담을 수집하는 것. 두 사람은 시간이 날 때마다 학교 이곳저곳을 돌아다니며 귀신을 본 아이들을 찾았다. 귀신 목격담은 생각했던 것보다도 더 퍼져 있었다. 성재네 반이 특히 많긴 했지만 한 반 건너 한 명씩은 귀신을 본 사람이 있는 모양이었다. 성재는 같은 반 친구들을 동원해 다른 반 아이들을 소개받는 식으로 그들의 이야기를 들었다. 처음에 얄밉게 성재에게 일을 떠넘긴 것이 미안했던지 부반장 진이가 적극적으로 도와주었다. 6학년 형, 누나들을 만나는 데 특히 그런 도움이 많이 필요했다.

두 사람은 사흘 동안 열여섯 건의 목격담을 모았다.

성재는 학교의 도면을 그려 귀신이 출몰한 자리를 표시해 보았다.

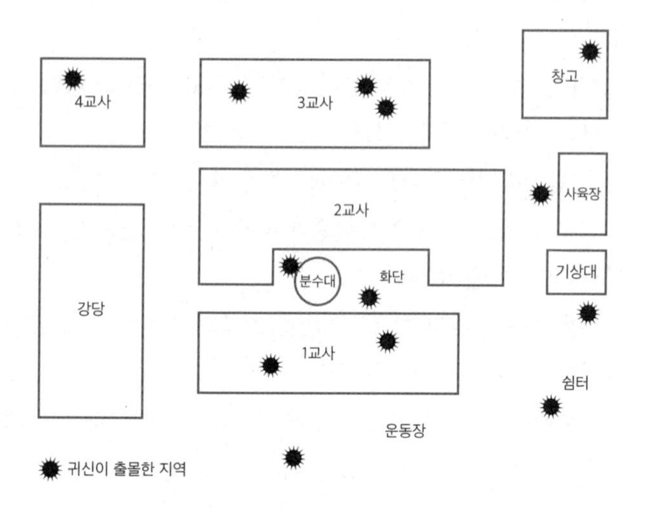

"이렇게 보면 어떤 것 같아?"

윤희가 물었다.

"글쎄, 난 잘 모르겠는데?"

"일단 귀신이 정해진 시간에 나타나는 건 아니야. 밤에만 보이는 경우도 있지만 그건 아닌 것 같고. 그리고 출몰 장소도 정해져 있지 않아. 이 정도면 학교 전체에 나타난다고 봐도 될 거야. 목격자가 두 명 이하일 때만 나타나는 것도 마찬가지고."

그림을 계속 보고 있던 윤희가 생각에 잠긴 듯 눈을 가늘게 떴다.

"근데 말이야."

윤희는 그림 가장자리의 강당 쪽을 손으로 가리켰다.

"왜 이쪽에서 봤다는 얘기는 없을까?"

* * *

승아와 언니는 처음부터 통하는 데가 있었다.

별다른 말을 하지 않아도 언니와 함께 있으면 즐거웠다. 합창 연습을 하다 쉬는 시간이면 승아는 밖으로 나가자며 언니에게 눈짓을 했다. 그러면 언니가 잠시 후에 따라 나왔다. 승아는 여러 가지 이야기를 나누면서 언니에 대해서 많은 것을 알 수 있었다. 부모님이 없다는 것, 시설에서 자라고 있다는 것. 4학년 때부터 탁구를 해서 이제 3년째라는 것.

평소에 언니의 표정은 그다지 밝지 않았다. 처음에 승

아는 그 이유를 잘 몰랐다. 하지만 몇 주를 강당에서 함께 지내다 보니 왜 그런지를 어렴풋이 알 수 있었다. 탁구를 잘 모르는 승아의 눈으로 보기에도 언니는 제대로 된 연습을 하지 않는 것 같았다. 언니는 거의 다른 부원들의 연습 상대를 하고 있었다. 주전 선수들이 따로 있고, 그 사람들이 제대로 할 수 있도록 받쳐주는 역할이었다. 그 역할을 돌아가면서 하는 게 아니라 언니가 도맡고 있었다.

그 이유를 언니에게 묻고 싶었지만 혹시라도 실례가 될까 봐 묻지 않았다.

언제부터인가 승아는 항상 언니와 함께 하교하게 되었다. 먼저 합창부 연습을 끝내고, 탁구부 시간이 끝날 때까지 승아가 기다리고 있으면 언니가 승아에게로 왔다. 승아는 언니와 함께 걷는 시간이 제일 좋았다. 두 사람은 확실히 닮아 있었다. 다만 키는 언니가 조금 컸다.

승아는 플라타너스 나무가 산뜻하게 늘어선 학교 앞 길을 걸으며 언니에게 물어 보았다.

"탁구 하는 거 재미있어? 힘들어 보여서 그래. 재미없으면 그만 두면 되잖아."

"내가 좋아서 하는 거야. 나 4학년 때 탁구 처음 했을 때, 뭐 하면서 잘한다고 칭찬받은 거 처음이었어."

"훌륭한 탁구 선수가 되는 게 꿈이구나."

"아니야, 그런 것까지 생각 안 하고 있어. 잘할 수 있으니까 하는 거야. 그리고 탁구부를 하면, 수업시간에 엎어져 자도 선생님이 뭐라고 안 하고, 숙제도 안 해도 되거든."

그러면서 언니는 웃었다. 그런 언니를 보며 승아는 가슴이 미어지는 걸 느꼈다.

5.

월요일 수업을 마치고 두 사람은 강당 쪽으로 향했다. 성재는 학교에 5년을 다녔지만 강당으로는 별로 가 본 적이 없었다. 학교 행사를 제외하면 그다지 갈 일이 없었기 때문이다. 늘 보던 자리인데도 강당은 왠지 먼 곳처럼 느껴졌다.

"이쪽에서는 귀신을 못 볼 수밖에 없는 거 아니야? 강당에 드나드는 애들이 거의 없잖아."

"아니야, 여기도 사람들 꽤 있어. 강당 뒤에서 시간 보내는 애들도 있고. 그리고 강당을 연습실로 쓰는 경우도 있거든. 근데 본 사람이 하나도 안 나온단 말이야."

그런가. 윤희의 말에 고개를 끄덕이며 성재는 운동장을 가로질렀다. 강당 쪽에서 나지막하게 노랫소리가 들려왔다.

"저기서 노래하나 봐."

"아마 합창부가 저기서 연습할 거야. 몇 주 됐을걸?"

건물에 가까워질수록 노랫소리는 점점 커졌다. 강당 문은 닫혀 있었다. 벌컥 문을 열고 들어가기가 어색해서 성재는 문을 살짝 열고 그 틈으로 강당 안을 보았다.

그때 뒤에서 말소리가 들렸다.

"뭐하니?"

두 사람은 뒤를 돌아보았다. 동그란 얼굴을 한 보통 키의 젊은 여자가 서 있었다. 성재도 아는 사람이었다. 두 사람의 반에도 수업을 하러 들어오는 음악 선생님이었다. 여자 선생님인데 성이 '남' 씨라서 아이들은 그 선생님을 남 선생님이라고 부르며 재미있어했다. 아마 합창부의 지도를 맡고 있는 모양이었다.

"어, 선생님 안녕하세요?"

성재는 고개를 꾸벅 숙여 인사를 했다.

"너희들 2반 애들 아니니? 여기는 웬일이야, 무슨 볼일 있어?"

"아니요. 그런 건 아닌데……."

성재가 말끝을 흐리자 윤희가 재빨리 끼어들었다.

"볼일 있어요."

"어머, 그래?"

남 선생님은 윤희를 보며 재미있다는 듯한 얼굴을 했다.

"잠깐만 있다 가면 돼요."

"알았어. 합창부가 연습 중이니까, 너무 크게 소리 내면 안 된다."

두 사람은 고개를 끄덕였다. 선생님이 강당 문을 여는 것을 보고 두 사람은 뒤따라 들어갔다. 아치형 천장에 마루로 마감을 한 널찍한 공간이 눈에 들어왔다. 반들반들한 바닥 사이로 나무 왁스 냄새가 조금씩 났다. 두 사람은 강당 한쪽으로 가서 섰다. 멀리 단상에서 서른 명 가량의 아이들이 노래를 하고 있었다. 합창부였다. 그리고 단상 앞 강당 한가운데에서 예닐곱 명의 여자 아이들이 탁구에 열중하는 모습이 보였다. 그 사이에 체육복을 입은 남자 선생님이 있었다.

"탁구부야."

윤희가 작게 말을 했다.

성재네 학교 탁구부는 꽤 실적이 좋아서, 도 단위 대회에서도 상을 받는 모양이었다. 성재도 아침 조회 시간에 탁구 부원들이 상을 받는 것을 본 적이 있었다. 합창부와 탁구부, 양쪽 다 연습에 여념이 없었다.

"딱히 누구한테 말 붙이기가 그렇네."

"그러게……. 다들 연습한다고 바쁘네."

성재는 강당 한쪽 책상에서 교재를 뒤적이는 남 선생님에게 가서 물어 보았다.

"근데 합창부는 왜 여기서 연습해요? 합창 연습실 있잖아요."

"연습실 저번 달에 공사 들어가서 못 쓰게 됐어. 그때까지 여기서 하는 거야."

"저기 탁구부도 그런 거예요?"

"응. 저기도 같이 공사하잖아. 우리랑 같이 왔어. 서로 불편하지만 같이 지내야지."

선생님은 악보처럼 보이는 노트를 챙겨 들고 합창부가 있는 단상 쪽으로 갔다. 본격적으로 지도를 하려는 모양이었다. 그 모습을 보니 뭔가 방해가 되는 것 같아 눈치가 보였다. 더 이상 여기에서 얻을 만한 건 없어 보였다. 두 사람은 일단 강당 밖으로 나왔다.

"다 같이 강당에 있어서 귀신이 안 나오는 거 아닐까?"

"그럴 리가 없어. 화장실을 갈 수도 있고, 따로 다닐 일이 있으니까. 바로 옆에 화장실 있잖아. 저리로 혼자 지나가면 딱 당하기 좋은 자리 아니야?"

맞는 얘기 같았다. 두 사람은 조금 기다려 보기로 했다. 윤희는 흙이 묻은 강당 앞 벤치에 거리낌 없이 앉았다. 성재는 손으로 앉을 자리를 털고 그 옆에 따라 앉았다. 어색한 공기가 감돌았다. 어쩌다 보니 며칠째 같이 다니고 있긴 하지만 두 사람은 그다지 친하지 않았다.

30분 정도 기다리니 합창부 부원들이 한 사람씩 나왔다. 성재는 아이들을 한 명씩 살피다 아는 얼굴이 보이자 손을 흔들었다. 4학년 때 같은 반이었던 유경이라는 친구였다.

"안녕!"

손을 흔드는 성재를 보고 유경은 아는 척을 했다.

"여기 웬일이야?"

"아, 그냥 구경 왔어."

이런 일로 찾아왔다고 하기가 왠지 쑥스러웠다.

"사실은 물어볼 게 있어서."

성재는 대략의 사정을 얘기해 주었다.

"나도 그 얘기 들었어. 안 그래도 그것 때문에 애들이 난리던데?"

유경은 오히려 궁금해하는 모습이었다.

"너는 여기서 귀신 본 적 없어?"

"나는 본 적 없어. 나 말고 다른 부원들도 본 적 없는 것 같고."

"그렇구나. 그런데, 탁구부는 언제까지 연습하는 거야?"

"우리 가고 나서도 한참 할걸, 아마? 한 5시 반까지는 하는 것 같던데?"

"알았어. 고마워."

성재는 유경에게 인사를 했다.

탁구부가 연습을 마칠 때까지 조금만 더 있어야겠다고 생각하며 성재는 윤희와 함께 다시 한참을 기다렸다. 4시 반에 학원에 가야 했지만 오늘은 빠질 수밖에 없었다. 성재는 어머니에게 전화해 친구 집에 갈 거라며 윤희를 바꿔 주었다. 윤희도 마찬가지로 자기 집에 전화해 그렇게 했다. 서로의 알리바이를 만들어 준 셈이었다.

5시가 가까워지자 사람들이 나오는 소리가 들렸다. 탁구부 부원들이었다. 이쪽은 합창부와 달리 몇 사람 되지 않아 아는 사람이 없는지라 자연스럽게 접근하기 어려웠다. 코치 선생님이 부원들과 함께 있어서 더 그렇게 느껴졌다. 모두 처음 보는 얼굴들이었다. 부원들은 순식간에 성재를 스쳐 지나갔다. 저중 한 명에게 말을 거는 건 불가능해 보였다.

"이거 안 되겠는데……."

난감해하는 성재를 보며 윤희도 아쉬운 표정을 지었다. 두 사람은 일단 강당으로 걸음을 옮겼다. 혹시 모르니까, 안쪽도 확인해 보려는 의도였다.

강당 문을 열고 들어가자 탁구부 운동복을 입은 여학생 한 명이 뒷정리를 하고 있었다. 큰 키에 호리호리하고 남자처럼 단발을 한 여학생이었다. 인기척을 느낀 여학생은 성재 쪽을 돌아보았다. 체구나 분위기로 보아 아무래도 6학년인 것 같았다.

"안녕하세요?"

성재는 어색하게 말을 붙여 보았다. 여학생은 두 사람을 빤히 쳐다보며 아무런 말도 하지 않았다. 운동복 가슴팍에 '황수연'이라는 이름표가 붙어 있었다.

"저기, 누나 혹시 6학년이세요?"

"맞아, 그런데?"

수연이 대답했다. 목소리가 약간 탁해 마치 남자아이 같았다.

"혼자서 정리하시는 거예요?"

"응. 왜?"

수연은 무심하게 대답했다. 그 모습에 성재는 조금 움츠러들었다.

"오래 걸리는 거 아니야. 뭐 할 말 있어?"

"물어볼 게 있어서요."

머뭇거리는 성재를 보고 윤희가 끼어들었다.

"언니 귀신 본 적 있으세요?"

"무슨 소리야?"

"학교에 귀신이 나온다고 소문이 났는데, 이쪽에서 본 사람이 없나 싶어서요."

"우리 쪽은 없어. 난 귀신 얘기도 처음 듣는데?"

무슨 뜬구름 잡는 소리냐는 듯, 수연은 두 사람을 번갈아가며 보았다. 무언가 더 물어보고 싶었지만 어색해서 입이 떨어지지 않았다. 윤희는 성재를 가로막고 재빨리 인사를 했다.

"알았어요. 언니 고마워요."

성재는 윤희에게 끌려 나가다시피 밖으로 나갔다. 어렵사리 얻은 기회를 왜 이렇게 갑작스럽게 끝내는지 성재는 이해할 수 없었다.

"왜 그래? 궁금한 거 없어?"

"됐어. 더 이상 얻어낼 거 없어."

정문 쪽으로 발걸음을 옮기며 윤희는 얘기를 했다.

"보면 모르겠어? 저기 탁구부 분위기는 정상이 아니야."

"아니, 왜? 난 잘 모르겠는데?"

"방금 전에 어땠는지 생각해 봐. 4학년 때 지원자를 받으니까, 탁구부는 4학년부터 6학년까지 있거든. 그러면 저런 운동부에서 잡일은 후배들 몫이란 말이야. 4학년이 어려서 안 한다고 치면 5학년이 하겠지. 그리고 그걸 코치 선생님이 도와주든가. 정 아니면 다 같이 할 거야."

"그런데 저기서는 저걸 전부 저 6학년 언니가 혼자서 하고 있잖아. 보통 운동부라면 저럴 수 없어. 그러니까……."

윤희는 말을 이었다.

"저 언니는 따돌림 당하고 있는 거지."

"그래?"

성재는 조금 전의 상황을 되새겨 보았다. 이건 생각지도 못한 부분이었다.

"저 코치 선생님한테도 문제가 있어. 모른 척 손 놓고 있을 수도 있고."

"그리고 말이야."

윤희는 걸음을 멈추더니 성재를 곁눈질로 보았다.

"저 언니, 거짓말 하고 있어."

* * *

탁구부를 오래 지켜볼수록 문제가 무엇인지 더 확실하게 알 수 있었다.

그것은 하루 이틀 문제가 아닌 것 같았다. 언니는 거의 따돌림을 당하고 있었다. 뒷정리를 하는 것도 언니 혼자의 일이었다. 왜 그런지 승아가 넌지시 물을 때마다 언니는 슬픈 표정으로 웃었다.

그게 탁구부 코치의 묵인 하에 일어나는 문제인 것은 분명해 보였다. 처음에는 따돌림을 당하는 것을 방치하고 있는 줄 알았지만, 코치와 함께 있을 때도 연습 방식이 바뀌지 않는 것을 보고 사실상 코치가 주도하고 있는 것이나 마찬가지라는 것을 알았다.

탁구부 코치는 한눈에 봐도 싫은 사람이었다. 그런 일을 하고 있으니 본인도 운동을 했을 텐데, 그 사람은 전혀 운동을 한 것처럼 보이지 않았다. 승아는 처음에 싹싹하게 인사를 해 봤으나 그는 건성으로 대답하며 실실 웃기만 했다. 승아와 아이들이 지나갈 때면 그는 먼산을 보는 척 하고 승아를 흘끔흘끔 보았다. 가끔 기름기가 잔뜩 낀 얼굴로 씻지도 않고 나타나 술 냄새를 풍기기도 했다. 승아는 처음에 형식적으로 인사를 했으나 갈수록 모른 체를 하게 되었다.

더 큰 문제는 코치가 언니를 때린다는 것이었다. 폭력 사태로 번지는 게 두렵지 않은지 그는 언니를 공공연하게 때렸다. 합창부원들 수십 명이 보고 있는 상태에서 언니는 날마다 퍽 소리가 나도록 그에게 두들겨 맞았다. 강당 한켠에 놓여 있던 기다란 몽둥이는 전적으로 언니를 때리기 위한 도구였다. 탁구부 아이들은 그 광경이 익숙한지 별다른 내색을 하지 않았다.

처음 한동안 승아는 못 본 척을 하려고 했다. 하지만 그날 빰을 날리는 코치의 우악스러운 손에 언니가 픽 쓰러지는 걸 보고 견딜 수 없어졌다. 승아는 아이들과 노래 연습을 하다 단상을 내려 뛰쳐나갔다. 승아의 갑작스러운 이탈에 노래가 중단되었다. 아이들이 다 승아를 쳐다보았다.

"대체 무슨 짓이에요?"

코치는 승아를 내려다보았다. 가뜩이나 거구의 남자라 승아와는 까마득하게 키 차이가 났다.

"무슨 상관이야?

"그렇게 때리시면 다른 선생님들께 말할 거예요."

"말해 봐. 어디 내가 가만있는지 두고 봐."

승아의 말에 코치는 코웃음을 쳤다.

"어른이 돼 가지고, 애 때리는 거 부끄럽지도 않아?"

승아는 눈물이 그렁그렁한 눈으로 코치를 노려보았다. 눈 하나 깜짝하지 않는 코치의 모습이 혐오스러웠다. 시선을 돌리니 언니가 자신을 보고 있었다. 더 이상 이 상황을 견딜 수 없어진 승아는 언니의 손을 잡고 밖으로 뛰쳐나갔다.

뒤도 돌아보지 않고 계속 걸었다. 주체할 수 없을 정도로 눈물이 솟았다. 가슴이 두근거려 진정이 되지 않았다. 교문을 지나 한참을 걷고서야 조금 정신이 들었다. 승아는 고개를 돌려 언니를 보았다. 걱정스러운 눈으로 자신을 보고 있는 그 얼굴을 보자 마음이 아팠다.

"고마워. 그렇게 해 줘서."

"아니야. 힘이 못 돼줘서 미안해."

언니는 고개를 숙였다. 언니가 미안해할 필요 없어, 하는 말이 목 끝까지 올라왔다.

그렇게 한동안 서 있었다.

"저기 나 부탁이 있어."

승아는 언니를 보며 오랫동안 망설였던 말을 꺼내 보았다.

"내 이름 한 번만 불러주면 안 돼?"

언니는 승아를 계속 보더니 떨리는 목소리로 입술을 열었다.

"승아야."

승아는 언니의 품에 안겨 한참을 울었다.

6.

그래도 합창부에 아는 친구가 있어서 다행이었다. 성재는 첫 번째 수업이 끝나자마자 어제 강당 앞에서 만났던 합창부 단원 유경의 반을 찾았다. 4반의 맨 뒷자리에 앉아 있는 유경과 눈이 마주치자 성재는 손짓을 했다.

* * *

하루 전에 윤희와 나눈 대화가 떠올랐다. 윤희는 강당에서 만난 황수연이라는 6학년 탁구부가 거짓말을 하고 있다고 했다.

"저 언니, 거짓말 하고 있어."

"왜? 내가 볼 땐 그렇게 안 보이던데?"

성재의 말에 윤희는 눈썹을 살짝 움직였다.

"요즘 학교 분위기 어떤지 알잖아. 애들이 쉬는 시간만 되면 귀신 얘기를 하는데, 관심이 없을 수는 있어도 모를 수는 없어.

그런데 방금 그 언니가 뭐라고 말했는지 생각해 봐. '우리 쪽은 없어, 난 귀신 얘기도 처음 듣는데.'라고 했단 말이야. '우리 쪽'이라는 말은 다른 쪽이 있다는 얘기야. 다른 쪽이 어디겠어?"

윤희는 갑자기 말을 끊고서 목소리를 낮추었다.

"귀신이 나타나는 쪽이지."

그 말을 듣자 소름이 확 올라왔다. 여전히 윤희는 표정을 바꾸지 않았다.

"그러니까, 저 언니는 귀신이 나오는 데가 어딘지 알고 있다는 얘기야. 그리고 강당 쪽으로 귀신이 안 온다는 것도…… 그리고 아마 저 코치는 임시로 온 사람일 거야."

"왜 그렇게 생각하는데?"

"저 언니가 따돌림 당하고 있잖아. 정식 코치라면 웬만해서는 팀이 저렇게 굴러가도록 두지 않을 거야. 하지만 임시로 며칠간 지도한다고 치면 굳이 내부 질서를 건드릴 필요가 없지. 운동부는 폐쇄적인 집단이라 내부의 규율이 있고 질서가 있으니까. 그러니 그 언니가 혼자서 뒷정리를 하고 따돌림 당하는 모양새가 되더라도 간섭을 안 하는 거야. 그 코치 선생님은 외부인이니까."

"왜 임시 코치가 왔을까?"

"그 전 코치 선생님이 갑자기 없어졌기 때문 아닐까?"

윤희는 말을 이었다.

"어쩌면 거의 다 왔을지도 몰라."

* * *

멍하니 서 있는 성재에게 유경이 말을 걸었다.

"웬일이야, 박성재. 어제는 강당에 오더니 오늘은 교실까지 찾아온 거야?"

"어, 어제 못 물어본 게 있어서. 저기 혹시 말이야……."

성재는 윤희가 알려준 사항을 물어보았다.

"저번 한 달 사이에 탁구부 코치 선생님 바뀌었어?"

유경은 고개를 끄덕였다.

"응, 맞아. 그 전 코치 선생님이 하다가 얼마 동안 체육 선생님이 했는데, 며칠 전부터 또 다른 분이 하더라고."

역시 윤희의 말이 맞았다. 한번에 넘겨짚은 윤희의 추리에 성재는 놀라움을 느꼈다.

"그럼 혹시 예전에 그 선생님 어떻게 생겼는지 알 수 있을까?"

유경은 고개를 갸웃거렸다.

"예전 탁구부 코치 선생님? 그게 설명이 되나? 그냥 아저씨인데…… 키 크고. 머리 조금 벗어지고."

"아무거나 괜찮아. 특징 같은 거 생각나는 거 있으면 다 얘기해 줘."

유경은 손으로 목을 긁적이며 휴대폰을 꺼냈다.

"글쎄……. 잠깐만 기다려 봐."

유경은 휴대폰의 사진 메뉴를 열고 사진을 넘기며 한 장씩 찬찬히 살폈다.

"어, 여기 있어."

유경은 사진을 보여주었다. 강당 내부를 배경으로 한 평범한 셀카였다.

"합창부 연습하다가 찍은 건데……."

유경은 손을 움직여 사진을 확대해 보았다. 예쁜 표정을 짓고 있는 유경의 뒤로 탁구부가 연습하는 모습이 보였다. 유경은 그중 흰 트레이닝복을 입은 남자를 가리켰다.

"이 사람 있잖아. 예전 코치 선생님이야."

"저기, 이 사진 나 좀 주면 안 될까?"

성재는 교실로 돌아와 윤희에게 전송받은 사진을 보여주었다. 사진을 본 윤희의 목소리가 살짝 떨렸다.

"역시 맞았어."

윤희는 성재의 휴대폰을 들고 맨 앞자리 은미에게로 갔다. 반에서 귀신을 거의 처음으로 본 아이 중 하나였다. 윤희는 은미에게 사진을 보여 주었다.

"은미야. 저기 혹시 니가 봤다는 귀신 말이야. 이 사람 아니야?"

사진을 보는 은미의 눈이 커졌다.

"좀 흐릿하긴 한데……. 맞는 것 같아. 이 사람."

* * *

그날 한 번 난리를 쳤기 때문인지 더 이상 코치는 언니를 때리지 않았다.

그렇다고 상황이 나아진 건 아니었다. 여전히 코치는 교묘한 방법으로 언니를 괴롭히고 있었다. 그 전보다 연습량도 더욱 많아졌다. 예전에는 어느 정도 숨 돌릴 틈이 있었으나 이제 코치는 거의 언니를 못 쉬게 했다. 신경이 쓰여서 승아는 합창부 연습에 집중이 되지 않았다. 땀을 비오듯 흘리는 언니를 걱정스레 보는 승아를 향해 코치는 징그럽게 웃었다.

듣자하니 코치는 교장 선생님의 친척이라는 것 같았다. 술을 마시고 행패를 부려 몇 년 쉬다가 다시 나오는 모양이었다. 언젠가는 저 자리에서 끌어내려 버리겠다고 승아는 생각을 했다. 워낙 행동거지가 나쁜 사람이라 그런 증거를 모으기 쉬울 것 같았다.

합창부 연습을 마치고 승아는 여느 때처럼 약속한 장소에서 언니를 기다렸다.

하지만 시간이 지나도 언니는 오지 않았다. 오늘은 왜 이렇게 늦나 하며 승아는 시계를 보았다. 늘 마치던 시간에서 이미 거의 30분이 넘게 지나 있었다. 새로 할당받은 일이 있는지도 몰랐다.

혹시나 하는 마음에 승아는 강당으로 갔다. 간섭을 많이 하는 건 좋지 않지만, 만약 일이 많다면 도와줄 작정이었다.

강당 문 쪽으로 다가가자 아무런 소리가 들리지 않았다. 언니가 없는 건가 생각하며 승아는 문을 열었다.

그리고 승아는 믿을 수 없는 광경을 보았다.

코치가 언니를 덮치고 있었다.

언니는 그 밑에 깔려서 몸부림을 쳤다. 코치는 우악스러운 손으로 언니를 마구 짓눌렀다. 코치의 흰 트레이닝 복이 무릎까지 내려가 있었다.

머릿속에서 무언가가 끊어지는 것 같았다. 승아는 나지막하게 떨어져, 하고 말했다. 코치는 승아의 목소리를 듣지 못한 것 같았다.

"떨어져!"

승아는 소리를 쳤다. 코치는 뒤를 돌아보았다. 놀란 것 같은 표정이었다.

"떨어지라고!"

소리를 지르며 승아는 코치에게 달려들었다. 그리고 코치의 어깨죽지를 잡고 옆으로 패대기쳤다. 코치는 당혹스러운 얼굴로 주저앉아 승아를 올려다보았다. 그 짐승 같은 얼굴을 보자 뜨거운 것이 가슴에서부터 확 하고 솟았다. 승아는 코치에게 달려들어 그 위에 올라타고 목을 사정없이 졸랐다. 어디서 그런 힘이 나오는지 알 수 없었다.

"감히 더러운 손을."

코치의 얼굴이 금세 새파래졌다.

"어디다가……."

주체할 수 없을 정도로 눈물이 떨어졌다. 그때 코치가 무릎을 들어 승아의 배를 찼다. 순간 몸이 앞으로 확 꺾였다. 갑작스런 통증에 승아는 배를 움켜쥐었다. 옆으로 나동그라진 승아의 위에 코치가 올라탔다. 그 무지막지한 손길에서 벗어나려고 안간힘을 썼다. 하지만 어른 남자의 힘을 당해낼 수는 없었다.

코치는 승아를 보며 이마에 핏대를 세우고 부들부들 떨었다.

"나는 니가 처음부터 싫었어. 어린 게 어른 무시하고, 잘난 척 하고. 콧대 세우고. 너는 니가 대단한 것 같지? 근데, 너나 나나 똑같아. 전혀 다를 거 없는 위치라고."

코치는 무지막지한 힘으로 승아의 목을 졸랐다. 애를 써보았지만 승아는 조금도 움직일 수 없었다. 숨이 점점 막혀 왔다. 꺼져가는 승아의 시야에 어슴푸레 언니의 얼굴이 겹쳐졌다.

그때 갑자기 승아의 목을 조르고 있던 손이 탁 하고 풀렸다. 무섭게 힘을 쓰던 코치의 몸이 갑자기 굳었다. 코치는 눈을 크게 뜨고 뒤통수 쪽에 손을 올렸다. 그 쪽에서 피가 주르륵 흘렀다.

승아는 코치의 어깨 너머를 보았다. 그 뒤로 기다란 몽둥이를 들고 벌벌 떠는 언니가 보였다.

코치가 언니에게 달려들려고 할 때 언니는 몽둥이로 코치의 머리를 다시 한 번 내리쳤다. 그의 몸이 확 꺾이자 언니는 몽둥이를 몇 번이고 휘둘렀다.

코치는 눈을 부릅뜬 채로 바닥에 엎어져 움직이지 않았다. 강당 마룻바닥에 피가 끝없이 번졌다.

7.

"탁구부 코치 선생님이 귀신이라고?"

윤희는 고개를 끄덕였다. 성재의 등줄기에 오한이 확 끼쳤다. 짐작대로라면 탁구부 코치 선생님은 이곳에서 죽어 귀신으로 학교를 배회하고 있었다.

"이 사실을 아는 사람이 있을까?"

"지금 돌아다니는 귀신은 생전 그대로의 모습이니까, 선생님 중에서도 본 사람이 있지 않겠어?"

"그런데 왜 애들은 귀신이 탁구부 코치 선생님이라는

걸 아무도 몰랐을까?"

"아마 그 코치도 학교에 온 지 얼마 안 된 사람이라서 그런 거 아닐까? 아직 5월이니까, 올해 초에 온 사람 같으면 애들도 잘 모를 거야. 그리고 너 예전 탁구부 코치 선생님 기억나?"

성재는 예전 탁구부 코치의 얼굴을 떠올려 보려고 했지만 생각나지 않았다. 그런 사람이 있긴 했지만 구체적인 생김새는 남아 있지 않은 느낌이었다.

"봐, 너도 잘 모르잖아. 탁구부 담당은 오로지 탁구부만 보는 거야. 음악 선생님처럼 합창부도 맡고 수업도 들어오는 게 아니라고. 만약 새로 온 코치가 연습실만 왔다 갔다 한다고 치면 당연히 애들은 그 사람이 누군지 잘 모르지. 본다고 해도 크게 신경 안 쓰고. 설령 귀신으로 나타나더라도."

"뭔가 복잡하네."

자꾸 식은땀이 나서 성재는 볼 언저리를 훔쳤다.

"학교를 배회하고 있다는 건 여기서 죽었다는 얘기야. 그리고 멀쩡한 사람이 갑자기 병으로 죽는 건 흔하지 않고, 학교에서 딱히 사고가 났다는 말을 우리가 들은 적이 없으니까……."

윤희의 얼굴이 서늘해졌다.

"누가 죽인 거겠지. 그래서 귀신으로 나타나는 거야. 원한을 가지고."

"어쩌지? 그러면 신고해야 되는 거 아니야?"

윤희는 고개를 저었다.

"귀신을 어떻게 신고를 해? 누구한테 얘기한다고 해서 믿어줄지도 알 수 없는 일이야. 분명한 건 그 사람을 죽인 사람이 있다는 거야."

윤희가 낮은 목소리로 말했다.

"일단 확인해야 될 게 있어. 직접 봐야 해. 학교를 돌아다니는 귀신이 그 사람이 맞는지. 혹시라도 아닐 수 있으니까."

성재는 소름이 오싹 끼쳤다. 윤희는 직접 그 귀신을 찾으려 하고 있었다.

"저 정도로 눈에 띌 것 같으면, 일부러 찾아다녀서도 볼 수 있어. 너까지 굳이 볼 필요 없으니까, 나 혼자 갈게. 난 귀신 많이 봐서 괜찮아."

윤희의 태도는 단호해 보였다. 말리고 싶었지만 그런다고 될 것 같지가 않았다.

"아니야, 나도 같이 가."

성재는 용기를 내 보았다.

"너까지 끼어들 필요 없어."

윤희는 당연하다는 듯 성재의 제안을 거절했다. 하지만 윤희를 정말로 혼자 다니게 둘 수는 없었다. 윤희는 귀신이 사람에게 해를 끼치지 않는다고 했지만 어떤 일을 당할지 몰랐다.

성재는 윤희의 눈을 똑바로 보고 말했다.

"너 내가 대장이라며. 내가 먼저 시작하고 안건에 올린 건데, 당연히 대장이 같이 가야 되는 거 아니야?"

윤희는 잠시 아무런 말도 하지 않더니 이내 수긍을 했다.

* * *

수업을 마치고 두 사람은 학교를 샅샅이 돌았다. 강당에 나타나지 않는다는 것 외에 딱히 정해진 시간이나 장소는 없었으므로, 거의 모든 장소가 탐색의 대상이 되었다. 뒤쪽 주차장부터 운동장, 동물 사육장, 각 학년 교사 및 옥상까지 다닐 수 있는 장소들을 다 훑었다. 혹시 몰라서, 자재를 쌓아 두는 담장 뒤쪽 자리까지 구석구석을 모두 다녔다.

"그런데 너는 원래 귀신이 보인다고 했잖아."

성재는 학교를 돌며 윤희에게 물어 보았다.

"그러면 니 눈에만 보이는 귀신이랑, 남들 눈에도 보이는 귀신은 어떻게 구별해?"

성재의 물음에 윤희는 묘한 표정을 지었다.

"파랗게 빛나. 그냥 귀신은 아무 색깔이 없는데, 남들 눈에도 보이는 귀신은 파랗게 되거든."

하지만 그렇게 아이들 앞에서 자주 보이던 귀신은 일부러 찾으려고 하니 잘 보이지 않았다. 수업을 마치고 날마다 두 시간 동안 학교 여기저기를 돌아다녀도 귀신은 찾을 수 없었다. 첫날은 그런가보다 했지만 이틀이 되고 사흘이 되니 지치는 느낌이었다. 이대로 귀신이 사라져 버린 게 아닌가 하는 생각마저 들었다.

나흘째 되는 날이었다. 두 사람은 주말에도 학교에 나와 귀신을 찾았지만 여전히 진전은 없었다. 가뜩이나 무서운데, 나오지도 않은 귀신을 찾으려니 더욱 피곤한 느낌이었다. 윤희와는 거의 아무런 말도 하지 않았다. 이렇게 기약 없이 귀신을 찾아다니는 게 무슨 소용인가 싶었다.

1교시와 2교시 사이의 분수 앞을 지날 때였다. 낮에 물줄기를 틀어 줘서 점심시간에 아이들이 자주 찾는 장소였다. 지금은 토요일이라 가동이 중단된 상태였다. 분수 주위에는 아무도 없었다. 성재는 윤희와 함께 분수를 지나 앞쪽 건물로 걸었다.

"성재야, 잠깐만."

윤희의 말을 듣고 성재는 멈춰 섰다.

윤희는 낮은 목소리로 속삭였다.

"저기, 뒤."

성재는 조심스레 뒤를 돌아보았다. 그리고 순간 숨이 멎는 것 같은 기분을 느꼈다.

사진에서 본 그 아저씨가 서 있었다. 탁구부 코치였다. 귀신의 모습을 설명하던 은미의 말이 생각났다.

사람이 아니라니까.

그와 마주하니 그게 무슨 말인지 알 수 있었다 그에게서는 산 사람의 기운이 느껴지지 않았다. 피부는 하얗게 질린 납빛이었고 눈매는 흐리멍덩해 전혀 생기가 없었다. 풀밭을 구른 사람처럼 몸 전체에 녹색 물이 묻어 있었다. 흰 트레이닝복을 입은 몸이 푸르스름하게 빛났다.

성재의 손이 축축하게 젖어 왔다. 가슴이 뛰어서 숨을 쉬기가 힘들었다. 땀을 닦고 싶었지만 몸을 움직일 수조차 없었다.

"놀라지 마. 괜찮아. 귀신은 사람한테 해를 끼칠 수 없어."

윤희가 성재를 진정시키고는 귀신에게 대담하게 물었다.

"당신을 죽인 사람이 누구인가요?"

귀신은 계속 두 사람을 노려보았다. 아무 말도 없이 서로를 바라보는 시간이 계속되었다.

"귀신도 말할 수 있어?"

"아니, 보통은 말 안 해. 그렇지만 저 사람은 혹시 다를까 해서."

귀신은 두 사람을 계속 보더니 고개를 돌려 다른 방향으로 걸었다. 건물 모퉁이로 들어가는 귀신을 보며 윤희는 그를 따라가다 모퉁이 앞에서 멈춰 섰다. 이미 사라져 버린 모양이었다.

"없어졌어?"

성재의 물음에 윤희는 고개를 끄덕였다.

"역시 맞았어. 귀신은 탁구 코치 선생님이야."

귀신이 사라지자 긴장이 탁 풀렸다. 온몸에 구슬 같은 땀방울이 쏟아졌다. 가쁘게 숨을 몰아쉬는 성재를 보고 윤희는 많이 놀란 모습이었다.

"괜찮아?"

성재는 애써 아무렇지 않은 듯한 표정을 지어 보였다.

"일단은 가자. 나머지는 월요일에 얘기해."

윤희는 걱정스레 성재의 손을 잡아끌었다. 귀신을 봐도 그다지 당황하지 않는 윤희의 모습이 성재는 뭔가 낯설게 느껴졌다.

"너 저런 걸 매일 보고 있는 거야?"

윤희는 아무런 말도 하지 않았다. 성재는 왜 윤희가 그렇게 혼자 다니는지 어렴풋이 알 수 있었다. 매일 저런 광경을 볼 윤희의 세계가 어떨지 도무지 상상이 가지 않았다.

"아마 코치 선생님은 강당에서 죽었을 거야."

"그런데 왜 강당에 가지 않을까?"

"가지 못할 이유가 있는 거지. 그렇기 때문에 오히려 강당 밖을 떠도는 건지도 몰라."

윤희는 귀신이 사라진 건물 쪽을 보았다.
"내가 죽은 걸 알아 달라고."

* * *

승아는 언니와 함께 한참 동안 강당 마루를 닦았다. 피가 워낙 많이 번져 아무리 걸레질을 해도 잘 되지 않았다. 하얀 천이 붉게 물들고 또 물들도록 두 사람은 수도 없이 바닥을 훔쳤다.

시신을 처리하는 건 더 문제였다. 당장 학교 밖으로 시신을 운반하는 건 무리였다. 승아는 언니와 함께 코치의 시신을 들고 강당 밖으로 날랐다. 일단 시체를 풀밭 위에 내려놓고 승아는 창고에서 삽을 꺼냈다. 그리고 강당 뒤 자재가 어지럽게 놓여 있는 흙바닥 안에 구덩이를 팠다. 코치의 흰 트레이닝복에 녹색 풀물이 번졌다.

땀이 비 오듯 쏟아졌지만 조금이라도 빨리 끝내야 했다. 두 사람은 시신을 묻는 동안 아무 말도 하지 않았다. 그저 묵묵히 땅을 파고 흙으로 덮기만 했다.

그러다 모든 일을 끝냈을 때, 언니는 승아에게 미안하다며 눈물을 흘렸다. 언니가 미안해 할 일이 아니야, 하며 승아는 함께 울었다. 무슨 일이 어떻게 돌아가는지도 알 수 없었다. 언니가 충격을 크게 받은 상태라서 승아는 그게 너무 걱정되었다.

다음 날 두 사람은 강당에서 아는 체를 하지 않았다. 이렇게 하자며 말을 맞춘 건 아니었지만 자연스럽게 그렇게 되었다. 일종의 공범이었기 때문인지도 몰랐다. 코치가 오지 않았으므로 탁구부는 그날 하루 자율 연습을 했다. 혹시나 경찰이 들이닥치지 않을까 하는 생각에 승아는 연습을 하면서도 몇 번이나 마음을 졸였다.

코치의 부재가 길어지자 체육 선생님이 임시로 탁구부를 지도하게 되었다. 학교 측은 술을 좋아하고 도박 빚도 있는 코치가 결국 도망친 걸로 짐작하고 있는 모양이었다. 승아와 언니에게는 차라리 다행스러운 일이었다. 아무 말도 하지 않고 각자의 일과를 보낸 두 사람은 집에 갈 때만 함께 움직였다. 승아가 기다리는 곳에 언니가 찾아와 함께 하교하는 건 두 사람에게 바뀌지 않는 일상이었다.

* * *

그렇게 며칠이 지났을 때였다.

승아는 강당 앞 화장실에서 다시 코치를 보았다.

그는 마치 산 사람이 아닌 것 같은 몰골로 승아 앞에 서 있었다. 온몸은 하얗게 질려 있고 눈빛에는 생기가 없었다. 풀물이 묻은 트레이닝복에서는 푸르스름한 빛이 났다. 그는 그 모습으로 승아에게 조금씩 다가왔다.

가슴이 얼어붙는 것 같았다. 비명을 지르고 싶었지만 목소리가 나오지 않았다. 온몸이 딱딱하게 굳은 것처럼 조금도 움직일 수 없었다. 5월의 훈훈한 공기가 차갑게 바뀌어 싸늘한 기운이 감돌았다.

코치는 계속 승아를 바라보았다.

문득 그런 생각이 들었다.

어차피 산 사람이 아니다. 나는 그를 무서워할 필요가 없다. 아무리 끔찍한 모습으로 나타나도 그는 나를 해칠 수 없다.

그렇게 생각하며 승아는 코치를 대담하게 노려보며 말했다.

"당신은 염치라는 게 없는 인간이야. 살아 있을 때 그런 끔찍한 일을 저질러 놓고서, 죽어서 또 나오려고? 그것도 내 앞에서? 당신은 어떻게 부끄러움이라는 게 없어? 나는 당신을 열 번이고 백 번이고 지금처럼 만들어 줄 수 있어. 하나도 겁 안 나. 그리고 그때 했던 일을 생각하면, 당신은 죽어야 마땅하다고 생각해."

그의 표정에는 아무런 변화가 없었다. 그 맥없는 얼굴을 보니 승아는 더욱 화가 치밀었다.

"경고하는데, 우리 앞에 나타나지 마. 이 주위에 다시 한 번 나타났다가 내 눈에 띄면 그때는, 내가 할 수 있는 모든 수단을 동원해서 당신을 비참하게 만들어 줄 거야."

말을 하면 할수록 더 분노가 끓어올랐다. 당장이라도 후려칠 기세로 승아는 매섭게 코치를 보았다. 코치는 여전히 무표정한 얼굴로 서 있었다. 한참을 그렇게 있던 코치는 천천히 몸을 돌려 반대편으로 사라졌다.

8.

주말이 지나고, 성재와 윤희는 수업을 마친 뒤 강당 쪽으로 향했다. 여전히 강당에서는 탁구 연습이 한창이었다. 맞은편에서는 합창부가 연습을 하고 있었다. 강당 문 밖에서 그 광경을 보고 윤희는 일단 기다리자고 했다.

시간이 한참 지나자 합창부 아이들이 하나씩 밖으로 나왔다. 두 사람은 침착하게 그 앞에서 한명씩 부원들이 나오길 기다렸다. 이윽고 남 선생님이 아이들을 따라 나왔다. 성재는 남 선생님에게 다가가 인사를 했다.

"안녕하세요."

"어, 그래. 안녕? 또 만나네. 오늘은 무슨 일이야?"

남 선생님은 여전히 밝아 보이는 모습이었다.

"오늘은 선생님한테 볼일이 있어서 왔어요."

"무슨 일인데?"

성재는 주위를 둘러보았다.

"여기서 얘기하기는 좀 그래요."

성재가 그렇게 말하자 남 선생님은 눈을 동그랗게 떴다. 그러더니 이내 차분한 표정으로 고개를 끄덕였다. 심상치 않은 기운을 느낀 모양이었다.

"알았어."

세 사람은 음악실로 자리를 옮겼다. 평소에는 음악 수업을 할 때가 아니면 들를 일이 없는 곳이었다. 성재와 윤희가 자리에 앉자 남 선생님은 커피포트에서 물을 따랐다. 코코아를 마시지 않겠냐는 선생님의 말에 성재는 고개를 저었다. 그러자 선생님은 녹차 티백을 꺼내 머그잔에 하나씩 담가 주었다.

녹차를 한 모금 마시자 남 선생님이 두 사람을 보며 말을 했다.

"그래, 할 말이 뭐야?"

"저기 선생님."

성재는 침을 꿀꺽 삼켰다. 선생님에게 이런 말을 한다고 생각하니 쉽게 진정이 되지 않았다.

"학교에 귀신 나타나는 거 아시죠?"

성재의 말에 남 선생님은 모르겠다는 얼굴을 했다.

"음, 귀신? 그거 애들 사이에서 도는 소문 아니니? 선생님 어릴 때도 그런 거 있었어. 빨간 마스크 귀신이나……."

그때 윤희가 선생님의 말을 끊었다.

"선생님, 저희 농담하는 거 아니에요. 학교에 귀신이 나와요. 그리고 그 귀신은 탁구 코치 선생님이에요."

순간 남 선생님의 표정이 굳었다. 윤희는 남 선생님에게서 눈을 떼지 않았다.

"그리고 저희는 선생님이 범인이라고 생각해요. 남승아 선생님."

* * *

저희는 선생님이 범인이라고 생각해요. 남승아 선생님.

그 말이 마치 승아에게는 꿈결처럼 들렸다. 아이들이 무어라고 계속 말을 하고 있었지만 점점 볼륨이 줄어드는 것처럼 그 목소리가 들리지 않았다. 대체 애들이 무슨 말을 하고 있는 걸까.

그리고 이 아이들은 그걸 어떻게 안 걸까?

TV 화면이 꺼지듯이 아이들의 모습이 점점 눈앞에서 검게 흐려졌다.

"선생님?"

여자 아이의 목소리에 다시 정신이 번쩍 들었다. 두 아이는 자신을 바라보고 있었다. 양쪽 모두 조금의 흐트러짐도 없는 눈빛이었다.

그 모습을 보니 무언가 마음이 편해졌다.

여기까지일까.

그때 음악실 문을 열고 언니가 들어왔다. 탁구부 연습을 마친 모양이었다. 언니는 승아의 앞에 있는 아이들을 보고 무척 놀란 것 같았다. 어떻게 할지 주저하는 언니에게 승아는 손짓을 했다.

"됐어. 언니, 놀라지 마. 얘들 다 알고 왔어."

* * *

성재는 귀를 의심했다.

음악실에 들어온 사람은 지난번에 강당에서 만났던 황수연이라는 6학년 학생이었다. 남 선생님은 그 학생을 '언니'라고 부르고 있었다. 이해가 가지 않았다. 두 사람이 무슨 관계인지는 몰라도 선생님이 최소한 열서너 살은 많지 않을까? 왜 저 학생이 선생님의 언니일까?

윤희도 많이 놀란 눈치였다. '언니'라고 불린 그 학생은 천천히 들어와서 선생님의 옆에 앉았다. 어색한 기운이 감돌았다. 대체 어떤 말부터 꺼내야 할지 알 수 없었다.

남 선생님은 침착한 눈으로 두 사람을 보았다.

"어디서부터 설명해야 좋을까?"

9.

남 선생님은 담담한 어조로 두 사람에게 그 동안의 이야기를 늘어놓았다. 그것은 성재가 생각지도 못했던 내용이었다. 윤희가 눈대중으로 범위를 좁혀서 이 단계까지 얼추 맞히긴 했지만 그 사이에 숨어 있는 내력까지 다 알 수는 없었다. 특히 탁구부 코치가 직접 왕따를 조장하고 학대를 일삼을 정도로 형편없는 사람이라는 걸 윤희는 미처 짐작하지 못했다.

선생님은 왜 자기보다 한참 어린 수연을 '언니'라고 부르는지도 말해 주었다. 그것은 무척 비밀스러운 사연임이 분명했지만 선생님은 그다지 거리낌이 없는 듯했다. 특정한 대목에서 선생님이 주저하자 수연이 말을 받았다. 그리고 선생님이 말하기 껄끄러워 하는 부분을 직접 이야기해 주었다. 굉장한 감정의 동요가 일어날 만한 충격적인 내용이었으나 수연은 그다지 흔들리지 않는 기색이었다. 오히려 선생님보다 수연 쪽이 더 침착해 보이는 것이 정말로 언니처럼 느껴졌다.

한참이 지나 이야기가 다 끝났다. 양쪽에서 잠시간 정적이 흘렀다.

윤희는 무언가 납득이 된다는 듯한 표정을 지었다.

"그래서 귀신이 강당 쪽에는 안 나타났던 거네요."

"나는 지금도 후회하지 않아. 이게 우리가 얘기할 수 있는 전부야. 알리고 싶으면 알리고, 신고하고 싶으면 신고해도 돼. 경찰서에 가면 증언이 또 달라지겠지만. '언니'는 정말로 잘못한 게 없거든."

선생님의 목소리에는 단호함이 배어 있었다. 선생님과 수연은 서로 마주보았다. 그 순간 성재는 두 사람이 얼마나 상대를 의지하고 있는지 느낄 수 있었다. 이 기묘한 관계는 누군가가 간섭할 수 있는 게 아니었다.

윤희가 남 선생님을 보며 말했다.

"선생님, 저희는 어떤 사건의 범인을 찾아 벌을 주려고 이 자리까지 온 게 아니에요. 저희는 학급 회의에서 안건을 받아서, 귀신이 왜 나오는지 알아내고 더 이상 나오게 하지 않기 위해서 왔어요. 선생님이 어떤 일을 했건 그건 저희가 판단할 수 있는 문제가 아니에요."

아무 말도 하지 않는 선생님을 보며 윤희는 말을 계속했다.

"선생님이 말을 해서 강당 쪽에는 귀신이 안 나오잖아요. 그 대신에 귀신이 다른 데서 나와요. 그래서 놀라는 애들이 많아요. 강당 쪽에 귀신이 안 나오게 해 주셨으니까, 다른 데서도 안 나오게 해 주세요. 이걸 저희는 선생님께 부탁드릴 수밖에 없어요."

* * *

사흘째였다.

승아는 학교 구석구석을 살피고 있었다. 다섯 시가 넘어 웬만한 사람들은 학교에 없었다. 교실마다 문이 잠겨서 복도를 걸으며 창밖에서 교실 하나하나를 계속 확인해 보았다. 귀신이 어디서 어떤 모습으로 있을지 알 수 없었다.

옆에서 언니도 계속 주위를 두리번거렸다. 애당초 승아는 귀신을 혼자 찾고 싶어 했다. 아직 어린 언니에게 그 괴상한 광경을 보여 주고 싶지 않았고, 둘째로 귀신이 다름 아닌 그 사람이라는 것이 마음에 걸렸기 때문이었다. 오랜 시간 고통을 주고, 그런 짓을 저지른 인간을 언니에게 다시 보여 주고 싶지 않았다.

하지만 언니는 승아와 함께 그를 찾고 싶어 했다. 애당초 귀신 소문이 퍼졌을 때부터 코치라는 것을 알고 있었다고 했다.

차라리 잘된 일이야. 그동안 쌓인 말이 많았는데, 그 인간이 그렇게 죽어 버려서 나는 아무 말도 못 했어. 마지막으로 그 인간한테 말할 거야. 그리고 승아를 혼자 보낼 수 없어.

그 태도가 워낙 완강해 승아는 거절할 수 없었다.

아이들의 말대로 귀신은 쉽게 보이지 않았다. 웬만한 빈 공간을 며칠간 계속 돌아도 귀신은 나오지 않았다. 직접 그 광경을 목격하지 않았다면 아무리 소문이 나도 학교를 해매는 탁구 코치 귀신이 있다는 얘기 따위 믿지 않았을 것이다.

승아는 코치의 생전 모습을 떠올려 보았다.

못난 인간이었다. 그는 아이들 사이에 벽을 만들고, 폭력을 일삼고, 약한 아이를 찍어서 괴롭히고, 급기야 입에 담을 수 없는 행동을 했다. 어쩌면 그런 것들은 그 사람 일생에 빙산의 일각일지도 몰랐나. 그런 주제에 원한을 가지고 하소연을 한답시고 귀신이 되어서 나타나다니, 그 사람의 인생만큼이나 형편없는 결말이었다.

어떤 모습으로 나타나든 그런 사람을 마주하는 것은 두렵지 않았다.

승아는 모퉁이를 돌아 2학년 교실에서 3학년 교실 쪽으로 가는 계단을 올랐다.

복도 끝에 섰을 때 승아는 알 수 있었다. 며칠간의 수색이 드디어 끝이 났다는 것을. 멀리서 어슴푸레하게 그 모습이 눈에 들어왔다. 한눈에 봐도 사람이 아니었다.

탁구 코치였다. 그가 푸르스름한 빛을 내뿜으며 맞은편 끝자락에 서 있었다.

승아는 자신을 찾아온 2반의 여자 아이가 했던 말을 떠올렸다.

귀신은 사람을 해칠 수 없어요.

앞뒤로 트인 복도 사이로 스산한 공기가 감돌았다. 아직 초저녁이라고 하기에도 이른 시간이었지만 주위가 갑자기 어두워진 것처럼 느껴졌다. 귀신은 한참을 서 있더니 조금씩 두 사람을 향해 다가왔다. 승아는 고개를 돌려 옆에 있는 언니를 보았다. 잔뜩 긴장한 듯 언니의 표정은 굳어 있었다.

"언니, 겁낼 필요 없어."

그렇게 말하며 승아는 언니의 손을 잡았다.

10.

오늘도 학급 회의에는 선생님이 없었다.

여느 때와 마찬가지로 성재는 같은 순서로 회의를 진행했다. 항상 비슷한 내용이 반복되는 회의에 별다른 새로운 사항은 없었다. 늘 손을 들던 친구가 의견을 발표하였고, 각 부 반장들은 같은 기록으로 돌려막기를 했다. 성재 역시 지난주에 읽던 프린트 물을 그대로 읽었다.

성재는 고개를 슬쩍 들어 윤희를 보았다.

윤희는 창밖으로 시선을 두고 있었다. 여전히 무심한 모습이었다.

* * *

남 선생님을 찾아갔던 건 도박이었다.

탁구 코치가 귀신이라는 사실을 알게 됐을 때 윤희는 그런 말을 했다.

"이 사람은 귀신이 되고 난 후로 어떤 이유로 강당에 갈 수 없어. 이건 오히려 강당이 이 사람에게 특별한 장소라는 거야. 누군가에게 자신의 모습을 보여 주기 싫어서 가지 않거나, 누가 오지 못하게 해서 가지 않든가, 어쩌면 그 사람 때문에 갈 엄두를 못 내는 건지도 모르지."

윤희는 눈을 돌리며 먼 산을 보았다.

"그게 누굴까? 자기를 죽인 사람 아닐까? 그럼 누가 이 사람을 죽였을까?"

성재는 생각을 해 보았지만 마땅한 대상은 떠오르지 않았다.

"수위 아저씨가 강당도 관리하지 않나? 수위 아저씨가 시간 날 때마다 순찰 다니면서, 못 오게 할 수도 있잖아."

윤희는 고개를 저었다.

"수위 아저씨는 학교 전체를 관리하지 강당 건물만 관리하지 않아. 매일 강당에 있는 사람, 코치가 귀신이 되어서도 피하고 싶은 사람, 자기를 죽인 사람이 따로 있어."

윤희는 잠시 말을 멈추고서 손으로 셈을 하는 시늉을

했다.

“여기서 범위를 줄일 수밖에 없어. 애들은 성인 남자를 죽이기 어렵고 그걸 숨기기는 더욱 어려우니까, 범인은 어른이야. 최소한 어른이 가담을 하고 있어. 그렇게 좁혀 들어가면 한 명밖에 남지 않아.”

윤희는 성재를 보았다.

“음악 담당 합창부 선생님이지.”

“…….”

“아니면 어쩔 수 없어. 하지만 난 여기에 걸어 볼 가치가 있다고 생각해.”

남 선생님은 자신이 범인이라는 사실을 순순히 인정했다. 그리고 두 사람의 부탁을 들어 주었다. 선생님을 찾아간 지 며칠 후, 음악 수업을 마치고 음악실을 나설 때, 남 선생님은 성재 곁으로 지나가며 허리를 숙이고 귓속말을 했다.

내가 직접 얘기했어. 이제 학교에 귀신은 안 나타날 거야.

그렇게 말하고 선생님은 멀어져 갔다.

* * *

이번 일이 어떻게 끝날지는 알 수 없었다. 남 선생님과 수연은 당장은 의심받지 않고 있었으나 언제까지 덜미를 잡히지 않으리라는 보장은 없었다. 이미 학교에는 귀신이 나타난다는 소문이 파다하게 퍼져 있었고 선생님들 중에 코치 귀신을 본 사람이 있다면 그 죽음을 의심하는 사람이 나왔을지도 모르는 일이었다.

은미에게 사진을 확인시켜 주면서 비밀을 지켜 달라고 했지만 그런 입단속이 계속 갈 것 같지도 않았다. 이미 상당 부분 경찰 조사가 진척돼 수사 범위가 좁혀 들어가고 있을 가능성도 있었다. 반대로 남 선생님이 정말로 증거를 완벽하게 인멸해 없던 일처럼 만들어 버렸을지도 몰랐다.

어떤 것이든 성재가 개입하고 판단할 수 없는 일이었다.

윤희가 했던 말을 생각했다. 자신들의 조사는 범인을 벌하려는 게 아니라, 귀신이 나오지 않게 하려는 것이었다고. 이대로 귀신이 나오지 않게 된다면 목표는 달성된 것이다.

성재는 그렇게 생각하기로 했다.

* * *

어제 마지막으로 윤희와 의논을 했다.

"회의에서 이대로 모든 전말을 밝힐 수는 없어. 어디까지 이야기할지를 정해야 해. 워낙 큰 일이 얽혀 있어서 굉장히 많은 부분을 지어내야 할 거야. 처음부터 끝까지 싹 꾸며내야 될지도 몰라."

"나는 어느 쪽이든 괜찮아."

"성재 니가 시작했으니까 니가 결정해야 하는 일이야. 나는 하자는 대로 할게."

두 사람은 오랫동안 이야기한 끝에 입장을 정했다. 적당히 조사한 결과를 말하고, 대강 없는 사실을 지어내 결론을 말할 작정이었다. 물론 그 결론은 아이들이 기대하는 방향이 아닐 터였다. 아이들이 실망하겠지. 하지만 생각해 보니 왠지 그런 반응도 조금 기대가 되었다.

* * *

그 사이에 부반장 진이가 금주의 실천 사항을 읽었다.

회의를 마무리할 때였다. 성재는 시계를 보며 말을 했다.

"선생님이 오시려면 아직 한 10분 정도가 남았는데요. 전에 비공개 안건으로 부쳤던 사건에 대한 조사를 끝냈습니다."

성재는 뒷자리의 윤희에게 신호를 보냈다. 윤희는 알았다는 듯 눈짓을 했다.

숨을 한 번 가다듬고, 성재는 어제 밤늦도록 기록했던 노트를 펼쳤다.

그리고 조사 결과를 읽어 내리기 시작했다.

신나는 나라 이야기

"신나라."

교실로 들어서자 선생님이 굳은 표정으로 나를 불렀다.

"어딜 싸돌아다니다가 지금 들어와!"

"……선생님이 불러서 잠깐……."

"선생님 누구?"

나는 아이들의 책상 위에 올라온 영어 교과서를 빠르게 스캔했다.

방랑자 생활 동안 나아진 것이라곤 눈치뿐이었다.

"……수학쌤이요."

선생님은 잠시 침묵했다.

"……내가 수학쌤인데?"

"아, 담임쌤이요."

"내가 니 담임이야……."

안 풀리려면 이렇게도 안 풀린다.

쩌리

서울에서 태어났다. 어렸을 때부터 겉멋이 들어 소설을 즐겨 보는 척했다.

그러다가 진심으로 소설이 좋아져서 고생 중.

웃기면서도 세상에 잔소리 하나 던질 수 있는 소설을 쓰려고 한다.

1. 하나의 정신, 무한한 몸

정신을 차리고 보니 누군가가 되어 있었다. 갑작스레 내 삶이 잘 기억나지 않는 것이라고 생각했다. 마치 드라마에 나오는 기억상실처럼. 그리고 첫 번째 이주를 시작한 이후로 나는 깨달았다. 나는 몸이 없는 감정일 뿐이라는 걸.

지난여름엔 변비에 걸려 고생한 택견 사범이었고, 가을엔 돈 많은 자식들의 삶을 하루 종일 걱정하는 노인이었고, 겨울엔 담배를 사지 못해 금단증상으로 고통 받는 여고생이었다. 이게 무슨 소린가 싶겠지만 나는 항상 이렇게 살아 왔다. 길면 반년, 짧으면 하루마다 나는 다른 사람이 된다.

2. 행복할 수가 없어

내가 옮겨 다니는 사람들의 공통점은 모두 인생의 우울한 시기를 겪는 사람들이라는 것이다. 이 사람들이 행복을 되찾을 때쯤이면, 나는 다른 몸으로 들어가 또 다시 우울하고 축축한 인생을 살게 된다.

나는 신의 눈물 같은 것이 아닐까? 어쩌면 우울함이라는 감정 그 자체일지도 모른다. 변비 같은 것. 빼도 빼도 자꾸만 끼는 팬티 같은 것. '닫기'를 누르려는 순간 펼쳐지는 인터넷 광고 같은 것. 불편하지만 거스를 수 없는 운명 같은 것! 신이 있다면 나를 만든 이유가 있겠지. 세상에 무의미한 존재는 없다.

3. 신은 있는데

"아 귀찮다."

신이 발로 반죽을 만지작거리며 말했다.

"그래도 이건 너무 심했네. 사람 같지가 않잖아. 아 몰라. 대충하자 대충."

그가 우릴 만들며 말했다.

똑똑똑. 문을 두드리는 소리가 났다.

"택배요."

"왔다! 왔어!"

그는 호들갑을 떨며 현관을 향해 뛰쳐나갔다. 너무 흥분한 나머지 그의 발은 인간의 감정이 들어 있는 통을 발로 차 버렸다.

"이히히. 드디어 왔구나. 스타워즈 신작 디비디! 내가 이 맛에 인간 만든다!"

그는 바닥에 앉아 택배를 뜯으며 말했다. DVD 구경이 한창인데 감정 액체가 그의 엉덩이를 적셨다. 그는 축축한 것을 깨닫고는 일어서서 엉덩이를 털었다. 바로 그때, 그만 인간 한 명 분량의 '우울함' 감정 액체가 작업대에 튀고 말았다.

"조금 튀었네…… 스타워즈 보고 고치지 뭐."

4. 꿈이 아니야

지금은 취업을 준비하는 20대 중반 여자로 살고 있다. 이 여자는 취업 준비는 안 하면서 취업 걱정 때문에 우울증에 걸렸다. 아무튼 여자의 우울증이 극에 달했을 때, 나는 이 몸으로 이주하게 됐다.

무슨 저주에 걸린 건가? 아니면 혹시 기생충인가? 나의 진짜 몸이 이 세상 어딘가에 있기는 한 걸까? 도대체 무슨 끔찍한 잘못을 저질렀기에, 다른 사람의 우울한 인생만 살아가는 처지가 되었을까. 아무리 고민해 봐야 소용이 없다. 나는 내가 누구인지도 모르니까. 최초의 기억 따위는 생각나지 않는다. 이주할 때마다 꾸는 꿈은 있는데…… 어떤 엉덩이로부터 멀어지는 꿈이다……. 이건 그냥 개꿈일 것이다.

5. 설명충

막 이주를 했을 때, 원래 주인의 의식은 거의 느껴지지 않는다. 의식이 느껴지지 않으면 몸의 주도권은 완벽히 내가 가져가지만, 몸이 경험한 과거의 기억을 알 수가 없다. 그 상태로 살아도 상관은 없지만…… 딴 사람 같다는 둥, 치매 검사를 받아보라는 둥의 말은 여간 피곤한 것이 아니다. 결국 정상적인 삶을 위해서는 주인의 의식을 느껴서 과거의 기억을 되찾아야만 하고, 그 방법은 삶을 행복하게 만드는 것이다.

그런데 나의 노력으로 이 사람을 행복하게 만들면 원래의 의식이 지나치게 개입하여 나는 서서히 몸에 대한 주도권을 잃게 된다. 결국 나의 노력으로 일궈낸 삶에 애착이

갈 때쯤이면, 원래의 의식이 몸을 차지해 버려서 나는 다른 몸으로 이주를 해야만 한다. 늘 그런 식이었다. 퉤.

6. 젖은 발

한번은 이런 적도 있었다. 죽으면 이 저주가 끝나지 않을까? 중년 남성의 몸으로 이주하자마자 나는 물속으로 뛰어들었다. 죽음은 끔찍했다. 다시는 경험하고 싶지 않은 고통이었다. 그러나 그것보다 더 끔찍했던 것은, 내가 한 사람을 죽음으로 이끌었다는 죄책감이었다.

남자의 숨통이 끊어지기 직전에 나는 다른 몸으로 이주를 시작했다. 아무런 죄가 없는 그 남자에게 어떠한 사과도, 보상도 나는 할 수 없었다. 그때부터 나는 저주에서 벗어나는 것을 포기한 채 살아가고 있다.

시간이 되었다. 곧 새로운 몸으로 옮겨가겠지만 이제는 기대조차 되지 않는다. 젖은 운동화에서 젖은 구두로 갈아신는다고 해서 기분이 좋아지지는 않으니까.

7. 우울증이라니 신나라

건물의 옥상. 나는 새롭고 우울한 몸으로 옥상 끄트머리에 위태롭게 서 있다. 뛰어내릴 생각이었나. 나는 잠시 푸른 하늘을 보다가 내 옷차림을 확인했다. 여학생의 교복차림이었다. 왼쪽 가슴 위로 달린 명찰의 이름을 나는 소리내어 읽었다.

"신나라."

나는 실소를 터뜨리고는 흐트러진 옷매무새를 고쳤다. 그러다가 교복 셔츠 어깨 부분에 찍힌 발자국을 발견했다. 나는 잠시 고민에 빠졌다.

"와…… 이거 어떻게 찍었지? 겁나 유연하네."

나는 앉은 채로 오른발바닥을 어깨 쪽으로 끌어당겨보며 중얼거렸다. 이내 포기하고는 밑의 층으로 발걸음을 옮겼다. 여긴 중학교. 나는 1학년…… 8반이다. 아마도. 그리고 내 자리는…… 저기.

"저기요……."

"응?"

"여기 제자리인데요. 3학년 교실은 2층이에요."

8. 기억이 안 나

"신나라."

교실로 들어서자 선생님이 굳은 표정으로 나를 불렀다.

"어딜 싸돌아다니다가 지금 들어와!"

"……선생님이 불러서 잠깐……."

"선생님 누구?"

나는 아이들의 책상 위에 올라온 영어 교과서를 빠르게 스캔했다. 방랑자 생활 동안 나아진 것이라곤 그저 눈치뿐이었다.

"……수학쌤이요."

선생님은 잠시 침묵했다.

"……내가 수학쌤인데?"

"아, 담임쌤이요."

"내가 니 담임이야……."

안 풀리려면 이렇게도 안 풀린다.

"하하하! 농담입니다!"

나는 그냥 한바탕 웃어 버리고는 빈자리로 향했다.

"신나라 재 왜 저러냐."

"몰라. 기분 나빠."

아이들이 수군거렸다.

9. 예상은 했지만

나는 아무래도 왕따인 것 같다. 쉬는 시간에 아무도 나에게 말을 걸지 않았다. 점심시간에도 같이 밥을 먹자고 한 친구는 없었다. 그리고 더 확실한 것은.

"앗, 차가워!"

점심을 먹고 돌아온 내 자리 의자에는 물이 흥건했다. 놀라는 나를 보고 옆에서 몇 여자애들이 낄낄대며 웃어댔다.

"야. 장난인데 뭘 그렇게 정색을 하냐."

"대박. 신나라 싸가지 실화임?"

나는 그들의 명찰을 확인했다. 한유림. 전성아. 그들의 이름을 보니 계속해서 괴롭힘 당했던 과거의 기억들이 떠올랐다. 이유가 무엇이었을까. 이유가 있기는 했을까? 나는 젖은 치마를 체육복으로 갈아입기 위해 화장실로 향했다.

10. 사탄, 여중생에 일자리 빼앗겨…….

"아. 어제 아빠 때문에 열 받아 죽을 뻔."

옆자리 책상에 껄렁하게 걸터앉은 한유림이 전성아에게 말했다.

"왜?"

"늦게 들어왔다고 겁나 뭐라 하잖아. 진짜 개빡치게."

"몇 시에 들어갔는데?

"5시."

"학교 끝나고 바로 들어간 거 아니야?"

"아니. 집 찍고 바로 등교한 거지."

둘은 깔깔대며 웃어 댔다. 철없는 것들. 당연히 혼나야지. 개빡치긴 뭐가 빡쳐. 듣는 내가 다 빡치네. 내 생각을 읽기라도 한 듯 한유림은 절묘한 타이밍에 나를 노려봤다.

"아. 나도 아빠 없었으면 좋겠다."

한유림은 나를 지나치며 말했다. 전성아는 키득거리며 한유림의 뒤를 따랐다.

나는 집에 돌아가며 기억을 더듬었다. 아무래도 나라의 아버지는 돌아가신 것 같았다.

11. 집구석

"다녀왔습니다."

나는 낡은 운동화를 벗으며 말했다. 그러나 내 인사를 받아주는 사람은 없었다. 엄마라는 사람은 저녁 시간 전임에도 불구하고 식탁에서 깡소주를 마시고 있었다. 바닥에는 빈 소주병이 여럿 널브러져 있었다.

"우리 딸 왔어?"

엄마는 뒤늦게 나를 보며 일어섰다. 잠깐 흔들린 동공은 내 더러워진 교복을 훑어 본 것 같았다.

"내 새끼. 귀여운 내 새끼 한번 안아 보자."

엄마의 품에 안기자 술 냄새가 진동했다.

"저기요…… 으즈므…… 아니, 엄마. 잠깐만."

나는 엄마를 밀어내려고 몇 초간 실랑이를 벌이다가 방으로 들어가 문을 잠갔다.

"꼭 너 같은 딸 낳아라!"

방문 뒤로 엄마의 목소리가 들렸다.

"그래도 엄마가 우리 딸 사랑하는 거 알지? 우리 나라 만세!"

12. 카톡

스마트폰의 알림이 계속해서 울려댔다. 왕따에게 친구가? 라고 생각했지만 전화는 아니었다.

- 신나라답장해라
- 읽씹? 답장해라고

- 미쳤네ㅋㅋ 대박이다 진짜

- 10초안에 답장 않하면 디진다

반 아이들과의 단체 톡방이었다. 채팅 내용을 위로 올려 보니 한유림과 전성아가 주도적으로 나를 괴롭힌 기록이 있었다. 시도 때도 없이 나를 불러댔고, 바로 답장을 하지 않았다는 이유로 욕을 박았다. 반 아이들도 가끔 그런 짓을 거들었다.

나는 스마트폰의 앨범을 열었다. 최근 사진은 거의 없었다. 의미 있는 사진들이 별로 없어 보였다. 계속해서 사진을 넘기다가 나는 가족사진을 발견했다. 엄마, 아빠와 함께 찍은 사진이었다. 나는 아빠의 얼굴을 확대했다가 숨이 멎을 뻔했다. 아빠와 나는 구면이었다! 내 말은, 나라의 아빠와 내가 구면이라는 말이다. 나는 그의 몸으로 가장 후회스러운 삶, 어떤 사과도, 변명도 할 수 없었던 삶을 살았다. 물속으로 뛰어든 남자의 얼굴이 화면에 있었다.

13. 기대해 진짜 기대해

몇 년 만에 제대로 살아갈 이유가 생겼다. 그 남자에게 사죄할 수 있는 기회가 온 것이다. 우선 나라에게 쌓인 스트레스를 풀어서 본래의 의식을 느껴야만 했다. 그래야만 과거의 기억들을 불러올 수 있기 때문이다. 누가 더 미친년인지 알아보도록 하자. 그리고 내가 겪어 온 모든 몸들의 기억을 이용해서 상황을 역전해 주마. 나는 스마트폰으로 카카오톡을 켜고 단체방에 들어갔다. 한유림과 전성아는 여전히 나를 욕하고 있었다.

- ㅅㄴㄹ답장않하냐?
- 답장 안하냐 라고 해야지 이 빡대가리야

나는 29년 간 '난관에 부딪히다'를 '난간에 부딪히다'라고 알고 있다가 친구들에게 놀림 받아 우울해하던 국문과 졸업생의 삶을 떠올리며 메시지를 작성했다. 아이들은 내 반응에 충격을 받은 듯했다.

- 뭐래 안하냐 실화냐? 나초딩때 틀리던거ㅋㅋ
- 유림아 안하냐가 맞어..
- 병시나 초딩들이나 그러케쓴다고ㅡㅡ

어느새 카톡방에는 콜로세움이 열렸다. 나는 스마트폰을 꺼 버렸다. 한유림 기대해. 전성아 기대해. 진짜 기대해!

14. 몸통박치기

톡방에서나마 스트레스를 풀어 주니 나라의 의식이 조금씩 개입하기 시작했다. 그 증거로 등굣길부터 나라의 심장이 쿵쿵거리는 게 멈추질 않고 있다. 내가 쫀 게 아니다. 나라가 쫀 거지.

"야 신나라. 너 어제 장난 아니더라."

아침 조회가 시작되기 전이었다. 한유림의 손에는 뚜껑이 열린 텀블러가 들려 있었고, 김이 모락모락 나고 있었다. 이 여름에 뜨거운 음료를? 나는 한유림의 손을 주시하며 몸을 날릴 준비를 했다.

"너도 장난 아니더라. 앞으로 그냥 소리 나는 대로만 써. 머리에 든 게 없는데 뭐 하러 맞춤법 고민해?"

"뭐?"

한유림은 곧 터질 듯했다. 쿵쿵. 심장이 요동쳤다. 마침내 유림의 손이 움직였고, 나는 동물적인 반사 신경을 발휘하여 옆자리로 몸을 날렸다. 인생에 있어 아주 중요하거나, 아주 쪽팔린 순간을 맞이하게 되면, 시간이 느리게 흘러가는 것을 체험할 수 있다. 한유림의 팔은 그대로 입 쪽으로 올라갔다. 후르릅. 그녀는 스트레스를 따뜻한 음료로 다스릴 줄 아는 여자였다. 여름에 뜨거운 음료를 마시는 한유림에게 감탄할 때쯤, 나는 옆자리 학생을 덮치고 있었다.

15. 눈치

"개그하냐?"

한유림이 알맹이 없는 웃음을 지으며 말했다.

"지원아, 미안해. 갑자기 벌레가 두 마리나 나와서 너무 놀랐어."

나는 내가 밀친 아이에게 사과한 후 한유림과 전성아를 쳐다봤다.

"으악! 정말? 어디?"

내 말을 들은 전성아는 바닥을 빙글빙글 돌며 소리쳤다.

"아…… 좀 가만히 있어……."

한유림은 전성아의 팔을 붙잡아 진정시켰다.

"벌레 나왔대잖아!"

전성아가 말했다.

"아, 아니라고!"

"구라야?"

전성아는 나와 한유림을 번갈아 보며 물었다.

"니가 진짜 미쳤지? 뭐? 벌레?"

한유림이 폭발하려는 때에 담임 선생님이 들어왔다. 둘은 씩씩거리면서도 하는 수 없이 자리로 돌아갔다. 분명 쉬는 시간에 나를 가만두지 않을 것이다. 무슨 짓을 하든, 나는 변비에 걸려 우울했던 택견 사범일 때의 기억을 떠올리며 택견 킥을 날려 주면 된다.

16. 무식하게 주먹으론 안 해

쉬는 시간에 무슨 일이 일어날까 걱정했지만 예상과 다르게 아무 일도 일어나지 않았다. 그러나 한유림은 그런 모욕을 당하고 가만히 있을 위인이 아니었다. 괴롭힘은 점심시간이 끝날 때쯤 시작됐다. 밥을 먹고 돌아온 내 자리에는 점심으로 나온 팩주스 쓰레기가 한가득 쌓여 있었다.

"어머. 이렇게 많이 마셨어? 오늘 화장실 자주 가야겠다 나라야."

어디선가 나타난 한유림과 전성아였다. 그들은 그 한 마디를 하고는 자리로 돌아갔다. 수업시간까지는 그리 많은 시간이 남아 있지 않았다. 선생님이 들어올 때까지 혼자 치우기에는 버거운 양이었다.

"야. 빨리 치워. 냄새나."

옆자리에 앉아 있던 남자 짝꿍이 투덜거렸다.

"내가 한 거 아닌데 좀 도와주면 안 될까?"

"네 자리에 있는 건데 내가 왜?"

오…… 논리적인데? 나는 쓰레기를 옆자리로 싹 밀어 버릴까 고민하다가 그만두었다.

17. 복장 검사

"너네 요즘 교복 상태가 말이 아니다. 오늘 복장 검사한다. 걸린 애들은 당장 학생부로 넘길 거야. 그리고 벌로 일주일 간 청소다."

반 아이들의 탄식이 들려왔다.

"조용! 교복 안 고치고 오면 걸릴 때마다 청소 일주일씩 추가한다."

선생님은 앞자리에 앉은 여학생의 헤어롤을 빼앗았다.

"이런 것 좀 하고 다니지 마라. 꼴 보기 싫게."

담임 선생님이 깐깐하게 아이들을 검사했다.

"신나라. 교복 좀 빨아 입어라. 어떻게 여학생한테서 쉰내가 나냐."

담임은 내 복장을 확인하다가 말했다.

"쉰나라네, 쉰나라!"

한유림이 나를 놀리자 아이들이 모두 웃었다.

"조용 조용! 걸린 애들은 남아서 청소하고 반장은 학생부로 명단 넘겨라. 오늘 종례 끝."

18. 모기

나는 교무실 앞에서 선생님을 붙잡고 나를 향한 괴롭힘과 따돌림에 대한 모든 것을 털어놓았다.

"나라야. 이건 내가 어떻게 해 줄 수 있는 게 아니야. 너 스스로가 바뀌어야 되는 거지. 네 행동을 한번 돌아보고 친구들한테 상냥하게 대해. 가는 말이 고운데 오는 말이 왜 안 좋겠어. 교복도 좀 빨아 입고……."

나는 담임의 말을 듣다가 담임의 몇 없는 머리털을 세기 시작했다. 한창 세고 있는데 머리에서 반사된 빛에 공격당해 개수를 까먹고 말았다. 태양권을 쓰다니…… 참, 머리털이나 세고 있을 때가 아니지. 이제 내 힘으로 해결하는 수밖에 없다. 그 전에…….

"쌤. 잠깐 귀 좀."

나는 얼굴을 가까이 대라는 손짓을 하며 말했다. 담임의 머리가 가까워지자 나는 팔을 한 바퀴 붕 돌렸고 나의 손바닥은 정확히 담임의 머리 위를 향했다. 짝!

"아, 아깝다. 놓쳤네."

나는 당황해서 얼어붙은 담임을 뒤로 하고 교무실을 도망쳐 나왔다.

19. 히얼 컴스 어 뉴 챌린저

"한유림! 전성아!"

내가 교실에서 소리치자 모든 아이들이 나를 주목했다.

"옥상으로 따라와."

나는 지난여름에 4개월 간 택견 사범으로 살았다. 몸이 바뀌긴 했지만 선수의 몸에 있을 때 익힌 무술을 내 정신이 아직 기억하고 있는 것이다. 선수가 일반인을 때리는 것은 무예인으로서 옳지 않은 일이지만…… 살살 때리면 괜찮겠지.

"하. 개빡돌게 하네. 니가 지금 제정신이 아니지?"

한유림이 한숨을 쉬며 말했다. "뭐야?", "대박.", "신나라 진짜 미쳤네.", "재네 싸우나 봐." 주변에서 수군대는 소리가 들려왔다. 나, 한유림과 전성아, 그리고 반 아이들은 우글우글 옥상으로 향했다. 너무 흥분하지 말자. 아이들을 심하게 다치게 할 수도 있으니까. 그래도 여자애들이니 얼굴은 때리지 말아야지.

20. 폭풍전야

"나를 괴롭히지 마라."

나는 목소리를 내리깔았다.

"싫다면?"

한유림은 나를 보곤 코웃음을 쳤다.

"난 분명 경고했다."

나는 품밟기를 시작했다.

"이크 에크 이크 에크."

"너 진짜 병신이야?"

실소와 함께 터져 나온 한유림의 말에 아이들은 웃기 시작했다. 그러나 곧 웃음은 잦아들었고 옥상에는 바람소리와 내 발소리밖에 들리지 않았다. 폭풍전야……. 두고 보시지. 누가 허접인지는 결과가 말해 줄 것이다. 그 미소가 눈물 콧물이 될 때까지 두들겨주마. 그리고 왕따 생활은 끝이다. 한유림이 서서히 다가왔다. 나는 오른발을 한 걸음 뒤로 물리며 발차기를 날릴 자세를 취했다. 거리는 좁혀졌다. 타이밍이 오면 택견 킥으로 참교육을 시전한다. 바로 지금!

21. 재능

"얍!"

내 오른다리는 한유림의 팔에 붙잡혀 있었다. 콧방귀를

퀸 한유림은 나를 밀어붙였다. 그러고는 내 몸을 붕 띄워 바닥에 내리 꽂았다. 뒤통수를 바닥에 부딪치지 않기 위해 노력했으나 역부족이었다. 충격이 온몸으로 전해졌다. 한유림은 지체하지 않고 내 위로 올라타 하얗고 예쁜 손으로 파운딩을 하기 시작했다. 난생 처음 당하는 일이었다. 선수들과 스파링을 할 때도 이런 느낌을 받아 본 적은 없었다. 한유림…… 녀석은 대체……. 나는 속수무책으로 당할 수밖에 없었다. 한유림은 나보다 키도 크고 체격도 컸다. 그러나 무엇보다 중요한 것은 내 몸이 생각보다 쓰레기라는 것이었다. 이제 보니 내 팔다리는 소금쟁이와 다를 바가 없었다. 기술만으로 체급을 극복할 수 있다고 생각했다니…… 무예인으로서 저지를 수 없는 실수를 저지르고 만 것이다.

싸움은 전성아가 한유림을 말리는 것으로 끝이 났다. 아이들이 모두 떠나고 나는 너덜너덜해진 모습으로 집을 향했다.

한유림. 재능은 있다.

22. 기분전환

"나라야. 너 도대체…… 꼴이 그게 뭐야?"

"엄마……."

나라는 엄마에게 안겨 울었다. 내가 운 게 아니라 나라가 운 거다. 엄마는 내게 무슨 일이 있냐고 물었다. 내가 대답하지 않자 엄마는 더 이상 물어오지 않았다. 우리는 부둥켜안은 채 눈물만 흘렸을 뿐, 서로의 마음을 털어놓지는 못했다.

눈이 퉁퉁 부은 나와 술에 취한 엄마는 기분전환으로 쇼핑을 나섰다. 나는 뷰티 코너를 돌며 이전 몸의 기억을 떠올렸다. 한때 택견 사범이었기도 했지만, 또 한때는 바람난 남자친구에게 차여 우울증에 시달리던 뷰티미용과 학생이기도 했다. 으른의 메이크업으로 꼬맹이들 기 좀 죽여줘야지.

23. 니 나이 때는 화장 안 해도 이쁘지가 않어

"신나라! 그게 학생 얼굴이냐? 발랑 까져가지고는……. 1교시 전에 지워라."

담임이 혀를 차며 꾸중했다. 애들 기죽인다고 너무 힘을 줘서 화장을 한 탓이다. 집을 나설 때는 누구든 꼬실 수 있을 것만 같았는데, 지금 보니 오바하긴 했다.

"나라야…… 너 섀도우 뭐 써?"

같은 반 아이인 혜정과 그 무리들이 슬금슬금 나에게 접근하더니 물어왔다. 됐구나.

"이거 아리따움 건데…… 써 볼래?"

"정말?"

혜정이의 눈이 반짝 빛났다.

"너 진짜 화장 잘한다. 왜 지금까지 안 하고 다녔어?"

"이 나이 때는 화장 안 해도 이쁘다는 말이 뻥이라는 걸 이제 알았거든. 이것도 써 봐, 이거 발색 진짜 좋아."

24. 러브라인

"신나라 진짜 존나 나대네. 화장하면 뭐가 달라져?"

내가 반 아이들과 어울리는 것을 한유림이 가만 둘 리가 없었다. 혜정이와 무리들은 한유림의 눈치를 보며 슬금슬금 자리를 피했다.

"유림아. 너도 나한테 화장 좀 배워야겠다. 블렌딩을 제대로 해야지 그게 뭐야. 얼굴에 영토선 생겼어."

내 의지와는 별개로 목소리가 덜덜 떨렸다.

"지랄을 한다. 또 개쳐맞고 싶냐?"

"아 시끄러워!"

앞에 앉아 엎드려 자던 남자애가 말했다.

"뭐야. 최신우 넌 빠져."

"잠 좀 자자. 아침부터 지랄이야."

"뭐? 지랄?"

"유림아. 그냥 무시하자."

옆에 있던 전성아가 한유림을 말렸다. 웬일로 둘은 고분고분 돌아갔다. 근데 최신우 너 뭐야?

25. 이동수업

영어시간이 되자 아이들은 각자의 분반으로 이동했다. 나는 옆 반으로 이동해 자리에 앉았다. A, B, C반으로 나뉘었는데 나는 씨반이었다. 씨반.

수업이 시작됐는데 자꾸만 전성아가 보였다. 웬일로 공부와 연이 없는 전성아가 앞자리에 앉았을까. 별 생각 없이 전성아를 쳐다보다가 꾸물거리는 성아의 손을 나는 보고 말았다. 전성아는 책상 밑 서랍에서 무언가를 꺼내는가 싶더니 시선은 전방으로 향한 채 손을 주머니로 가져갔다.

26. 수상한 하굣길

집에 가는 지하철에서 전성아를 만났다.

"나라야. 같이 가자."

"어?"

전성아가 선사하는 괴리감은, 롯데리아 광고가 보여 주는 버거와 실제 버거와의 차이에서 오는 괴리감보다 조금 못한 정도였다. 전성아는 학교에서와 딴사람이었다.

"나라야, 너 오늘 화장하니까 진짜 예쁘더라."

"고마워."

"너 요즘 다른 사람 같아. 옛날의 너를 보는 것 같아."

"옛날?"

"응."

27. 배은망덕

전성아와 대화를 나누다보니 나라의 의식이 활발해졌다. 나는 더 많은 나라의 과거를 기억해낼 수 있었다.

성아는 초등학교 때 전학을 와서 적응하지 못하는 '은따'였다. 그런 성아에게 먼저 관심을 표한 것이 나라였다. 둘은 친해졌지만 중학교에 올라가면서 조금씩 소원해졌고,

나라는 아버지가 돌아가시면서 폐쇄적으로 변했다. 그때부터 나라는 따돌림을 당하기 시작한 것이다.

"미안해. 사실은…… 너한테 잘해 주면 나도 따돌림 당할까 봐 무서워. 그래도 내가 유림이한테 은근히 너 칭찬도 하고 그랬어……."

"하. 아주 고오맙다!"

"이정도로 뭘."

성아는 인자한 미소를 보였다.

"비꼰 거거든."

"아…… 미안해."

"진짜 미안해?"

"응? 당연하지……."

"그럼 뭐 하나만 물어보자."

28. 막걸리다

"너 오늘 옆 반에서 에어팟 훔쳤지?"

성아의 동공에 지진이 일어났다.

"아…… 아니."

"내가 다 봤어. 자신 있음 주머니 까시든가."

진검승부다, 전성아. 쫄리면 뒈지시든지. 칵 퉤!

"……."

성아는 잠시 불안한 모습으로 침묵했다.

"어. 훔쳤어. 근데 나라야. 제발 말하지 마. 내가 그러고 싶어서 그런 게 아니야."

그래? 그럼 네 손이 그랬니? 이게 말이야 막걸리야?

29. 비밀의 조건

"내가…… 그런 사정이 조금 있어. 이번만 그냥 넘어가 주면 안 될까? 응? 제발, 나라야……."

성아의 눈에 눈물이 그렁거렸다. 나라는 그런 성아에게 연민을 느꼈다. 내가 느낀 건 아니고 나라가 느꼈다. 나라의 연민 때문에 성아를 계속해서 추궁할 수 없었다.

"알았어."

"고마워."

"대신 조건이 하나 있어."

"……뭔데?"

"딱밤 한 대만 맞자."

성아는 눈을 동그랗게 하고는 나를 잠시 응시하더니 이마를 까며 맞을 준비를 마쳤다. 나는 성아의 이마 근처에서 중지를 튕겨 딱밤을 때릴 준비를 했다. 성아는 내 손이 이마 근처로 오자 눈을 질끈 감았다. 나는 질끈 감기는 성아의 눈을 확인하고는 불끈 주먹을 쥐었다.

빡!

30. 러브라인2

"최신우 이거 먹을래?"

나는 신우에게 초코바를 건넸다. 신우는 나에게 이걸 왜 주냐는 눈빛으로 나를 쳐다봤다.

"그때 도와준 거 고마워서."

"도와준 거 아닌데…… 시끄러워서 그런 건데."

신우는 들릴 듯 말 듯한 목소리로 말했다.

"어쨌든……. 근데 넌 왜 맨날 자냐?"

"체육시간에 뛸라고 체력 비축하는 거임."

"지랄이다."

신우와 나는 가볍게 웃었다.

"한유림 재한테 맨날 당하지만 말고 반격 좀 해."

"어. 그럴 거야. 운동해서 재네 다 줘팰라고."

"때리란 말은 안 했는데. 개웃기네."

신우가 웃었다. 아마도 내 말이 농담처럼 들렸나 보다.

"애들 때릴 때 얘기해."

"왜? 도와주려고?"

"아니, 구경가게."

"아, 됐거든."

"구라고, 너 오늘 끝나고 뭐하냐?"

신우가 무심하게 말을 던졌다. 너 뭐야? 진짜 뭐야?

31. 공원 데이트

"솔직히 애들이 너무했어."

함께 걷던 신우가 긴 침묵을 깨고 말했다.

"뭐가?"

"너 맨날 당하는 거 모른척했잖아."

"너도 모른척했잖아."

"난 자느라 진짜 몰랐거든! 그런 애들이랑 나랑 동급으로 취급하지 마!"

신우가 흥분해서는 침을 튀기고 삿대질까지 해가며 말했다.

"어…… 그래……. 근데 오늘 여긴 왜 오자고 했어?"

"어……. 그냥. 아니, 너 걔네랑…… 싸울 거라며. 내가 한 수 가르쳐 주려고!"

신우가 손을 펼치더니 한번 쳐 보라는 듯 펀치를 받는

자세를 취했다. 은근슬쩍 스킨십을 유도하는 건가? 제법이군, 애송이.

"나는 펀치보다 발차기가 좋은데."

신우는 어리둥절해 하더니 허벅지를 툭툭 치며 때리라는 시늉을 했다.

나는 한 발을 뒤로 하고 로우킥을 날렸다. 뚝!

"뚝?"

32. 병원 데이트

신우는 절뚝거리며 진료실을 나왔다.

"다행히도 부러진 건 아니래."

"미안…… 내가 너무 세게 찼지?"

나라가 말했다.

"아냐. 설마 니 발차기가 세서 그랬겠냐. 나 사실 여기 전에 다쳤었어."

"정말? 언제?"

"……."

"언제? 왜? 어떻게 다쳤는데?"

나라는 눈을 반짝이며 의도적으로 신우를 놀려댔다.

"어…… 암튼 다쳤어."

신우는 황급히 나라를 앞질러 갔다. 귀여운 녀석. 귀엽고 가냘프다. 강인한 여중생의 남자친구로 제격이로군. 신우 때문인지 벌써부터 나라의 의식이 개입하기 시작했다. 아직 컨트롤하지 못할 정도는 아니지만 한유림에게 한 방 먹이기 전까지는 내가 주도해야 할 텐데…….

33. 수련

나는 방과 후에 몸을 단련하는 것을 게을리 하지 않았다. 팔굽혀펴기 15회 5세트. 딥스 7회 5세트. 스쿼트 50회 3세트. 런지 왕복 35회 3세트. 5km 달리기. 맨손으로 나무 때리기. 뜨거운 모래에 주먹질하기. 떨어지는 폭포 머리로 맞기……. 더 이상의 자세한 설명은 생략한다.

34. 지우개똥

뒤에서 자꾸 뭐가 날아온다. 머리를 터니 지우개똥이 잔뜩 나왔다. 한유림……. 기다려라. 몸 만드는 중이다.

그때 뒷통수에 퍽! 하고 지우개똥이라기엔 다소 큰 게 부딪혔다. 뒤에서 한유림과 여자아이들이 웃음을 참는 소리가 들려왔다. 바닥을 보니 손바닥만 한 지우개가 뒹굴고 있었다.

"아! 하지 말라고!"

내가 자리에서 일어나며 소리쳤다.

"수업…… 그만할까?"

선생님이 당황한 얼굴로 말했다.

35. 사자성어

"둘 다 복도로 나가 있어."

나는 한유림과 복도에서 '두 팔 들고 무릎 꿇기'라는 고전적인 벌을 받게 됐다.

"미친년 때문에 이게 뭐람."

한유림이 비아냥거렸다.

"어허…… 일어탁수로구나."

"탁수?"

"일어탁수라고."

"탁수가 누군데."

나는 피식 웃으며 한유림을 쳐다보았다.

"너 사자성어 같은 거 하나도 모르지? 일자무식이 뭔지 알아?"

"조용히 해라."

"왜 이번엔 무식이가 누구냐고 안 물어봐, 무식아?"

갑작스레 한유림의 주먹이 날아왔다. 나는 가드를 한 채 공격을 온몸으로 받아냈다. 주먹의 리치, 스피드, 체중을 실는 완벽한 스텝…… 역시 넌 대단해! 맞으면서도 새어나오는 미소를 감출 수 없었다. 나는 기회를 노리다가 한유림의 훅을 피하고 복부를 가격했다.

"이게……."

우리의 소란에 선생님이 복도로 나왔다. 나는 문이 열리는 소리가 들리자 바닥을 뒹굴었다. 그리고 다이어트 때문에 우울증에 걸린 무명배우의 삶을 살았던 때를 떠올리며 눈물을 흘리기 시작했다.

36. 수학의 신

"이거 나와서 풀면 오늘 종례는 생략이다."

마지막 교시, 담임의 수학시간이었다. 칠판에는 심화문제가 쓰여 있었다.

"아무도 없어? 아무도 안 나오면 아무나 시킨다…… 오늘이 11일이냐? 28번."

기회가 왔다. 옛날이라 선명하지는 않지만, 신입생 오티에서 필름이 끊기고 바지를 벗었던 수학과 신입생일 때의 기억을 떠올려 보면 풀 수 있을 것이다. 나는 자리에서 일어나 앞으로 나갔다.

"신나라? 하필 수포자를 골랐네."

선생님과 아이들이 웃었다.

"공부했거든요."

나는 까칠하게 대답한 뒤 칠판 앞에서 문제를 풀기 시작했다. 역시 마카를 잡자 풀이가 술술 되기 시작했다. 답은…….

"62.5세제곱미터!"

"틀렸다. 들어가라."

아이들이 웃었지만 그 웃음은 비웃음이 아니었다. 나는 미소를 짓고 어깨를 으쓱 하며 자리로 돌아갔다.

"푸는 방법은 맞았으니까 오늘 종례 없다."

37. 트릭

"나라야. 잠깐만 이리 와 봐."

화장실에서 체육복으로 갈아입는데 한유림이 부드러운 목소리로 나를 불렀다.

"왜. 이제 나가야 되는데."

"사실은…… 그동안 너한테 한 짓이 너무 미안해서."

"황구니? 황구야!"

나는 두리번거리며 말했다.

"갑자기 뭐 하는 거야?"

"아…… 미안. 우리 집 개소린 줄 알았어."

"하하…… 재밌네…… 잠깐 밖에서 얘기 좀 할래? 내가 맛있는 거 사 줄게. 떡볶이 먹으러 갈까?"

이건 누가 봐도 트릭이다. 내가 그렇게 순진해 보이나? 나를 음식으로 사려는 것인가? 그렇게 꾸짖기에는 너무나 배가 고픈 3교시였다. 나는 이 트릭의 모든 것을 파헤치기 위해 분식집으로 향했다.

38. 독살 분식

"그동안 내가 너무했지. 미안해. 근데 성아 걔도 심했어. 내가 적당히 하라고 해도 멈출 줄을 모르더라니깐."

한유림은 즉석떡볶이를 집어 먹는 나를 보며 말했다.

"근데 이렇게 수업 땡땡이 쳐도 되는 거야?"

나는 말로는 땡땡이 친 수업을 걱정하면서, 손으로는 떡볶이들을 입속으로 꼬박꼬박 출근시키고 있었다.

"보건실 다녀왔다고 하지 뭐."

나는 고개를 끄덕이며 떡볶이들의 잔혹한 출근을 멈추지 않았다. 그러면서도 긴장을 늦추지는 않았다. 혹시 떡볶이에 이상한 것을 넣은 것은 아니겠지. 분식집 아주머니도 한통속인가? 도대체 여기에 뭐가 들어간 걸까. 왜 이렇게 맛있지?

39. 도난 사건

"오늘 우리 반에서 도난 사건이 일어났다. 혜정이 화장품 가방이 없어졌어."

담임이 한껏 목소리를 내리깔며 말했다.

"안 그래도 최근에 학교 내 도난 사건이 많은데…… 지금 자수하면 봐준다. 모두 눈 감고, 조용히 손만 들어라."

설마 이것도 성아의 짓일까? 나는 슬쩍 실눈을 뜨고 교실 안을 살폈지만 아무도 손을 들지 않았다.

"물건은 없어졌는데 아무도 안 훔쳤다 이거지? 오늘 집에 갈 생각은 하지 마라."

담임이 쿵쿵거리며 교실을 나가자 아이들이 웅성거리기 시작했다.

"근데 오늘 체육 시간에 몇 명 없지 않았어?"

누군가 말했다.

40. 보건증 휘날리며

"나는 보건실 다녀왔어. 보건증도 끊어옴."

한유림이 보건증을 펄럭이며 자랑하듯 말했다. 내가 둔한 건 아니지만, 그때까지도 나는 내가 의심받으리라는 생각은 전혀 하지 않았다. 왜냐? 내가 안 훔쳤으니까.

"신나라도 없었는데."

누군가 그렇게 말하자 혜정이와 아이들은 나에게 다가왔다.

"야. 너 체육시간에 어디 갔었어?"

"대박.", "신나라야?", "요즘 멀쩡하더라니……." 아이들이 수군거렸다. 그랬다. 이걸 위한 트릭이었던 것이다. 한유림과의 일을 솔직하게 말한다고 해도 나를 믿어 줄 아이들은 없다.

"야. 신나라! 말해봐. 너 어딨었는데?"

"증거도 없이 왜 사람을 의심하냐."

어디선가 나타난 신우가 혜정이와 나 사이를 가로막으며 말했다.

"넌 뭐야? 비켜!"

혜정이가 신우를 밀치자 신우는 아주 쉽게 밀쳐졌다. 종이남친이란 이럴 때 쓰는 말이구나.

나는 성아를 쳐다봤지만 성아는 내 쪽을 보고 있지 않

았다.

41. 진실

방과 후에 성아를 미행했다. 물건을 훔치는 데에는 뭔가 이유가 있을 것 같았다. 성아는 어느 아파트 주차장으로 들어갔다. 그곳에는 성아와 한유림의 무리들이 있었다.

"유림아. 이제 이거 그만하면 안 될까?"

성아가 조심스러운 목소리로 말했다.

"전성아 너 웃긴다. 너도 훔친 거 많이 가져갔잖아. 이제 와서 발뺌하려고?"

"너희들이 시킨 거잖아…… 이젠 못하겠어."

"아나. 빡돌게 하네. 야. 뒤지고 싶냐 진짜?"

성아를 때리려는 한유림을 다른 아이들이 말렸다.

"같이 놀아주니까 이게 주제도 모르고…… 됐고, 애들 물건 훔쳐서 신나라 그년한테 계속 뒤집어 씌워."

42. 위기

점심을 먹고 돌아오니 책상 밑 서랍에서 진동이 울렸다.

주머니를 확인해보니 내 스마트폰은 아니었다. 나는 황급히 책상 서랍에 든 물건들을 꺼내기 시작했다. 서랍 안에는 누구의 것인지 알 수 없는 스마트폰과 에어팟, 화장품 같은 것들이 쏟아져 나왔다.

"대박. 너 이거 다 뭐야? 세상에. 이거 우리 학교에서 다 도난당한 물건들이네. 너 진짜 웃긴다."

어디선가 나타난 성아가 소리쳤다. 성아의 큰 목소리는 아이들을 주목시키기에 충분했다.

"뭐야? 진짜야? 혜정아 저거 네 파우치 아니야?"

비난의 목소리가 나를 둘러쌌다.

43. 작전

"아…… 아니야! 이거 다 내 거야!"

나는 상황을 넘겨보려고 우겼다.

"웃기고 있네. 이거 혜정이 파우치고, 이거는 3반에 유민이 거고, 에어팟 이거는 옆 반에 민준이 거잖아."

한유림은 눈을 부라리며 말했다. 걸려들었다.

"근데 너. 도난 물품들을 어떻게 그렇게 잘 알아?"

나는 한유림을 똑바로 쳐다보며 말했다.

"뭐?"

"그리고 민준이는 에어팟 안 잃어버렸어. 왜 민준이가 에어팟 잃어버렸다고 말했어?"

44. 며칠 전

"네가 도와주면 한유림 한 방에 보내 버릴 수 있어."

성아는 에어팟을 손에 쥔 채 꼼지락대고 있었다.

"민준이한테 그거 돌려줘. 신우가 그러는데 걔 그거 잃어버린 줄도 모르고 있다더라."

"유림이가 알면 가만두지 않을 텐데……."

성아는 망설이는 듯했다.

"나한테 계획이 있어. 그동안 한유림이 너한테 훔치라고 했던 거 다 기억하지?"

"응."

"에어팟 다음 이동수업 때 다시 민준이 자리에 넣어 놔. 훔친 목록 리스트만 나한테 넘겨주고, 넌 대사 하나만 쳐주면 돼."

나는 성아의 손을 꼭 잡으며 말했다.

45. 다시 교실

"이거…… 내 거 아닌데. 뭐야. 파우치도 짭이잖아? 난 짭은 안 써."

혜정이는 파우치를 툭 던지며 도도하게 말했다.

"야, 전성아! 네가 그랬잖아…… 민준이 에어팟 잃어버렸다고!"

한유림이 소리쳤다.

"유림아 그만해."

성아는 떨리는 목소리로 말했다.

"대박.", "진짜 한유림이야?" 아이들이 수군대기 시작했다. 한유림은 아이들이 보내는 경멸의 시선을 견디지 못하고 교실을 나갔다.

46. 트릭2

"신나라. 오늘 아빠 만나러 가자."

하굣길에 나타난 한유림과 무리들이 나를 막아서며 말했다.

"전성아, 최신우. 너네도 같이 있었네? 전성아 배신자. 역겨운 년. 다음 왕따는 너다."

"한유림. 하나만 물어보자. 나한테 왜 그랬어? 내가 뭐 잘못했냐?"

내가 물었다.

"그냥. 찐따 같은 게 나대니까."

"나 도둑년 만든 것도 그냥 그런 거야?"

"왜? 그럼 안 되니? 너 하나 도둑년 만들어도 아무도 신경 안 써. 애들은 찐따한테 관심 없거든."

"나 이제 찐따 아닌데. 친구도 많거든?"

"웃기고 있네."

"그리고 방금 네가 한 말 녹음했어. 이걸 들려주면 애들이 이제 누구를 왕따시킬까?"

나는 주머니에서 스마트폰을 꺼내 녹음 화면을 보여 줬다. 한유림은 부들거리며 얼굴을 붉혔다.

47. 트릭이고 나발이고 어차피 마지막은 승부

"얘들아! 조져!"

한유림의 무리들이 나에게 달려들었다. 이날만을 기다렸다. 난 예전의 내가 아니다. 기술을 받쳐 줄 근육을 길렀다. 지금 나는 군필 여중생이다. 이크 에크…… 허벅차기! 째차기! 발따귀! 후려차기! 내 화려한 발기술에 비실한 여자애들이 하나둘 쓰러졌다. 성아는 멀쩡했지만 신우는 여자애에게 파운딩을 당하고 있었다. 나는 신우에게 달라붙은 피라미를 처리했다.

"신우야! 괜찮아?"

"큭…… 나는 괜찮아. 그것보단 한유림이!"

한유림은 도망치고 있었다. 신우가 한유림을 쫓아가려는 듯 일어섰다.

"최신우! 넌 빠져. 이건 내 싸움이다!"

나는 한유림을 쫓아 뛰었다.

48. 결투

한유림. 잘 뛴다. 역시 넌 재능이 있어. 하지만 지난 한 달 동안 경기 대비 루틴으로 꾸준히 연습한 나를 뛰어넘을 수는 없다. 점점 격차는 좁혀졌다. 나는 아파트 지하주차장으로 들어가는 한유림을 따라갔다.

"한유림! 숨지 말고 나와라. 일대일로 한 판 붙자!"

지하주차장에 내 목소리가 울려 퍼졌다. 잠시 후 쇠가 바닥에 부딪치는 소리가 나더니 한유림이 등장했다. 한 손에 쇠파이프를 들고 바닥을 두드리고 있었다.

"비겁하게 무기를 쓰려고? 널 무도인으로 키울 수 있다고 생각했던 내가 부끄러워지는군.”

“살려는 드릴게.”

한유림은 빠르게 달려와 파이프를 휘둘렀다. 나는 거리를 두며 움직임을 읽었다. 동작이 너무 커서 피하는 것은 쉬웠다. 문제는 자꾸만 튀어나오려 하는 나라의 의식이었다. 1분만 참아주면 좋을 텐데…… 나라를 억제하는 데에 지나치게 신경을 쓴 나머지 한유림의 사정거리에서 벗어나지 못했다. 퍽! 나는 양 하박 팔뚝으로 파이프를 막아내고 뒤구르기로 거리를 벌렸다.

49. 택견 킥

나라가 자꾸만 개입하는 상태에서는 승산이 없었다. 움직임이 자꾸만 둔해져 왔다.

“유림아, 고맙다.”

“뭐?”

“네 덕분에 세상이 얼마나 냉정한지 잘 알게 됐거든. 아까 말한 것처럼 네가 나라를 괴롭히는 데에는 정말 아무 이유가 없었어. 그래서 내가 이 몸에 들어왔을 때도, 지옥 같은 삶에서 나라를 구해 주고자 마음먹었을 때도 이따위 상황쯤은 쉽게 극복할 수 있을 거라고 생각했거든. 왕따를 당하는 데에는 다 이유가 있다. 나도 그런 생각을 해 봤으니까."

"어쩐지 얼마 전부터 이상하다 싶더라니…… 너 정신병이구나?"

한유림은 쇠파이프를 바닥에 두드리며 말했다.

"그런데 아니더라. 내가 아무 잘못이 없다는 걸 아이들도, 선생님도 모두 알고 있어. 그런데도 너 때문에 나는 그냥, 아무 이유 없이 미움 받는 애가 돼 버린 거야. 짝궁도, 선생님도, 심지어 엄마조차도 내 상황을 모른 척 했어. 결국 나는 혼자 이 모든 걸 해결할 수밖에 없었지."

예상대로였다. 과거의 일들을 회상하니 몸에 대한 소유권이 나에게 온전히 넘어 왔다.

"병원은 내가 데려다줄게, 걱정 마."

한유림은 다시 무서운 속도로 달려왔다. 나는 온 신경을 집중했다. 팔을 쓸 수 없는 상태라 시간을 끌수록 불리할 것이다. 단 일격으로 끝낸다. 나는 오른발을 한 걸음 뒤로 물리며 발차기를 날릴 자세를 취했다. 거리는 좁혀졌다. 타이밍이 오면 택견 킥으로 참교육을 시전한다.

지금이다. 발따귀!

50. 엉덩이

"스타워즈 개꿀잼."

그가 작업실에 돌아왔다.

"뭐야. 아까 튄 건가 보네. 깜빡할 뻔했다. 몸도 없이 오래 떠돌아다녔겠군. 미안하니까 손으로 빚어서 다시 만들어야겠어…… 아니야. 신선하게 엉덩이로 한번 해 볼까?"

51. 생일

두통이 심하다. 다시 이주를 시작할 것 같다. 나라로 사는 것은 보람찬 일이었고 그만큼 정도 들었지만 어쩔 수 없다. 빚을 갚은 것으로 충분히 의미 있는 삶이었다. 이번엔 누굴까. 나는 전과 다르게 새로운 몸을 기대하고 있었다.

이주가 시작되었다. 나라의 몸에서 빠져나가기 직전, 나라의 의식이 들려왔다. '이 세상에 나를 도와줄 수 있는 사람은 나밖에 없어…….' 나는 곧 의식을 잃었고 전과는 다른 엉덩이로부터 멀어져가는 꿈을 꾸었다. 마침내 이주를 마친 나는 검은 어둠 속에서 빛을 향해 기어나갔다.

신의 사탕

— 학교는 맘에 들어? 전학 온 지 오늘이 사흘째지?

친한 친구에게 말을 걸듯 뒤통수에서 나온 얼굴이 말했다. 아이들이 그 목소리를 들었다.

"프랑이다, 프랑! 프랑 나왔다!"

"프랑, 왜 이리 뜸했어?"

음악실이 소란스러워지며 노래가 멎었다. 봉봉의 자리로 아이들이 몰려왔다.

— 모두들 안녀…… 윽!

'프랑'의 말끄트머리가 막혔다. 봉봉이 괴로운 듯 자신의 뒤통수를 손바닥으로 세게 누르고 있었다. 그 뒤통수가 '프랑'이었다. 봉봉이 흐느꼈다.

"왜 또 나온 거야, 들어가……. 이거 내 몸이란 말이야, 괴물, 니 몸 아니야……."

한유

대한민국 어딘가에서 살아가는 직장인. 새해를 맞아 외국어 공부를 시작했다. 앤솔로지 『빨간 구두』에 「히아신스」를, 단편집 『지극히 당연한 여섯』에 「맑은 하늘을 기다리며」를 실었다. 월간 《토마토》와 월간 《판타스틱》에 단편소설을 게재했다. 「신의 사탕」을 쓰면서 너무 즐거워서, 앞으로는 호러 소설만 쓰기로 마음먹었다. 여자중학교 배경의 무거운 장편 좀비물을 2019년 내로 탈고하는 것을 목표로, 열심히 구상 중이다.

1.

“나의 모든 꿈이 이루어지네, 그대가 내 곁에 우리 함께 하기에, 세상 누구보다 행복해요, 그대여 가장소중한 그대 높은 저 하늘에서 그대 사랑 그려 보네.”

피아노 반주에 맞춰 다 같이 노래를 불렀다. 자리에서 일어나, 음악책을 양손에 들고 있었다.

— 케이야, 안녀엉.

갑자기 시야에 들어온 ‘얼굴’이 말했다.

난 그저 눈만 크게 떴다. 너무 놀라서 목이 굳으면 비명도 지르지 못하는가 보다.

— 놀랐어? 놀라지 마아.

‘얼굴’이 말했다.

모두 일어나 노래를 부르는 중이라서 앞에 선 아이의 뒷머리가 눈에 들어와 있었다. 내 앞자리 봉봉(아이들이 그렇게 불렀다. 별명일 테지만, 이 여고에 전학 온 지 3일밖에 안 된 나는 아직 이 애의 진짜 이름을 몰랐다.)은 길고 매끄러운 머리칼을 가진 아이였다.

봉봉의 뒤통수. 그 뒷머리 머리카락이 스윽 갈라지며 옆으로 밀려났다. 꼭 모세의 기적 같았다. 연한 복숭아색 두피가 세로로 드러나며 점점 넓어졌다. 두피 안이 울룩불룩했다. 그게 사람의 코와 입술과 연한 광대뼈 모양이란 걸 알게 됐을 때, 그 얼굴이 쑤욱 솟아났다.

봉봉 뒤통수에서 사람 얼굴이 나타난 것이다.

— 학교는 맘에 들어? 전학 온 지 오늘이 사흘째지?

친한 친구에게 말을 걸듯 뒤통수에서 나온 얼굴이 말했다. 아이들이 그 목소리를 들었다.

"프랑이다, 프랑! 프랑 나왔다!"

"프랑, 왜 이리 뜸했어?"

음악실이 소란스러워지며 노래가 멎었다. 봉봉의 자리로 아이들이 몰려왔다.

— 모두들 안녀…… 읔!

'프랑'의 말끄트머리가 막혔다. 봉봉이 괴로운 듯 자신의 뒤통수를 손바닥으로 세게 누르고 있었다. 그 뒤통수가 '프랑'이었다. 봉봉이 흐느꼈다.

"왜 또 나온 거야, 들어가……. 이거 내 몸이란 말이야, 괴물, 니 몸 아니야……."

— 읏, 읏, 숨 막혀! 봉봉아, 숨 막혀…….

"야, 그만해!"

한 아이가 봉봉의 팔을 잡아 뒤통수에서 떼어냈다. 프랑이라 불린 뒤통수 얼굴이 휴 하고 숨을 내뱉었다.

"악마야, 악마…… 제발 나한테서 떨어져! 넌 그냥 인면창이야. 괴물이야. 병원 가서 칼로 잘라 버릴 거야……."

— 흐아아 무서워어, 봉봉 무서워!

반장이 봉봉의 머리채를 잡고 소리쳤다.

"야, 김봉봉! 왜 프랑 겁주고 그래! 봉봉 너 진짜 진짜 못됐다."

한 아이가 자주색 스카프를 내밀었다. 정예지라는 아이가 받아든다. 예지는 스카프를 빙빙 돌려 말더니 솜씨 좋게 봉봉의 입에 넣고 머리에 묶어 버렸다. 재갈을 채운 것이다. 봉봉의 눈에서 눈물이 줄줄 흘렀다.

난 그저 안절부절 못하고 있었다. 이 시골 여고에 난 아직 친구가 없다. 외부인이었다. 반에서 무슨 일이 일어나건 끼어들 입장이 아니었다.

한 아이가 음악실 문을 열고 복도로 나갔다. 잠시 후 돌돌돌 바퀴 구르는 소리가 들리고 그 아이가 휠체어를 밀고 돌아왔다. 휠체어 모양이 이상했다. 손잡이가 좌석 등

받이 뒤뿐 아니라 앞쪽에도 길게 달려 있다. 개조한 것 같았다.

아이들이 봉봉의 겨드랑이에 팔을 뻗어 휠체어로 옮겼다. 휠체어의 팔걸이와 발판, 프레임 군데군데 벨트가 달려 있다. 봉봉의 팔과 다리를 벨트로 묶었다.

“자, 다들 조용히 하세요. 수업 중이에요.”

선생님이 짝짝 손뼉을 치며 말했다.

정예지(얘기해 본 적 없지만, 미인에다 서글서글한 목소리가 듣기 좋아서 이름을 기억하고 있었다.)가 휠체어를 빙글 돌렸다. 봉봉의 몸과 시선이 음악실 뒤편을 바라보는 모양새가 되었다. 봉봉 대신 수업을 받듯 프랑이라 불린 뒤통수 얼굴이 앞쪽을 향했다. 휠체어는 음악실 테이블 맨 앞에 놓였다.

“프랑, 음악시간이니까 노래 한 곡 불러 볼래?”

— 갑자기 시키는 게 어딨어요, 선생님.

그러면서도 프랑이라 불린, 봉봉 뒤통수에 붙은 얼굴은 목을 아아 가다듬었다. 피아노반주가 흐르고 프랑이 노래를 시작했다.

— Ich lie be dich so wie du mich am A bend und am Morgen⋯⋯.

베토벤의 가곡 ‘그대를 사랑해.’ 이히리베디히.

음악실에 숨소리 하나 들리지 않았다. 아무도 없고 어떤 소리도 나지 않는 우주 한복판에서 오직 프랑의 노랫소리가 울려 퍼졌다. 높고 맑고 신성했다.

'인간이 아닌 것 같아. 신의 가희야.'

나도 모르게 생각했다. 이런 상황이 아니라면 난 분명 울어 버렸을 것이다.

노래가 끝나자, 한 템포 늦게 박수가 터졌다.

— 괜찮았어?

"잘했어, 프랑!"

"진짜 최고다."

"프랑, 결혼해 줘. 같은 여자지만 사랑해."

가까이 앉은 아이가 프랑에게 손을 뻗었다. 손뼉을 마주치려는 것 같았다. 봉봉의 팔이 부자연스럽게 조금 뒤로 꺾였다. 그 아이가 프랑과 손뼉을 쳤다.

'저 얼굴, 몸도 움직일 수 있어?'

방금 움직임은 음악실 뒷벽을 바라보는 봉봉이 한 게 아닌 것 같았다. 프랑이 팔을 뒤로 내민 것이다. 하지만 신체구조상 뭔가 어색했고, 팔은 얼마 올라가지 않았다.

음악시간이 끝났다. 정예지가 휠체어를 밀고 음악실을 나갔다. 휠체어를 민다고 해도 반대방향이라서 봉봉의 등이 앞(진행방향)을 향했다. 뒤통수 얼굴 프랑이 봉봉의 등 위에서 앞쪽을 바라보고 있었다.

"야, 김봉봉. 눈 내리깔아라. 질질 짜면서 기분 나쁘게 쳐다보고 있어."

휠체어를 미는 예지가 말했다. 개조된 휠체어를 거꾸로 밀고 있으니, 봉봉의 얼굴은 당연히 예지를 향했다. 어쩔 수 없이 예지를 바라보게 됐다. 그것이 기분 나빴던 듯, 예지는 재갈이 물린 봉봉의 얼굴을 손바닥으로 철썩 때렸다. 봉봉이 신음했다.

— 예지야, 나도 아파아.

"미안. 많이 아팠어?"

정예지가 다정한 목소리로 말했다. 복도를 지나는 아이들이 뒤통수 얼굴 프랑에게 인사를 하거나 말을 걸었다.

'인기인이네.'

뒤에서 조용히 따라가면서 그 모습을 힐끔댔다. 기괴한 장면이었다.

2.

점심시간을 알리는 종이 울렸다.

프랑이 휠체어를 굴리며 나한테 왔다. 뒤통수 얼굴을 제외하고 보면, 휠체어에 앉은 사람이 휠체어를 뒤로 밀며 다가오는 모양새였다. 팔을 애써 뒤로 꺾으면서 느리게, 느리게 다가왔다.

— 에휴, 힘들어.

프랑이 혼잣말했다.

조금 안타까워서 도와주고 싶다가도, 반대로 도망쳐 버리고 싶어졌다. 어쩔 줄 몰라 도시락을 꺼낸 채 그저 앉아 있었다.

— 얘, 전학생. 케이랬나? 나랑 같이 밥 먹을래?

움찔했다. 난 아직 같이 밥 먹는 애가 없어서 혼자였다. 반 애들은 친절하고 좋은 아이들이었고, 같이 밥 먹자고 말해 준 애도 있지만 선뜻 끼어들지는 못했다.

— ……싫어?

"프랑, 내가 밥 떠먹여 줄게. 이리 와."

정예지와 다른 애들이 책상을 붙여 넓게 만들며 프랑을 불렀다.

— 아니야, 나 오늘은 전학 온 애랑 먹을래.

프랑이 그 애들을 돌아보며 말했다. 그러고는 나를 향해 물었다.

— 괜찮지?

"……응."

— 옥상 가자. 날씨 좋잖아.

휠체어를 밀고 옥상으로 올라갔다. 봉봉은 자포자기한 것 같았다. 입에 재갈을 문 채, 멍한 얼굴로 프랑에게 몸을 내맡기고 있었다.

"입에 물린 스카프…… 풀어 줄까?"

봉봉에게 물었다. 봉봉이 눈을 들어 나를 바라봤다. 그 애의 재갈에 손을 가져가는데, 뒤통수 얼굴 프랑이 입을 열었다.

— 재갈 풀어 주면 반장이랑 예지한테 이를 거야.

내 손이 뚝 멈췄다.

— 풀어 주지 말란 말 아니야. 그건 케이 네 맘대로잖아.

하지만 풀어 줄 수 없었다. 지난 며칠, 봉봉을 향한 괴롭힘을 충분히 보았다. 봉봉은 왕따였다. 전학 온 지 3일째지만 알 수 있었다. 체육시간에 혼자 짝이 없었고, 언뜻 본 그 애 교과서는 흉한 낙서가 가득했다. 복도에서 괜히 누군가 툭툭 밀면서 지나갔다. 무슨 일인지 몰라도 화장실에서 돌아올 때 온몸이 흠뻑 젖어 있었다.

봉봉의 입마개를 풀어 준다면, 그 괴롭힘이 나한테까지 돌아오지 않을까.

미안. 봉봉을 향해 입모양으로 말했다. 봉봉이 얼굴을 돌려 나를 향한 눈길을 거뒀다. 하지만 얼굴은 곧 신경질적으로 똑바로 되돌아왔다. 첫 번째 움직임은 봉봉이, 두 번째 움직임은 프랑이 했으리라.

— 바람 분다. 봄바람.

프랑이 말했다. 듣기 좋은 목소리였다. 맑고 깨끗한 목소리. 옥상 너머로 내려다본 마을엔 낮은 건물만 듬성듬성했다. 바람이 불어서 머리카락이 흩날렸다.

— 이런 시골엔 왜 왔어?

"……."

대답하지 않았다.

프랑이 휠체어 포켓에서 도시락을 꺼냈다. 봉봉의 도시락이었다. 팔을 등 뒤(프랑에게는 앞일까?)로 돌려 도시락통을 잡고 한 손으로 바들바들 떨며 뚜껑을 열었다. 밥과 달걀찜, 김치. 단출한 도시락이었다.

— 이거 아침에 봉봉이 직접 싼 거야. 봉봉 엄마, 이제 봉봉한테 도시락 안 싸 주셔.

프랑은 한 손으로는 도시락을, 다른 손으로는 포크를 들었다. 손이 거꾸로니 젓가락질은 엄두도 못 낼 것 같았다. 간신히 밥을 한 번 떠먹고, 계란찜을 잘라 입으로 가져가려 애썼다. 툭. 계란찜이 바닥으로 떨어졌다.

— 내 밥…….

제대로 먹을 수 있을 리가. 팔을 등 뒤로 돌리고 고개를 한껏 젖혀 팔을 뒤통수에 갖다 대야 하는, 묘기 동작이니 당연했다. 프랑은 자세를 바꿔 양 팔을 위로 해서 머리 뒤로 넘겼다. 그렇게 하고 팔꿈치를 굽히면 뒤통수 얼굴인 프랑의 입 아래 양손을 모을 수 있었다. 하지만 불안정한 자세. 프랑은 어떻게든 밥을 먹으려 애썼다. 그러다가 도시락통이 손에서 미끄러졌다.

— 아!

내가 얼른 손을 뻗어 도시락통을 붙잡았다. 운이 좋았다.

"먹여 줘?"

— 응, 응.

강아지처럼 그 애가 얼굴을 두 번 끄덕였다. 봉봉 입장에서는 머리를 뒤로 두 번 젖힌 것이다.

그걸 계기로 프랑과 이야기를 나누게 되었다. 무척 말을 재밌게 하는 아이였다. 나도 몇 번이나 즐겁게 웃었다. 프랑이 좋아졌다. 재갈을 물고 휠체어에 앉아 있는 봉봉보다, 봉봉의 뒤통수 얼굴인 프랑이 더 좋았다. 말 한 번 나눠본 적 없는 애보다는, 예쁘고 사람 말 잘 들어주는 괴물이 더 좋은 게 어쩌면 당연했다.

이 학교에서 처음으로 사귄 친구였다.

3.

이튿날 점심도 옥상이었다.

반장과 정예지도 함께였다. 조금 긴장이 되었다. 정예지는 재색겸비 문무양도. 우리 반의 공주님(이라기보단 왕자님)같은 존재였다. 반장은 모의고사 전국 10위. 둘 다 우리 반 주역이었다.

다른 애들도 같이 먹겠다고 올라오려 했지만, 정예지가 쫓아 버렸다.

"도시락 먹는데 가장 적당한 인원은 네 명이야."

'네 명이라면 반장과 정예지, 프랑, 그리고 나……. 봉봉은 아예 치지도 않네.'

오늘도 봉봉은 재갈을 물고 휠체어에 앉아 있었다. 스카프는 침과 눈물 범벅이었다.

"케이야, 학교에 적응은 좀 됐어? 내가 다 미안하다. 아무것도 없는 시골이라서."

반장이 프랑에게 밥을 먹여 주며 물었다.

"……응. 다들 친절하게 대해 주니까."

— 이 마을이 왜 시골이야? 롯데리아도 있는데. 난 이 마을 좋아해.

"맥도날드는 없잖아. 프랑 너는 착하니까 모든 게 다 좋지? 싫어하는 거 없지?"

— 싫어하는 거 하나 있어.

프랑이 눈동자를 빙글 위로 돌렸다. 무슨 의미인지 알 것 같았다. 자기 얼굴이 달려 있는 이 몸의 주인, 봉봉이 싫다는 의미였다.

"나도 그건 싫어."

웃으면서 정예지가 말했다.

— 근데 케이야, 그거 알아? 예지, 초등학교 때랑 중학교

때 봉봉이랑 절친이었다?

"야, 말하지 마."

— 뭐 어때. 터놓고 말해야 친구가 되는 거야. 말한다? 말할게?

"말해 버려! 정예지의 다크한 어둠의 히스토리 역사!"

반장이 신나서 말했다. 반장의 도시락은 월남쌈이었다. 프랑과 함께 밥 먹을 걸 대비한 메뉴가 분명했다.

보통 밥과 반찬은 프랑에게 떠먹여 주기 힘들다. 프랑도 먹다가 자꾸 흘린다. 그래서 프랑이 먹기 편한 월남쌈을 싸 온 것이다. 무척 솜씨 좋게 싼 월남쌈은 투명한 몸을 가진 심해어 같았다. 얇은 라이스페이퍼 속에 빨강 파프리카, 파란 오이, 노랑 달걀지단.

— 봉봉 얘, 초등학교 때부터 왕따였어. 반 대항 합창대회가 있었거든. 근데 봉봉 얘가 너무 심각한 음치인 거야. 도저히 안 될 것 같다며 담임이 합창대회에서 봉봉만 빼 버렸지. 봉봉만 열외. 그때부터 무시당하기 시작했어. 하지만 이 마을 애들, 나쁜 애들 아냐. 무시는 해도 막 괴롭히지는 않았어.

"……괴롭히는 것 같던데."

말하고서 아차, 싶었다. 반장과 예지도 봉봉을 괴롭히는 무리 중 하나였다. 하지만 둘 다 특별히 내 말을 마음에 둔 것 같지는 않았다.

— 모르겠어. 요새 들어 괴롭힘이 더 심해졌거든. 안 당하던 가정폭력까지 당해.

"싫으니까 그렇지 뭐."

"더티 키모이 쩐타오이엔!"

— 하지만 그런 초등학교 때도 친구는 있었어. 그게 바로 정예지. 초등학교랑 중학교 때 둘은 절친이었답니다! 사실 둘 다 친구가 서로밖에 없었거든.

"끄아아악, 내 흑역사!"

예지가 팔을 배배 꼬았다. 봉봉이 재갈 물린 입으로 흑울음을 터뜨렸다. 예지랑 친구였던 때가 생각난 것 같았다.

"야, 봉봉 운다. 옥상이니 잘됐네. 난간 너머로 떨어뜨려 버리자."

— 얘들아, 그럼 나도 죽어어.

자잘한 웃음이 터졌다. 바람에 벚꽃향이 실려 왔다. 벚꽃 철이었다.

"예지야, 그래도 옛날 절친인데 잘 좀 대해 줘."

"반장까지 이러기야? 반장의 흑역사도 공개해 줘? 지금은 전국구에서 노는 반장이지만 중학교 때는 나머지공부하는 애였다는 걸 전학 온 케이 앞에서 말해 줘?"

"케이 여깄습니다!"

애교 섞어 말하며 한 손을 들었다.

— 케이 귀여워.

"프랑은 예뻐."

마음에서 우러나 말했다. 얼굴뿐이지만 정말 예뻤다. 미인은 얼굴. 벚꽃잎이라도 뿌려 주고 싶었다.

부담스럽던 반장과 정예지도 알고 보니 친근하고 좋은 애들이었다. 서울에서 전학 오면서 여긴 시골 학교니까 레벨이 낮을 줄 알았다. 근데 미인은 넘쳐나고 체육 계열이건 미술 계열이건 천재들이 득시글댔다. 솔직히 당황했다.

"케이 넌 왜 시골로 전학 온 거야? 보통은 반대잖아."

"……엄마 직장 사정으로……."

애매하게 말을 흐렸다. 모녀가정이고 엄마 직장은 상관없었지만 굳이 사실을 말하기는 싫었다. 그런 내 태도를 눈치 채고 예지가 말을 돌렸다.

"프랑. 반장 꺼만 받아먹을 거야? 내 것도 좀 먹어. 너 먹이려고 애써 싸왔구만."

예지의 도시락은 베이컨말이 주먹밥이었다. 먹기 좋은 크기로 만들어 노릇노릇 구웠다. 맛있어 보였다.(그냥 밥과 반찬인 봉봉의 도시락은 비둘기 밥으로 주었다.)

— 나 살찌겠다. 얼굴 빵떡 되겠어.

그러면서도 프랑은 예지가 내민 젓가락을 답싹답싹 잘 받아먹었다.

……?

그 모습에서 뭔가 위화감이 느껴졌다. 뒤통수 얼굴이 음식을 받아먹기 때문은 아니었다. 그건 이미 하루 만에 익숙해졌다. 다른 뭔가…… 뭔가 맘에 걸렸다.

'뭘까. 뭐가 이상한 걸까.'

목에 걸린 잔가시 같은 의문을 기분 탓으로 돌렸다. 그 위화감의 정체를 알게 된 것은 나중의 일이다. 그리고 그때는 이미 모든 것이 돌이킬 수 없게 된 후였다.

툭.

베이컨말이가 바닥에 떨어졌다.

"미안. 내가 젓가락질 서툴렀다."

예지가 사과했다.

— 아니야. 내가 잘 못 받아먹어서 그래. 나는 어째 받아먹는 것도 제대로 못하네.

프랑이 침울하게 말했다.

— 체육 시간에도 구경만 하고, 혼자서는 밥도 못 먹어서 친구들 폐만 끼치잖아.

"아니야. 그런 생각 할 것 없어. 음…… 밤하늘 별들도 그저 있을 뿐이지만 아무런 쓸모가…… 아니 그런 게 아니라, 나 정말 별 좋아하잖아. 별 좋아해서 밤하늘 맨날 쳐다보고……. 프랑 너도 별처럼, 아니 내가 뭔 소리니."

예지가 당황한 듯 횡설수설 프랑을 위로했다. 반장도 프랑의 머리를 살며시 만져 주었다.(봉봉의 머리지만.)

"이 몸, 봉봉 몸 말이야. 프랑이 쓸 수 없어? 봉봉이 쓰는 것보다 프랑이 쓰는 게 훨씬 낫잖아."

예지가 말했다.

— 난 뒷머리에 있잖아. 봉봉 등이 나한테는 앞이야. 팔 관절도 다리 관절도 모조리 반대니까…… 난 제대로 걸을 수도 없어. 뒷걸음질 치는 게 나한테는 앞을 향해 걷는 거야. 몸의 주도권은 어디까지나 봉봉이야.

프랑 눈에 눈물이 고였다.

"미안해, 프랑. 난 그저 프랑이랑 운동도 같이 하고 맛있는 것도 맘껏 먹으러 다니면 좋을……."

"그만해. 가장 괴로운 건 프랑이잖아."

반장이 예지의 말을 막았다.

— 나도 그러고 싶어. 뒤통수에 박힌 붙박이장 같은 얼굴이 아니라, 다른 애들처럼 자유롭고 재밌게 살고 싶어.

프랑의 눈에 눈물이 맺혔다. 팔을 들어 눈물을 닦는다. 정상적인 사람과는 반대로, 팔은 귀 뒤에서 넘어와 볼을 닦았다.

'가장 괴로운 건 봉봉 아닐까?'

봉봉은 휠체어에 앉은 채 등을 돌리고 있다. 하지만 애들이 말하는 소리는 다 들릴 것이다. 자신의 몸을 차라리 뒤통수 괴물이 갖는 게 나을 거라는 말을 듣고 무슨 생각을 할까.

육체적인 몸의 지배권은 봉봉이 갖고 있을 것이다. 하지만 이제는 자기 몸에 대한 권리도 슬슬 놓아가는 듯했다.

프랑이 문득 결심한 표정을 지었다.

— 나 노력할게. 노력해 볼게. 이 몸, 내가 가질 수 있도록 힘 내 볼게. 친구들을 위해서라도!

그렇게 말하며 어설프게 팔을 등 뒤로(프랑에게는 앞이지만) 벌려 우리를 끌어안았다.

'친구들'에 나도 포함된 건가. 의아한 한편 기쁘기도 했다.

벚꽃잎 한 장이 바람을 타고 옥상으로 날아왔다.

4.

그 일은 종례시간 후, 선생님이 교실에서 나가고 오늘 몫의 수다를 끝내지 못한 아이들이 이야기꽃을 피울 때 일어났다.

앞쪽, 봉봉의 자리에서 프랑이 몸을 일으켰다. 봉봉이 제대로 칠판 쪽을 향해 있을 때였다. 프랑의 얼굴이 교실 안쪽을 향했다.

— 얘들아. 나 좀 봐 줘.

뭔가 마음을 다잡은 얼굴이었다. 창백하게 굳은 표정에 어떤 결심이 담겨 있었다.

그 애의 어깨가 이상한 모양으로 들썩거렸다. 어깨에 일어난 뭔지 모를 경련을 제대로 통제하지 못하는 것 같았다.

— 나, 할 수 있을 것 같아.

심상치 않은 기운을 느꼈다. 교실 안의 눈들이 일제히 프랑을 향했다.

프랑이 오른팔을 약간 벌렸다. 그리고 손바닥을 폈다. 팔이 천천히 돌아간다. 90도…… 180도…….

"아. 아아…… 아파, 프랑, 그, 그만."

봉봉이 신음했다. 왼팔로 오른팔을 붙잡는다. 그 사이에도 오른팔은 계속 뒤틀렸다.

우득, 우윽…… 팔꿈치가 괴상한 방향으로 꺾어졌다. ㄱ자가 되었다가 ㅅ자가 된다. 손가락이 부들부들 떨렸다. 지직 지직…… 어깨와 팔에서 무언가 찢어지는 소리가 났다. 팔은 계속 뒤틀렸다.

"으, 그억. 끄억."

고통으로 범벅된 신음.

"그만! 제발 그만!!"

봉봉이 왼손으로 프랑의 얼굴을 뜯어 버릴 듯 쥐었다. 프랑의 얼굴이 우그러졌다.

"얘, 얘들아 봉봉 잡아! 프랑을 도와 줘!"

예지가 소리치며 달려들었다. 아이들이 봉봉의 왼팔과 몸을 붙들었다. 거대한 무언가가 억지로 잡아 비트는 것처럼 어깨가 돌아갔다. 어깻죽지에서 뚜둑 소리가 났다. 찌직

찌직 우두 뚝 뚝. 침과 눈물, 콧물. 봉봉의 눈이 흰자위를 드러냈다.

프랑도 고통스러운 건 마찬가지 같았다. 석고상 같은 무표정. 고통이 극에 달해 표정을 지을 수 없어 보였다. 벌겋게 변한 봉봉의 얼굴과 반대로, 핏기 가신 새하얀 얼굴이었다.

— 견, 뎌야 해. 나 할 수 있어…….

프랑이 중얼거렸다. 팔 전체가 경련을 일으키듯 떨었다. 내출혈이 일어났는지 벌겋고 퍼렇게 변했다. 부어서 부풀어 올랐다. 그러더니 갑자기 팔이 축 늘어졌다.

"프랑, 된 거야? 오른팔 이제 프랑 맘대로 쓸 수 있게 된 거야?"

— 미안. 아직 삼분의 일밖에 안 돌아갔어. 오늘은…… 이정도만 돌려야 할 것 같아. 무리하면 아예 망가져 버려…….

"그래. 무리하지 마."

— 다른 팔하고 다리도 조금 돌려놔야겠어.

프랑의 말에 봉봉이 비명을 질렀다. 도살장의 짐승 같았다. 안 돼, 난 못 견뎌. 봉봉이 온몸으로 애원했다. 그 바람에 재갈이 완전히 풀려 버렸다.

"프랑, 제발…… 오늘은 그만해. 나…… 너무 아파. 못 견디겠어. 제발 그만…… 프랑님, 아니 프랑 주인님, 제발, 그만해 주세요."

— 내가 왜 봉봉 주인이야? 그런 거 아냐. 그리고 봉봉 너만 아픈 거 아니야. 나는 더 아파. 하지만 해야 하는 일이니까 하는 거야. 산고의 고통이야. 임산부도 아픈 건 정말 싫을 거야. 하지만 낳아야 하니까 낳는 거야.

"내 몸이잖아! 니 몸 아니…… 읍!"

예지가 봉봉의 입에 다시 재갈을 물렸다. 배배 꼰 스카프를 입에 물리기 전에 휴지를 뭉쳐 봉봉의 입에 쑤셔박았다. 그러고는 스카프를 둘렀다. 너무나 익숙한 솜씨였다.

오른쪽 팔처럼, 왼쪽 팔이 비틀어졌다. 다리가 뒤틀리는 건 더 끔찍했다. 뚜둑 뚜둑 뚝. 그러다가 푹 쓰러졌다. 쓰러진 채로 부들부들 경련을 일으키며 다리가 돌아갔다. 우혁우혁우혁. 재갈 문 입에서 이상한 신음이 흘러나왔다. 봉봉의 소변이 교실 바닥을 적셨다.

"으이 더러! 대걸레 가져와."

"아니야. 봉봉이 싼 오줌이니까 봉봉이 닦아야지."

봉봉 눈이 완전히 뒤로 돌아갔다. 거품을 물고 등을 아치모양으로 젖히면서 괴로워했다. 몇몇 아이가 생선 파닥대는 것 같다면서 웃었다.

움직임이 멈췄을 때, 두 팔과 두 다리가 괴상한 방향으로 뒤틀려 있었다. 양발이 비스듬히 4시와 8시 방향으로 돌아가 있었다. 무릎의 방향도 달라졌다.

— 나, 나 들어갈게. 너무 아파서…… 더 못 있겠어.

프랑이 말했다. 그러더니 봉봉의 뒤통수 안으로 살며시 들어갔다. 얼굴 윤곽이 옅어지고 코가 두피 속으로 파묻히듯 낮아졌다. 이목구비가 사라진 것은 아니다. 흔적은 분명히 남아 있다. 프랑이 눈을 감았다. 갈라졌던 뒷머리 머리카락이 양 쪽에서 하나로 합쳐지듯 모아졌다. 모세의 기적이 거꾸로 돌아간다.

짝짝짝. 이미 사라진 프랑에게 아이들이 박수를 보냈다.

애들이 하나둘 교실을 떠났다. 바닥 더럽혔으니까 오늘 청소는 봉봉이 하는 거다, 교실청소 당번 애들이 그렇게 말하며 손을 흔들었다.

"케이, 배 안 고파? 떡볶이 먹으러 가자. '바로그집'이라고 엄청 맛있는 데 있어. 반장이 쏜대."

예지가 다가와 말을 걸었다.

"내가 언제?"

반장이 웃으며 예지 등을 때렸다. 고양이 냥냥펀치 같았다.

"그럼 안 사줄 거야? 새로 사귄 기념으로 우리 케이한테 떡볶이 한 그릇 못 사주는 거야?"

"그렇게 말하면 안 살 수 없잖아, 정말."

"케이야, 반장이 떡볶이랑 오뎅 쏜대."

"오뎅은 언제 추가됐어?"

그러면서 웃는다. 예지의 뒤에는 예지를 기다리는 다른

애들이 있었다. 예지는 리더 같은 존재라서 늘 사람이 따른다. '내가 리더야' 하며 내세우는 게 아니다. 주위에서 그저 좋아하고 따르는 것이다. 존재감 있는 아이였다.

"오늘은 니들 먼저 가."

예지가 그 애들에게 말했다.

"아니야, 예지야. 난 오늘 엄마랑 어디 좀 가기로 했어. 엄마가 차로 데리러 온대. 오늘은 못 갈 것 같아."

미안한 표정을 지으며 예지에게 말했다.

"아깝다. 오늘이 떡볶이 맛있는 날인데."

반장이 웃었다.

"케이 핑계로 너도 떡볶이 얻어먹으려 했는데, 틀렸지? 케이야, 그럼 다음에 가자. 엄마랑 잘 다녀와."

손을 흔들며 반장과 예지가 교실을 나갔다.

'저런 애들이 왜…….'

겉으로 착한 척하지만 속은 까만 애들도 많다. 한 번 봐서는 모른다. 하지만 예지와 반장에게는 검은 속내가 느껴지지 않았다. 친해지고 싶은 좋은 애들일 뿐이다.

애들이 나가고, 교실에는 나와 봉봉만 남았다. 봉봉이 비틀비틀 일어났다. 애들이 맡긴 청소를 하려는 것 같았다. 하지만 팔다리 관절이 죄다 뒤틀려 있어서 풀썩 쓰러졌다. 다시 비비적거리며 의자를 붙잡고 몸을 일으켰다.

"도와줄게."

"……"

못 들은 것 같아서 다시 한 번 "도와줄게." 하고 말했다.

봉봉이 내 얼굴을 힐끗 바라봤다. 그러고는 못 본 척 눈을 돌렸다.

그 눈길에 상처를 받았다. 하지만 당연하다. 봉봉이 괴롭힘 당할 때 나는 한 번도 도와주지 않았다. 방관자도 가해자다. 뭐라 할 말이 없었다.

묵묵히 봉봉을 도와 책상을 교실 뒤로 밀고, 오물을 닦고, 바닥을 쓸고, 다시 책상을 돌려놓았다. 사실 봉봉은 제대로 움직일 수조차 없었다. 거의 나 혼자 청소했다.

교실을 나섰다. 봉봉은 중풍 걸린 사람처럼 양 다리를 떨며 훌쩍거렸다. 관절이 뒤틀렸으니 앞으로 제대로 걸을 수 없을 것이다. 골반 속도 만신창이가 되었을 것이다.

"도와줄게."

봉봉의 어깨를 부축했다.

"놔."

봉봉이 뿌리쳤다. 차가운 눈. 차가운 한 마디.

더 이상 도와줄 수 없었다. 봉봉이 천천히 복도를 걸어가는 모습을 지켜봤다. 프랑이 잠든 뒷머리는, 머리카락이 다시 원래대로 돌아온 탓에 보통사람의 뒷머리와 다르지 않았다.

예지에게 한 말(엄마랑 어디 가야 한다는 말)은 거짓말이었다. 혼자서 터벅터벅 집으로 돌아왔다. 마음이 무거웠다. 열이 났다.

5.

학교를 며칠 쉬었다. 몸이 좋지 않았다.

어려서부터 가슴에 문제가 있었다. 곧잘 숨쉬기가 힘들어지고 열이 난다. 그 영향으로 몸 여기저기가 자주 아팠다. 겉으론 멀쩡해 보이고 운동신경도 나쁘지 않은데, 속이 썩어 간다. 딱히 치료법이 있는 것도 아니었다. 그래서 공기 좋고 여유로운 시골로 이사를 왔다. 요양이었다. 혼자서 날 키워 주시는 엄마께 또 폐를 끼쳤다. 죽는 날까지 내내 누군가에게 폐를 끼치며 살게 되겠지.

학교를 쉬는 동안 계속 꿈을 꿨다.

꿈속에서 내 몸은 조립인형이었다. 바닥에 잘못 떨어뜨리기라도 했는지, 여기저기 깨지고 더러웠다. 인형의 주인 같은 누군가가 다가오더니 내 팔을 잡고 빙빙 돌렸다. 나사로 고정된 팔이 끽끽 돌아갔다. 어깨로 이어진 팔이 톡 빠지고, 멀쩡한 새 팔로 교체된다. 끽끽끽끽 팔을 돌려 나사를 다시 조였다. 나사 돌아가는 감촉이 못 견딜 만큼 고통스럽다. 영화에 나오는 미친 치과에서 이빨을 죄다 갈아 버리는 느낌이었다.

팔이 바뀌고 다리가 바뀌었다. 그것만으로 안 되겠다는 듯 주인이 한숨을 쉰다. 그러고는 내 몸통을 뜯었다. 몸통 교체……. 그 손은 곧 내 머리로 향했다.

'안 돼……. 머리까지 바꾸면, 난 내가 아니게 되잖아.'

하지만 난 인형이니까 움직일 수 없다. 나사형 머리가 끼릭끼릭 몸통에서 빠져나오기 시작했다. 케이의 의식이 멀어진다. 아득해지고 깜깜해진다. 땀범벅이 되어 잠에서 깨어났다.

* * *

3일 만에 학교에 갔다. 몸이 완전히 좋아지지 않아 등교를 망설이다 보니 HR 직전에서야 교실에 도착했다.

봉봉의 자리에 아이들이 모여 있었다. 열 명이 넘는 아이들이 자리를 빙 둘러싸고 있다.

'프랑이랑 얘기하고 있나?'

의자를 끌어당겨 자리에 앉았다. 프랑(그리고 봉봉) 쪽을 보았다. 처음에는 봉봉이 의자 등받이를 향해 앉아 있는 줄 알았다. 하지만 아니었다. 봉봉의 얼굴과 몸통은 제대로 교실 앞쪽을 향해 있었다. 하지만 팔과 다리 관절이 반대라서 마치 뒤돌아 앉은 듯 보였다.

봉봉의 얼굴을 허연 무언가가 덮고 있었다. 네모난 판? 상자 같기도 했다. 처음에는 생일 맞은 사람의 얼굴에 생일 케이크를 덮어 버리듯 그런 장난을 치는 줄 알았다. 하지만 케이크는 아니었다.

끄으윽 끄으윽…… 아아악!

봉봉이 팔과 다리를 버둥거리며 비명을 질렀다.

— 아, 시끄러. 뒤통수에서 직접 들으니 더 시끄러. 누가 때리는 것도 아닌데 왜 그리 비명을 질러대고 난리람. 초등학생 때부터 인기라곤 눈곱만큼도 없던 너를 이렇게 많은 애들이 상대해 주고 있잖아. 고마운 줄 알아라, 봉봉아.

봉봉의 뒤통수에서 프랑이 말했다.

네모난 판 같은 걸 봉봉 얼굴에 덮어씌우고 있는 아이는, 얼마 전 전국 발명대회에서 상을 받은 아이였다. 손재주가 무척 좋다고 했다. 지능적인 괴롭힘 도구라도 만든 걸까. 그렇다면 그건 고문이다.

간밤에 꾼 꿈이 떠올랐다. 나도 모르게 자리에서 일어났다.

"애들아, 봉봉 너무 괴롭히지 마."

말해 버렸다. 집단괴롭힘 당하는 애를 괴롭히지 말라는 건 금기어다. '대신 날 괴롭혀!'라는 말과 같다. 하지만 막상 반장과 정예지랑 친해지고 다른 애들하고도 스스럼없이 이야기를 나눌 수 있게 되면서, 참아온 말을 내뱉고 말았다. 그리고 두려워졌다. 이제 왕따는 나를 향할 테지.

그건 내 기우였다.

"케이, 안녕!"

"케이 왔네. 많이 아팠어?"

"3일 사이 더 예뻐졌다."

애들이 이쪽을 돌아보며 환영해 주었다. 예지가 두 팔 벌리고 다가와 날 끌어안았다.

"괜찮아? 오늘 학교 끝나고 애들이랑 문병가려고 했는데. 어제 갈 걸 그랬다. 미안해."

문병 오려고 어제 멀리까지 가서 사 왔다는 특산품 과자를 애들끼리 나눠먹었다. 수업 중에 바삭바삭 꺼내 먹었다. 창밖 저 멀리까지 파란 하늘이 펼쳐져 있었다. 교실에 앉아 있지만 소풍 온 기분이었다.

— 어이, 꽃케이 양. 나 안 보고 싶었나?

프랑이 휠체어를 쓰지 않고 자기 발로 걸어서 다가왔다. 다리 방향이 이제 완전히 뒤를 향해 있었다. 등을 앞으로 하고 걷는 모습은 확실히 기이했지만, 팔다리의 움직임은 부드러웠다. 마치 인형의 몸통에 팔다리를 앞뒤 반대로 장착한 느낌이었다.

"프랑, 이제 자연스럽게 걸을 수 있네?"

— 아직 자연스럽지 않아. 등을 앞으로 하고 걷고 있는걸.

'뒤통수 얼굴이니까 어쩔 수 없잖아' 하는 짓궂은 생각이 들었지만 말하지 않았다. 양 다리의 고관절이 180도 돌아간 것 같았다. 무릎 뒤쪽이 가슴 방향을 향한다. 팔도 다리도 앞과 뒤가 반대였다. 내가 학교에 나오지 않은 며칠 동안 애써서 마저 돌려놓았을 것이다. 봉봉은 그만큼 고통을 받았을 테고.

— 내 맘대로 걷는 게 이렇게 멋진 일인 줄 몰랐어.

프랑은 모델이 관객에게 보여 주려고 걷듯 한발 한발 걸어갔다. 엉덩이를 앞으로 가슴을 뒤로 하고 걸으니 기이하긴 하지만, 걸음걸이는 자연스러웠다. 바라보던 아이가 축하의 박수를 쳤다.

— 아!

쿵. 프랑이 고꾸라졌다. 프랑을 보고 있었기 때문에 어떤 상황인지 바로 알아차렸다. 다리가 갑자기 움직이지 않은 것이다. 봉봉의 몸이기도 하니까; 아마도 봉봉이 힘주어 발을 멈춘 거겠지.

— 아아. 아아…….

뒤통수 얼굴 프랑은 아직 팔다리 놀림이 익숙하지 않은지, 넘어질 때 제대로 바닥에 손을 짚지 못했다. 턱(뒤통수에 있는 턱이지만)을 바닥에 세게 찧었다. 코피가 흐르고 턱이 아파서 입을 바보처럼 벌렸다. 프랑의 눈에서 눈물이 흘러나왔다.

"프랑, 괜찮아?"

얼른 다가가 부축했다.

프랑이 넘어질 때 봉봉은 고소한 듯 미소 짓고 있었다. 어둠이 서린 그 표정이 오히려 괴물인 프랑의 얼굴보다 더 괴물같이 느껴졌다. 오소소 소름이 돋았다.

6.

학교가 쉬는 토요일 밤.

방에서 혼자 소설책을 읽고 있었다. 벌레 소리만 찌륵찌륵 울리는 조용한 밤이었다.

문자가 왔다.

반 아이들의 비상연락망은 교실 알림판에 붙어 있다. 모조리 입력하기는 귀찮아서 예지와 반장, 자주 이야기하는 몇몇 아이 번호만 입력해 두고, 다른 애들 번호는 핸드폰 카메라로 찍어 두었다.

살려줘

세 마디 문자.

누군지 짐작이 갔다. 사진으로 찍어 둔 비상연락망을 확대해 확인해 보았다. 봉봉이었다.

얼른 봉봉의 핸드폰에 전화를 걸었지만, 받지 않았다.

비상연락망의 집 전화로 해 보았다. 중년 아줌마 목소리가 전화를 받았다. 봉봉네 집이냐고 물었다. “지금 없어.”라는 무뚝뚝한 대답과 함께 전화가 끊겼다.

‘엄마인가. 뭐 이리 퉁명스럽게 전화를 끊어?’

그러고 보니 옥상에서 프랑에게 들은 것 같다. 봉봉은 요즘 가정폭력에도 시달린다고 했다.

머리를 감싸고 생각했다. 봉봉이 밖에 나갔고, 도와 달라는 문자를 보냈다. 당연히 프랑과 관계 있을 것이다. 예지는 알고 있지 않을까. 봉봉의 친구는 아니지만, 프랑의 친구니까. 하지만 며칠 전에 나는 “봉봉 너무 괴롭히지 마.”라고 말했다. 그런 내게 봉봉의 소재를 순순히 알려 줄까?

어쨌든 일단 전화를 걸었다.

“케이야, 어쩐 일이야.”

예지가 전화를 받았다.

“그냥. ……나 잠깐 서울 와 있거든. 할 것도 없고 심심해서 전화했어.”

거짓말을 했다.

“서울이라, 좋겠다. 나도 가고 싶어. 맛있는 것도 사먹고 그랬어?”

“응……. 그랬어. 근데 예지야, 너 어디야?”

“……밖에 나와 있어. 그냥 산책.”

잠깐 뜸을 들이다가 예지가 말했다. 예지의 목소리 뒤로 조그맣게 텅, 텅, 소리가 들렸다. 녹음 버튼을 눌렀다. 애들 재잘대는 소리가 들리는 것 같았다.

예지와 잠시 이야기를 나누고 전화를 끊었다. 그러고는 녹음한 파일을 최대 볼륨으로 들어보았다. 반장의 목소리가 들렸다.

"……리니까…… 당연하지."

'넌 농구동아리니까 당연하지.'

우리 학교는 여자 농구 동아리가 있다. 통, 통, 소리는 공을 바닥에 튕기는 소리. 그 소리가 울려 퍼지고 있었다.

'학교 체육관이다.'

봉봉도 같이 있을 것이다. 아니라면 산책을 한다고 거짓말할 이유가 없었다.

카디건을 걸치고 뛰어나갔다. 집 앞은 언덕길이라서 발을 헛디뎌 한 번 굴렀다. 얼른 다시 일어났다.

여태 나도 최면에 걸려 있었던 것 같다. 이런 기괴하고 끔찍한 일에 휘말렸다면 진작 누군가에게 도움을 청해야 했다. 반 아이를 못살게 구는 집단괴롭힘을 나라도 말려야 했다. 방관자로 있는 건 괴로웠다. 마음이 편치 않았다.

'하지만 프랑은……'

왠지 모르게 프랑이 좋았다. 아름다운 얼굴 때문은 아니다. 애처롭고 순수한 아이 같아서도 아니다. 그저 마음이 끌린다. 저절로 좋아지게 된다.

'프랑이 그저 보통 아이가 되었으면 좋겠어. 같이 소풍도 가고, 쇼핑도 다니고, 집에 놀러가서 밤새 얘기할 수 있으면 좋겠어. 그러려면 봉봉이 사라져야…….'

무슨 생각을 하는 걸까.

머리를 흔들어 나쁜 생각을 떨쳐 버렸다.

숨이 찼다. 폐가 좋지 않아서 오래 달릴 수 없었다. 배를 손으로 누르고 숨을 몰아쉬었다. 언덕을 내려와 큰길가에 접어들었다. 빨간색과 파란색 불빛이 보여서 고개를 드니 순찰차가 지나갔다.

"경찰 아저씨!"

얼른 손을 들어 경찰차를 세웠다. 다짜고짜 순찰차 뒷자리에 탔다.

"학교 체육관에서 지금 제 친구가 괴롭힘을 당하고 있어요!"

친구한테서 도와 달란 문자가 왔다는 것, 다른 애들이 체육관으로 그 애를 끌고 간 것 같다는 것을 재빨리 설명했다. 두 분의 경찰은 내 말을 그리 심각하게 받아들이지 않았지만, 일단 함께 체육관에 가 보기로 했다.

'나 이제 밀고자 되는 건가. 아무래도 왕따 확정이겠지.'

뒤통수에서 얼굴이 나타난 괴이 현상도 경찰이 직접 눈으로 본다면 어떻게든 해 줄지 모른다. 선생님은 비록 아무것도 해 주지 않았지만.

어제 일이 떠올랐다.

어제, 아이들은 봉봉한테 화가 많이 났다.

점심시간이 한참 지난 시간, 봉봉이 어기적 어기적 걸어 (팔다리가 반대로 돌아갔으니 걷는 게 힘들 수밖에 없다.) 학교에 왔다. 프랑은 나와 있지 않았다. '이제 프랑이 걸어오는 게 더 빠를 텐데.' 그런 생각을 했다.

하교시간에 예지가 봉봉에게 물었다.

"프랑은 오늘 안 나왔어?"

"응. 안 나왔어. 앞으로도 안 나와."

봉봉이 웃었다. 어쩐지 음흉한 웃음이었다.

"뭐? 왜? 어떻게 된 거야?"

예지가 윽박지르며 봉봉의 어깨를 눌렀다.

"나오기 싫은가 보지."

"한창 잘 나오던 애가 왜 갑자기 나오기 싫은 거냐고! 무슨 일 있었지? 말해!"

그러면서 예지가 봉봉의 뒤통수에 눈길을 주었다. 그러고는 소리를 질렀다.

"야, 너 이거 뭐야. 이거 뭐야!!"

애들이 몰려들었다.

뒤통수 얼굴인 프랑이 나오지 않을 때는 머리카락이 뒤통수를 뒤덮는다. 그래서 일반 사람과 똑같아 보인다. 하지만 그때도 머리카락을 헤집어 보면 두피 밑에 작아진 코라든지 감긴 눈, 입의 윤곽이 보였다. 그 윤곽이…… 모조리 검은 실로 꿰매져 있었다.

"꺄악! 프랑!"

한 아이가 비명을 질렀다. 예지가 봉봉의 옆구리를 걷어찼다. 봉봉이 책상과 함께 쓰러졌다. 몰려온 아이들이 봉봉을 두드려 팼다. 봉봉은 굽어진 팔꿈치와 관절 때문에 애들의 발길질을 제대로 막아낼 수 없었다. 코피가 흘렀다. 이빨이 부러졌다. 그러면서도 웃고 있었다. 이제 프랑이 다시는 못 나오리라 생각하는 것 같았다.

스카프로 봉봉의 입을 막았다. 있는 힘껏 조여서 묶었다. 봉봉의 입가가 마른 대추처럼 붉어지며 움푹 들어갔다. 휠체어에 봉봉을 싣고 양호실로 갔다. 양호 선생님이 뒤통수 얼굴 프랑의 눈코입을 막은 무수한 실을 하나하나 잘라 주었다. 그리고 찬찬히 소독을 했다.

— 앗, 따가. 눈에는 알코올 넣으시면 안 돼요, 선생님.

프랑의 목소리가 돌아왔다. 바라보던 아이들이 환성을 질렀다. 예지가 프랑을 끌어안았다. 다른 아이들도 엉겨 붙어서 포옹의 원이 점점 커졌다.

— 봉봉이 나랑 싸우고 싶은가 봐.

검은 실에 눈코입이 꿰매져 있던 탓일까. 프랑의 눈동자가 붉었다. 프랑 얼굴에 분노가 드러난 걸 처음 보았다.

— 봉봉이 나한테 선전포고를 한 거야. 그럼 나도 진심으로 받아주겠어. 얘들아, 니들은 누구 편이야? 봉봉 편? 내 편?

이구동성 프랑 편.

— 케이는? 케이도 내 편 들어줄 거지?

프랑이 나를 보며 말했다.

"……."

"케이도 당연히 프랑 편이지. 물어보나마나야."

내가 곤란해 하는 걸 알고, 반장이 대신 대답해 주었다.

— 미안해. 착한 케이한테 내가 짓궂은 걸 물어봤다.

프랑이 살짝 웃음을 지어 주었다. 웃은 게 아니라, 그저 나를 위해 웃음을 지어 준 것이었다. 내가 부담스럽지 않도록, 내가 그저 내 마음 가는 대로 할 수 있도록.

난 프랑이 지어 준 그 웃음에 힘을 얻어서 지금 이렇게 경찰차를 타고 봉봉을, 프랑을, 그리고 아이들을 향해 가고 있다.

읍내를 가로질렀다. 롯데리아, 별로 크지 않은 쇼핑센터, 짧은 음식점 거리를 지났다. 네온과 간판이 사라지고 다시 가로등 불빛만 드문드문 남았다. 좁다란 언덕길을 따라 학교에 도착했다.

운동장을 가로질러 체육관으로 뛰어갔다. 경찰들도 뒤에서 나를 따라왔다. 아이구 천천히 좀 가, 하는 소리가 들렸지만 발을 멈추지 않았다.

체육관이 가까워질수록 혼란스러워졌다. 체육관에 불이 켜 있지 않았다. 불 꺼진 체육관에서 아이들이 공을 튀기며 놀았을 리 없다. 담력시험이 아니라면 여자 고등학생이 밤에 불 꺼진 학교 건물에 있을 리 없다.

체육관 문을 열었다. 깜깜해서 아무것도 보이지 않았다. 벽의 콩알만 한 붉은 점이 조명 스위치의 위치를 알렸다. 스위치를 연달아 켰다.

"……아무도 없어."

텅 비었다. 어둠에 고여 있던 찬 공기가 밀려나왔다.

"괴롭힘 당하는 아이가 어디 있다는 거야?"

경찰이 체육관 안으로 걸음을 옮기면서 물었다.

체육준비실로 달려가 안을 들여다보았다. 역시 아무도 없었다.

"학생, 확실히 알아보고 말을 해야지. 우리도 할 일 있는 사람들인데 시간만 낭비하고 이게 뭐야."

질책을 들었다. 죄송하다고 사과했다.

"괴롭힘 당하는 애가 진짜 있으면, 피해자가 경찰서에 직접 와서 정식으로 신고하라 그래."

"……알겠습니다."

"집까지 태워다 줘? 우리 갈 건데."

"……아니요."

경찰이 체육관을 나갔다. 텅 빈 체육관의 적막함만 남았다. 그냥 나가려다가, 체육관 구석에 쌓아놓은 농구공을 하나 집어 들었다. 농구골대를 향해 공을 날렸지만 당연한 듯이 빗나갔다. 공 튀기는 소리가 무섭게 크게 울렸다. 두 번, 세 번. 골대에는 들어가지 않고 마음만 무거워졌다. 내가 할 수 있는 일은 아무것도 없었다.

"케이야, 뭐해? 공놀이 해?"

체육관 문을 열고 들어오는 예지가 말했다.

"공 줘 봐. 슛 어떻게 하는지 보여 줄게."

예지가 공을 받아들었다. 가볍게 점프하면서 슛. 백보드에 맞고 들어갈듯 말듯 링 가장자리를 맴돌다가…… 골인.

"멋지게는 안 되네."

예지가 말했다.

"그래도 한 번에 들어갔잖아. 대단해."

아기 물개처럼 손가락 끝만 마주쳐 박수를 쳤다. 그저 체육관에 놀러 온 기분이 들었다.

"체육관인 줄 알았어?"

"응?"

"체육관인 줄 알았어?"

"응."

"이그. 여기 아냐. 장소 옮겼어."

그러면서 예지가 어깨를 툭 부딪쳤다. 무척 정감 있는

몸짓이여서 기분이 좋았다. 나 어떻게 된 걸까. 정상적인 정신상태가 아닌 것 같았다. 이 마을, 이 학교에 온 후로 어쩐지 꿈속에 있는 기분이었다. 그 꿈이 악몽인지 행복한 꿈인지 구별을 할 수가 없었다.

"예지야. 너 신발 왼쪽 오른쪽 반대로 신었다."

"……난 이렇게 신는 게 편해."

"어쩐지 웃겨."

예지의, 좌우가 바뀐 민트색 컨버스 신발을 내려다보며 웃었다.

체육관을 나가 어두운 길을 걸었다. 읍내 변두리는 가로등이 드문드문해서 별이 잘 보였다. 차가운 밤바람이 상쾌했다.

"근데 내가 봉봉 찾아서 올 거라는 거 어떻게 알았어?"

"원래 여기 모였었어. 방금까지 프랑도 여기 있었고. 아까 너랑 통화할 때 애들이 옆에서 농구놀이 하고 있었거든. 내가 의도한 건 아닌데, 그 소리를 전화기 너머 케이도 들었을 거라고 생각했어. 그러니까 체육관으로 올 거라고. 아 실수했다, 귀찮지만 딴 데로 옮기자, 하고 생각했지. 역시나 케이는 곧장 달려와 줬어. 누군가 데리고 올지 모른다고 생각했지만 경찰을 데리고 올 줄은 몰랐어."

"……."

"봉봉이 너한테 '살려줘'라고 문자 보냈다며?"

"……봉봉이 말했어?"

"프랑이 말해 줬어. 봉봉은 역시 바보지? 몰래 문자 보낸다고 보냈나 본데, 뇌를 공유하니까 봉봉이 하는 행동이나 기억은 결국 프랑도 다 아는 게 당연하잖아. 애초에 몰래고 뭐고 없어."

길가에서 벗어나 샛길로 올라갔다. 가로등에서 멀어졌다.

"근데 나한테 왜 이렇게 잘해 줘? 반장도 그렇고, 예지너도 그렇고 다 친절하고 상냥하잖아. 프랑까지도."

"진짜? 진짜 나 친절하고 상냥해? 미인이라고도 해 줘."

"미인이야. 너도 프랑도 반장도."

어둑어둑한 달빛 아래서 잠시 마주보고 웃었다.

"난 오늘 경찰 불러와서 니들 막으려고 했고, 니들이 봉봉 괴롭히는 것도 못마땅하게 생각하잖아. 그런데도 니들은 나를 전혀 미워하는 것 같지 않아. 그게 이상해."

"나도 우리가 이상한 거 알아. 케이 너를 미워하지 않는 게 이상하다는 게 아냐. 우리 반 애들 모두가 봉봉을 그렇게 증오하고 괴롭히는 게 이상하다는 거야. 반 애들 모두 이렇게 생각할 거야. '난 왜 봉봉을 미워하는 걸까. 난 왜 봉봉을 괴롭히고 싶어 하는 거지?' 하고 말이야. 근데 별다른 이유 없어. 그저 미우니까 미워하는 거고, 프랑을 좋아하니까 프랑과 양립할 수 없는 봉봉을 더 싫어하는 거야."

"……."

"하지만 그게 잘못된 행동이라는 걸 은연중 알고 있으니까, 그게 잘못되었다고 말하는 케이 너를 미워하지 않아. 우리도 알고 있으니까. 어쩌면 우리를 대신해서 케이 네가 봉봉 편에 서는 것 같은 느낌까지 드니까. 게다가 프랑도 너를 좋아하잖아. 프랑은 정말 순수하고 착한 애라서, 봉봉 말고는 아무도 싫어하지 않아. 당사자 중 하나인 프랑이 케이 널 좋아하는데 우리가 케이를 싫어할 리 없잖아."

"……나도 딱히 봉봉 편을 드는 건 아냐."

나도 프랑이 좋으니까. 봉봉보다 몇 배, 몇 십 배는 더.

예전에 왕따를 당한 적 있었다. 초등학교 때도 몸이 약해서 자주 학교를 빠지곤 했는데, 그래서 놀림을 당했다. 한두 명씩 클래스메이트들과 친해지고, 몸 약하다고 놀리는 게 부끄러운 짓이란 걸 아이들이 알게 되면서 자연스럽게 괴롭힘은 사라졌다. 하지만 그때 당한 괴로움을 머리와 몸이 기억한다. 누구라도 도와줬으면 하는데, 아무도 도와주지 않는다. 괴롭히는 가해자보다 멍하니 바라보는 방관자들이 더 끔찍했다. 난 결코 그런 사람이 되지 않겠다고 맹세했다.

"근데 프랑은, 왜 이름이 프랑이야?"

"오오, 당신은 왜 로미오인가요오 하고 비슷한 질문이네?"

"애들이 그애를 프랑이라고 부르잖아. 애초에 프랑이라는 이름은 어디서 생겼을까 궁금했어."

"자기 입으로 자기가 '프랑'이라고 했어."

외따로 떨어진 낡은 목조주택이 나타났다. 불이 켜져 있지 않아서 온통 새까맸다. 덧문이며 유리창이 죄다 떨어져 있었다. 신발을 신고 그냥 들어간다. 버려진 지 한참 된 폐가였다. 저택이라고 불러도 손색없을 만큼 커다란 폐가.

"어둡지? 전기 끊겨서 불 안 들어와. 아, 넘어지지 않게 조심해. 이것저것 마구 버리고 그냥 갔는지 바닥에 물건들 많아."

"진작 말해 주지. 벌써 넘어졌어."

"미안. 어두워서 너 넘어진 것도 못 봤다."

예지가 내민 손을 더듬더듬 잡고 일어섰다. 삐걱대는 나무계단을 한 칸 한 칸 조심조심 올랐다.

으윽…… 으으으윽!

어둠속에서 억눌린 비명이 들렸다. 봉봉의 비명이었다. 계단을 마저 올라 좁다란 2층 복도를 지나니 다시 넓은 거실이 나타났다. 봉봉의 비명이 끊임없이 이어졌다.

애들 몇 명이 모여 있었다. 거실 구석의 나무 기둥에 프랑이 묶여 있다. 프랑이 묶여 있다는 건 봉봉이 묶여 있다는 것과 같은 의미였다. 프랑의 얼굴이 이쪽을 향해 있었다. 그 주위를 불을 켠 촛대들이 늘어섰다. 전기가 안 들어오니 양초로 거실을 밝히고 있었다.

"아악! 아아악!"

듣고 있기 괴로운 비명소리에 귀를 막아 버렸다.

— 흐극, 흐그그극…….

프랑도 어금니를 깨물고 있다. 고통에 몸부림치는 것 같았다. 기둥에 묶인 한 몸 두 얼굴이 동시에 비명과 신음을 내지르고 있었다.

"어, 어떻게 된 거야? 프랑은 왜 저래?"

곁에 다가온 반장이 말했다.

"옮기는 중이래. 몸 내부 장기랑 뼈랑 근육을……옮기는 중이래."

"아악! 아…… 흑흑흑."

봉봉의 비명 사이사이에 울음이 섞여 있었다. 얇은 티셔츠 속으로 몸의 윤곽이 드러나 보였다. 부드러운 곡선을 그리는 등이 휘어지면서 잘게 끊어지는 소리가 났다. 뜨드득. 뜨득. 척추가 지나고 있어야 할 등 중앙의 골짜기가 몸 안쪽으로 꺼져드는 것처럼 보였다. 등과 옆구리 이곳저곳이 커다란 벌레라도 든 듯 울룩불룩 움직였다.

"사, 사려…… 줘."

그렇게 말하며 봉봉이 와락 토했다. 피와 토사물. 골반이 이상한 각도로 뒤틀리기 시작했다. 뿌드드득. 우직 우직.

— 아아아.

"으헉으헉으헉."

봉봉의 눈동자가 위로 밀려올라갔다. 〈자를 그리던 경

추와 그 아랫부분이 뚜둑 소리를 내며 기괴하게 뒤틀렸다. 봉봉의 비명소리가 더 커졌다. 고통이 극에 다다랐다. 몸을 부들부들 떨었다. 피부 색깔이 벌겋게 변해 있었다.

— 늑골…… 돌리고 있…….

말을 마치지 못하고 목이 뒤로 젖혀졌다. 프랑이 고통을 못 이겨 기절을 한 것 같았다. 얼른 한 아이가 다가가 프랑의 뺨을 톡톡 때렸다. 깨지 않자 그 아이는 입술을 깨물며 프랑의 뺨을 힘껏 쳤다. 프랑이 눈을 떴다.

"장기 돌리다가 멈추면 위험하다고, 프랑이 자기 기절하면 깨워 달라고 했어."

예지가 변명하듯 말했다.

어떻게 해야 할까. 난 어떻게 해야 할까.

— ……칼 ……칼 줘.

프랑이 말했다. 누군가 칼을 건네주었다. 전체가 금속으로 된 수술용 메스였다. 병원드라마에서 본 적 있다. 칼을 받아든 프랑의 얼굴이 새파랬다. 바람이 새어들어 촛불이 일렁였다. 프랑의 이목구비에 생긴 진한 어둠이 그 애를 귀신처럼 기괴하게 만들고 있었다.

프랑이 오른손에 든 칼을 천천히 들어올렸다.

"뭐, 뭐하려는 거야, 프랑?"

나도 모르게 묻고 말았다.

— 귀는…… 돌리기 힘들어. 잘라 버리고 새로 만드는

게 빠를 것 같아…….

"아아아아!!!!!! 하지 마, 하지 마. 하지 마!!"

봉봉의 입을 묶었던 재갈이 풀렸다. 봉봉이 광기어린 비명을 질렀다. 프랑의 팔 움직임이 부자연스러워졌다. 봉봉도 팔에 힘을 주고 있는 것이리라.

하지만 몸의 우위는 이미 봉봉이 아니었다. 프랑이 왼쪽 귀에 메스를 댔다. 단번에 잘라 버렸다. 픽. 피가 뿜어져 나왔다. 옆얼굴을 타고 피가 흘렀다. 까만 피였다.

지옥 같은 비명이 이어졌다.

"프랑, 그만 해, 이제!"

도저히 견딜 수 없었다. 예지가 그런 나를 뒤에서 끌어안았다.

"지금 말리면 안 돼. 말했잖아. 장기 돌리다가 멈추면 위험하다고 프랑이 그랬다고. 지금 손대면 프랑도 봉봉도 둘 다 잘못될 수 있는데, 케이는 그래도 괜찮아?"

내 눈에도 눈물이 흘렀다. 어찌해야 좋을지 몰랐다. 흐른 눈물이 날 끌어안은 예지의 손에 떨어졌다. 무심코 그 손을 보았다. 또다시 예전에 옥상에서 느꼈던 위화감이 들었다. 하지만 이번에도 깨닫지 못했다. 예지의 손을 보고도 알아채지 못했다.

눈도 돌리지 못하고 지옥도를 바라본다. 산고의 고통. 프랑도 봉봉도 지금 산고에 버금가는 고통을 느끼고 있으리

라. 그렇게 시간이 흘렀다. 양초가 다 타서 반장이 다른 초로 바꾸었다.

— 거의 다 끝났어. 매직, 부탁해.

'매직(magic)'은 발명대회 아이의 애칭이다. 그 아이가 손에 무언가를 들고 프랑에게 다가갔다. 검은 털 같은 게 잔뜩 달린…… 머리껍질? 아니, 머리껍질이라기엔 안쪽이 울룩불룩하고 너무 두껍다.

'……저거 뭐야?'

프랑이 고개를 숙였다. 이제 누가 뒤통수 얼굴인지 모르게 되었다. 프랑이 뒤통수 얼굴일까, 아니면 봉봉일까.

프랑이 고개를 숙이면 봉봉은 고개를 든 것이다. 아이들 몇 명이 다가가 봉봉의 머리를 단단히 붙잡았다.

"……."

무엇인지 알 것 같았다. 얼마 전, 내가 몸이 좋지 않아 며칠 결석한 후 다시 등교한 날, 교실에서 봉봉의 얼굴에 박스 같은 것을 덮어씌우는 걸 보았다. 생일케이크일까 생각했던 것. 그건 덮은 게 아니었다. 봉봉 얼굴의 본을 뜬 것이었다.

"실리콘이야. 매직 손재주 꽤 좋거든. 뒤통수만 덮는 실리콘 가발을 만들었어. 덮으면 가발이라는 걸 아무도 모를 거야."

예지가 말했다.

봉봉의 입장에서는 가발이 아니다. 가면이다. 자기 얼굴을 완전히 덮어 버려 눈도 코도 모조리 빼앗아갈 것이다. 말도 못하게 되겠지.

봉봉 얼굴의 윤곽에 딱 맞게 만들어진 실리콘 가면. 덮이면 봉봉은 그야말로 어둠에 빠져들게 되리라.

아아악! 아아아악! 아아…….

비명소리가 사그라졌다. 실리콘 덮개가 봉봉의 얼굴을 완전히 덮었다.

"그만해!"

더 이상 망설이면 봉봉을 도울 기회는 영영 없다. 예지의 손을 뿌리치고 아이들에게로 달려갔다. 날 붙잡으려는 아이들을 어깨로 힘껏 받아 버렸다. 한 아이가 벌렁 넘어졌다.

"케이야, 이러지 마!"

앞을 막아선 애의 목을 양 손으로 잡고 밀쳤다. 곧바로 몸을 돌려 등 뒤로 다가온 애의 얼굴을 팔꿈치로 찍었다. 으겍. 그 애가 이상한 소리를 내면서 쓰러졌다.

"케이 좀 잡아."

"케이야, 진정해!"

몸이 약할 뿐, 운동신경까지 둔하지는 않다. 숨이 차면 곧 쓰러지지만, 숨이 차기 전에는 누구에게도 지지 않는다. 나를 막으려는 아이들이 초등학교 때 나를 괴롭히던 애들과 겹쳐졌다. 봉봉이 무슨 잘못을 했기에 이렇게 괴롭히는 거야? 얼굴을 덮어 버려 이제 모습조차 지워 버리는 거야? 차라리 죽으라고 그래.

화가 났다. 누군가 앉아 있던 빈 의자를 들어, 다가오는 아이들을 향해 휘둘렀다. 문득 프랑의 얼굴이 눈에 들어왔다. 나를 바라보고 있었다.

— 케이는 결국 내 편이 아닌 거야? 친구가 아닌 거야?

실제로 목소리를 내어 한 말이 아니다. 머릿속에서 들려온 말이다.

"난 전학 온 지 열흘밖에 안 됐어. 그런데 친구는 무슨 친구!"

소리치면서도 마음이 아팠다. 반장이 다가왔다. 발이 눈에 들어왔다. 왜 이 애도 신발을 왼발 오른발 거꾸로 신고 있지? 너도 예지와 마찬가지로 그게 편하니?

"케이야, 우리는 너도 이해할 거라고 생각해서 여기 데려온 거야. 프랑이 완전한 사람이 되는 의미 있는 순간이니까, 케이 너도 함께하자고 생각해서……."

"필요 없어! 프랑은 괴물이야! 니들 모두 미쳤어. 저런 괴물이 친구라니. 같은 마을에서 함께 지내온 건 프랑이 아니라 봉봉 아니야?"

낡은 거실을 밝힌 양초의 불빛이 흔들렸다.

반장이 조금 화난 듯한 표정으로 나에게 달려들었다. 억지로라도 막겠다는 생각일 테지. 반장은 자주색 원피스 차림이었다. 흰 민들레가 수놓인 원피스는 귀엽고 예뻤다. 들고 있던 의자를 반장에게 던져 버렸다.

반장이 쓰러졌다. 반장의 몸을 맞고 떨어진 의자가 바닥에 내동댕이쳐졌다. 튀어서 한 바퀴 뒤집어졌다. 그 바람에 촛대가 넘어졌다.

그 다음부터는 잘 기억이 나지 않는다. 바람이 불었고, 종이에 불이 붙은 것 같다. 불은 순식간에 거실 커튼으로 옮겨 붙었다.

"불 꺼야 해."

"아니야, 못 꺼. 프랑 데리고 빨리 여기서 나가야 해!"

그런 소리를 들은 것 같다. 프랑이 묶인 기둥으로 애들이 몰려갔다. 오래된 목조주택이라 불은 순식간이었다. 얼굴에 열기가 훅 끼쳤다.

무언가 무너지는 소리가 났다. 프랑을 부축해서 아이들이 거실을 나가는 게 보였다. 나도 서둘러 거실 밖으로 나갔다. 하지만 이곳은 넓기만 한 폐가였다. 전등도 없다. 모두 우왕좌왕했다.

"저쪽으로 나가야지."

"거기 막혔어."

"어두워서 안 보여. 콜록 콜록."

연기가 복도로 흘러나왔다. 가뜩이나 어두운데 연기까

지 들이차니 길이고 뭐고 찾을 수 없었다. 애들이 흩어지기 시작한 것 같다.

'계단, 계단을 찾아야…….'

계단이라고 생각되는 쪽으로 비틀비틀 걸어갔다. 정신을 차릴 수 없을 만큼 기침이 나왔다. 몇 번이나 말했던 대로, 나는 폐가 좋지 않다. 고질병. 아마도 살아가는 내내 이 몸 때문에 고통 받게 되겠지.

"도와줘…… 누가 제발……."

바닥으로 몸이 무너졌다. 닫아놓은 거실 문이 퍽 소리가 나면서 갈라지더니, 불길이 혓바닥처럼 넘실대며 복도로 밀려들었다.

'……미안해요, 엄마.'

나, 왜 살아왔던 걸까. 이렇게 죽을 거면 나는 왜 혼자된 엄마 고생시키면서 17년이나 살아왔던 걸까.

눈물콧물 범벅이 된 얼굴로 마지막 비명을 지른 것 같다. 그리고 정신을 잃었다.

7.

일주일 동안 입원해야 했다.

그날 밤 화재는 별다른 피해를 남기지 않았다. 언덕 위

폐가라서 불은 금방 눈에 띄었다. 소방서도 가까이 있었고 시골이니 길도 막히지 않는다. 재빨리 진화가 되었지만 집은 전소되었다. 아이들은 모두 무사히 탈출했다고 한다. 한 명이 가벼운 화상을 입은 정도였다.

나를 구한 건 예지였다. 집 밖으로 빠져나왔다가 내가 없는 걸 알고 다시 들어갔다고 한다. 나를 구하고 가벼운 화상을 입었다.

팔에 붕대를 두른 예지가 내 문병을 왔을 때 엄마는 그 애를 끌어안고 우셨다. 몇 번이고 몇 번이고 고맙다며, 딸의 친구에게 머리를 조아렸다.

* * *

다시 학교에 가는 날 아침.

지난 며칠간 비가 내렸다. 입원한 병실에서 비 내리는 풍경만 계속 바라봤다. 오늘은 오랜만에 날씨가 맑게 개었다. 공기가 깨끗했다.

학교 언덕길에서 프랑을 만났다. 먼저 알아보고 내 쪽으로 달려오더니 이것저것 건강을 걱정해 주었다. 재잘대는 예쁜 새 같아서 웃음이 났다.

"문병 못 가서 미안. 나도 여러 가지 바쁜 일이 있었어. 가고 싶었는데."

그 애가 두 손을 모으면서 말했다. 프랑은 직접 문병은 못 왔지만 제과점 세트를 예지와 반장 손에 들려 보냈다. 병실에서 냠냠 맛있게 나눠먹었다.

"몸 움직이는 거 이제 완전히 자연스럽네."

"응? 무슨 소리야?"

"한번 돌아 봐."

프랑이 영문 모르겠다는 얼굴로 제자리에서 빙글 돌았다. 남들과 다를 바 없는, 다른 점이라고는 무척 예쁘다는 점밖에 없는 여자아이다. 자연스럽고, 아무런 위화감이 없었다.

매직이 붙인 실리콘 가발(봉봉에게는 머리카락 달린 가면일 테지만)도 전혀 표시가 나지 않았다.

'하지만 저 머리카락 속에 봉봉이 묻혀 있겠지. 실리콘으로 완전히 막아 버려 말도 할 수 없고, 볼 수도, 숨을 쉴 수도 없는 봉봉의 얼굴이.'

"예쁘다."

"새삼스럽게 무슨 소리야."

쑥스럽다는 듯 그 애가 웃었다.

아무 말 없이 등굣길을 걸었다.

"젤리빈 먹을래?"

그 애가 주머니에서 작은 봉지를 꺼낸다. 젤리빈 몇 개를 손바닥에 담아 나한테 내밀었다. 파란색, 노란색, 빨간색.

색색의 예쁜 젤리빈을 받아들었다. 그러다가 보고 말았다.

"프랑, 너 손……."

손바닥의 방향이 반대 같았다. 아니, 손바닥은 손목을 돌리면 되니까 반대라고 할 건 없을지 모른다. 하지만 그러면 엄지손가락 방향이 반대가 된다.

언젠가 옥상에서 보았던 위화감, 그리고 화재가 난 밤에 날 끌어안은 예지의 손에서 느낀 위화감……. 그 정체를 깨닫고 충격을 받았다. 손의 방향이 다른 사람과 미묘하게 다르다.

프랑의 발을 내려다봤다.

로퍼를 왼쪽 오른쪽 거꾸로 신고 있었다.

'예지랑 반장도 이렇게 신고 있었어.'

프랑은 봉봉의 원래 몸에서 고관절을 뒤로 돌렸다. 왼쪽 다리가 돌아가고 오른쪽 다리가 돌아갔다. 그렇게 되면 엄지발가락과 새끼발가락 방향이 반대가 된다. 엄지발가락이 몸의 안쪽이 아니라 바깥쪽에 위치하게 된다.

어지러움을 느껴 비틀거렸다. 반장도, 예지도…… 사실은 뒤통수 얼굴이었던 것이다.

프랑이 내 몸을 잡아 주었다. 괜찮냐고 물어 주었다. 그저 고개를 끄덕였다.

"케이야, 방금 날 '프랑'이라고 부르지 않았어? 그게 누구야?"

프랑이 내 얼굴을 바라보며 물었다.

"누, 누구냐니. 프랑은 너……."

"난 봉봉이잖아."

이상하다는 얼굴로 프랑이 대답했다. 우리학교 교복을 입고 자전거를 탄 애가 우리 옆을 스쳐가면서 프랑에게 인사를 했다. 안녕, 봉봉!

"프랑……, 봉봉은 어떻게 됐어?"

"그러니까 프랑이 누군데? 이상한 꿈이라도 꾼 거야?"

비명을 지르고 싶었다. 프랑은 자기가 봉봉이 아니라 프랑이라는 사실을 잊어버린 걸까. 반장도, 예지도 자기가 원래는 뒤통수 얼굴이었다는 걸 잊어버린 걸까.

'집단 최면에라도 걸린 것 같아.'

학생들이 점점 늘어났다. 교복을 입고 가방을 메고 학교 정문을 향해 언덕길을 오르는 그 애들을 공포에 질린 얼굴로 바라보았다. 저 애들의 뒤통수에는 얼마나 많은 다른 아이들이 잠들어 있을까. 얼마나 많은 아이들이 어둠에 감싸인 채 뒤통수에 묻혀 있을까.

"케이야, 먹을 거 만들어서 주말에 다 같이 놀러 갈까? 반장이랑 예지도 부르고."

"……어디로?"

"운석 공원."

"그게 뭐야?"

“아직 모르는구나. 몇 년 전에 마을 뒤쪽 공터에 운석이 떨어졌어. 나랑 케이랑 양쪽에서 손을 마주잡으면 겨우 감싸 안을 수 있을까 말까 한 크기인데…… 무척 예뻐.”

“그렇게 큰 운석이 떨어졌어?”

“응. 원래 그만한 게 떨어지면 이 근방 다 날아가야 정상이래. 근데 신기하게 크리에이터? 크레이프?”

“크레이터?”

“맞다, 크레이터. 크레이터도 깊지 않고 피해도 별로 없었어. 그저 살포시 내려앉은 것 같대. 그 사탕이.”

“사탕? 운석을 사탕이라고 불러?”

“케이도 보면 알거야. 여러 가지 색을 섞어서 스푼으로 살짝 휘저은 것 같은 무늬인데 무척 예뻐. 투명하고 아주 동그래. 진짜 하늘에서 떨어진 사탕 같아.”

운석 주변을 공원으로 만들었다고 한다. 운석을 보러 찾아오는 연구자와 관광객도 많다고 했다. 전혀 몰랐다.

떨어진 지 몇 년이 지났지만 아직도 그 운석에서 정체불명의 전파가 흘러나오고 있다고 한다. 연구를 위해 서울로 옮겨갈 거라는 이야기를 들었다고 했다.

“옮겨가기 전에 마지막으로 한 번 더 보고 싶어. 우리 마을에 떨어진 신의 사탕이니까.”

“신의 사탕?”

“이 동네에서는 그 운석을 그렇게 불러. 신이 먹다가 흘린, 신의 사탕이라고. 케이도 직접 보면 분명 고개를 끄덕거릴걸? 진짜 사탕처럼 생겼거든."

학교 예비종이 울렸다.

"빨리 가자, 케이. 가방 들어줄게."

프랑인지 봉봉인지 모를 그 애가 내 가방을 받아들었다. 아마도 내 몸을 생각해 준 거겠지.

신의 사탕이란 말이 머리에서 떠나지 않았다.

* * *

월화수목금. 아무 일 없이 흘러갔다. 하루하루가 일상이 되었다.

봉봉의 모습은 그 후 한 번도 보지 못했고, 자기가 봉봉이라고 말하는 프랑이 새로운 봉봉이 되었다. 나도 이제 프랑을 그저 봉봉이라 부른다. 진짜 봉봉은…… 세상에서 영원히 사라져 버린 건지도 모른다.

내일이 약속한 소풍날이었다. 어떤 도시락을 싸 갈까 하고 요리책을 뒤적이고 있다.

'참치 캘리포니아롤은 이름이 너무 화려해. 만들기도 어려울 것 같아. 크림치즈 김밥 맛있을 것 같은데. 애들도 좋아할까. 아 근데 집에 재료 있나?'

엄마는 주말인 내일도 일찍 일을 나가신다. 부담을 드릴 수 없으니 내가 알아서 도시락을 만들어야 한다. 하지만 대충 만들기는 싫었다.

'봉봉이랑 예지, 반장 모두 엄청 예쁘게 만들어 올 텐데.'

그런 생각을 하면서 요리책을 팔랑팔랑 넘긴다.

원래의 봉봉은 얼마 전부터 가정폭력에 시달렸다고 한다. 하지만 새 봉봉에게서는 그런 기색을 느낄 수 없었다. 아마도 뒤통수에 달려 있던 시절의 프랑이 뭔가 최면을 건지도 모른다.

매일 밤 잠들기 전에, 이 마을에서 일어났던 일을 생각한다. 몇 가지 깨달은 사실이 있었다.

주위 사람들이 봉봉을 미워함으로써 프랑은 자신을 지킬 수 있었다. 사람들이 봉봉을 좋아했다면 봉봉 뒤통수에 생긴 기생수 같은 프랑의 편을 들어주지 않았을 것이다. 봉봉을 미워하는 만큼 반대급부로 프랑을 좋아해 준다. 그리고 지켜준다. 그걸 노리고 프랑은 몸의 원래 주인인 봉봉을 사람들이 미워하게 만들었다. 없어져도 아무도 아쉬워하지 않고, 차라리 없어지길 바라게 만들었다.

'프랑 나름대로 일종의 자기방어 아니었을까.'

프랑은 천사 같은 노랫소리를 가졌고, 모든 사람들에게 인기가 있다. 봉봉과 180도 반대였다. 봉봉이 처음 왕따를 당한 계기는 합창대회에서 노래를 너무 못 불러 열외가 되었기 때문이다. 게다가 존재감이 없어서 무시와 소외를 당했다.

'봉봉은 인기 있고 노래도 잘 부르는 자신을 원한 거야.'

그런 생각이 들었다.

정예지는 초등학교와 중학교 때 봉봉과 서로 유일한 친구였다고 한다. "예지는 그때만 해도 존재감이 전혀 없는 아이였으니까……." 옥상에서 프랑이 한 말을 기억한다. 지금은 우리 반의 리더격 존재가 되었다.

모의고사 전국 10등이라는 반장도 중학교 때 나머지공부 하던 아이였다는 말은, 옥상에서 처음 함께 밥을 먹은 날 예지에게 들었다. 반장은 똑똑해지길 바랐을 것이다.

자기애. 열등감. 그것이 뒤통수에 얼굴이 되어 나타났다.

콜록 콜록.

찌르레기처럼 기침을 한다. 일어서서 창문을 닫았다. 밤이 되면 아직 날이 추웠다. 폐렴이라도 재발할 것 같아 카디건을 어깨에 걸쳤다.

요리책을 한 장 한 장 넘기면서 라디오를 들었다.

"낡은 역 벤치 손에 꼭 쥐고 들여다보던 전철표."

아는 노래가 나오기에 따라 불렀다.

"몇 시간이고 망설이다가 그대로 돌아왔어."

고음은 잘 올라가지 않는다.

맘에 드는 요리를 발견하고 흥얼거림을 멈췄다. 새콤달콤 샐러드 초밥 도시락 맛있겠다.

— 날 보고 웃으며 V하는 널 떠날 용기는 없었어.

노랫소리가 멈추지 않았다. 반사적으로 거울을 들어 얼굴을 보았다. 내 입술은 굳게 닫혀 있었다.

— 돌아온 네 방에는 평상복 한 벌만 남아 있었어 너 대신 남겨진 날 기다리는 평상복 한 벌.

아무도 없는 방 안에서 흥얼거림이 멈추지 않는다. 내가 부르는 노래는 아니다.

* * *

안녕, 케이.

마음속으로 인사했다.

새로운 케이는, 나와는 달리 몸이 건강한 아이일까. 그래서 엄마 속을 덜 썩이는 아이일까.

* * *

케이는 조용히 눈을 감았다.

고딩 연애 수사 전선

"권민아한테 썸 타는 남자 있다며?"

설민아의 눈이 이번에는 즉답없이 나를 노려보았다.

"그런 소문이 돌더라?"

"걔가 누구랑 썸을 타든 너랑 뭔 상관인데?"

숨을 크게 들이쉬었다. 회색 뇌세포 에르퀼 푸아로는 자신을 명탐정으로 만든 건 한순간의 '반짝 떠오르는 생각'이라고 했지. 이제 그 반짝하는 생각으로 첫 수를 놓는다.

"민아 썸남이랑 내 썸남이 겹치는 것 같아서."

설민주가 눈을 크게 떴다. 조재석의 입도 벌어졌다. 그래, 뭐. 전혀 보탬이 안 되는 제스처다만 예상했다. '반짝 떠오른' 아이디어라 미처 설명해 주질 못했다. 미안하다.

"너한테 물어봐도 되지만 사람 뒤에서 그러는 건 좀 비열하지 않냐? 그래서 친해진 뒤에 본인한테 직접 물어보려고 그래."

"네 썸남이 누군데?"

그 질문 나올 줄 알았다. 내 시나리오 중 최상의 경우는 여기서 부당 거래가 성립하는 것이다.

"권민아 썸남은 누군데? 그거부터 말해야지. 같이 말하든가."

손장훈

서울 출생, B형에 양자리. 드라마, 소설, 영화, 예능, 웹툰을 너무 좋아하다가 창작까지 손을 뻗쳤다. 그러나 아직은 내가 쓴 것보다 남이 써 준 게 더 재밌다. 그래서 가장 기쁠 때는 재미있는 창작물을 발견했을 때이며 개봉일/출간일 발표 후 기다려야만 할 때 가장 우울하다. 좋아하는 장르는 액션·로맨스·호러·SF·추리·판타지이고 다큐멘터리 류가 조금 힘들다. 제2회 테이스티 문학 공모전에서 우수상을 탄 「군대 귀신과 라면 제삿밥」을 『7맛7작』에 수록했으며, 「슈퍼맨이 돌아왔다」로 제5회 ZA 문학 공모전에서 우수상을 수상했다.

오늘 남자사람친구에게 고백 받았다.

"나, 자살할지도 몰라."

화내지 않았으면 한다. 이것도 엄연한 고백 맞거든? 그것도 내용이 상당히 심각한.

"진정해. 기껏해야 모의고사라고. 본방인 수능에서 잘해야지."

"무슨 뜬금포야. 그깟 입시 가지고 죽고 싶겠냐. 하여간 쪼잔한 여자. 생각하는 거 하고는."

방금 이 녀석은 대한민국 청소년들의 인생을 부정했다. 그래도 난 당신이 화내지 않았으면 한다. 왜냐하면 내가 먼저 화를 내야 하니까!

"하지만 난 지금 네 도움이 필요해. 속 좁고 이것저것 따지는 것 많은 데다 그런 주제에 은근히 손은 많이 가고 더 심각하게 자기가 엄청 똑똑한 줄 아는 너지만, 그런 네가 없으면 난 미쳐 버리고 말 거야!"

그러나 그러지 못했다. 마주 보는 사이코패스의 눈에 눈물이 고이기 시작했기 때문이다.

"도와줘. 제발."

이 철면피가 운다면 그건 코 안으로 CS 가스탄이 들어갈 때 정도일 거라고, 그러니까 난 평생 이놈의 눈물을 볼 일 따위 없을 거라고 믿어 의심치 않고 있었다. 그래서 내 손을 꼭 잡고 어깨를 부들부들 떠는 내 전생의 업보가 도대체 뭔 사연을 안고 왔는지 일단 들어 보기로 했다.

"민아한테 좋아하는 남자가 있대."

혹시나 했는데 역시나인 이야기였다. 한동안 이 이야기로 학년 전체가 떠들썩했으니까 말이다. 학년 불문 성별 불문 전교생의 아이돌이자 여신 권민아.(그래도 소올직히 내가 더 예쁘다.) 그녀한테 썸을 타는 남학생이 있다는 소문이 들려온 건 개학하고 난 직후였다. 우리에게는 그야말로 대한민국 월드컵 우승이나 북한의 핵탄두만큼 충격적인 소식이라 학교가 온통 들썩거렸다. 이 소문의 여파가 가장 크게 미친 건 교사와 학부모들이었는데 자칭 타칭 면학 고교의 모의고사 성적이 아무 전조 없이 급락했기 때문이었다.

"누구인지는 모르겠어. 하지만 그게 내가 아니라면, 난 진짜 절망해서 무슨 짓을 벌일지 몰라."

"그래서, 나한테 이런 이야기를 하는 이유가 뭔데?"

"일생일대의 부탁 하나만 할게. 민아가 좋아하는 새ㄲ…… 아니 남자가 누군지 알아봐 줘!"

아, 그러니까 일면식도 없는 여자애가 누굴 좋아하는지 맞춰라. 대단하네. 수능 배점으로 치면 한 400점 정도 줘도 되는 문제야.

"직접 물어봐. 그게 제일 빠르지."

"이 바보야. 네가 걔라면 대답해 줄 것 같냐! 그리고 벌건 대낮에 얘들이 다 보고 있는 앞에서 그런 걸 어떻게 물어봐! 꼭 내가 걔 좋아하는 것처럼 보이잖아!"

"……."

"부탁이야. 그것만 알면 나, 진짜 열심히 살게. 민아가 좋아하는 게 누구인지만 알아내면 다른 데 관심 딱 끊고 공부만 죽어라 할게. 게임도 SNS도 수능 볼 때까지 안 할게. 내 불알에 걸고 맹세한다. 진짜!"

너 방금 전에 권민아가 너 말고 다른 애 좋아하면 자살한다 그러지 않았냐. 반사회성 인격장애자들의 대표적인 특징이 거짓말을 반복하는 것이었지. 한숨이 절로 나왔다. 유일한 남자사람친구 놈이 사이코 소시오패스여서가 아니라, 내가 이번에도 이 자식의 부탁을 들어줄 것임을 알기 때문이었다.

"고마워! 진짜 너 없으면 어떻게 사냐!"

"고맙긴, 뭘."

불알 떼어낼 준비나 하셔. 이렇게 '권민아의 썸남 수사'가 시작되었다. 수사본부는 우리 반의 볕이 잘 드는 창가 쪽 책상, 수사 총 책임자는 학년 1위의 수재 서지아(그러니까 나.), 현장 지휘관도 서지아, 사이버 수사 담당도 서지아, 여론 통제도 서지아, 프로파일러도 서지아, 서지아, 서지아, 나, 나, 나. 아. 시작도 안 했는데 벌써부터 피곤하다. 부모 자식형제가 부탁해도 꺼지라고 했을 일을 왜 덥석 받아들였는지 나 자신도 모르겠다. 그놈 자식한테 어렸을 때부터 오냐오냐 해 주다 보니 버릇이 됐나 보다. 그래도 일단 착수한 일이니 소홀하게 한다는 건 나 스스로가 용납 못한다. 일단 사이버 수사부터 시작해 보자.

이른바 사이버 수사라 하면 공돌이가 타다다닥 자판을 움직이면 엄청 똑똑해 보이는 컴퓨터가 지 혼자 움직이면서 띠로롱띠로롱 MATCH! 하면서 결과를 도출해내는 것일 터이다. 하지만 지금 나는 자기 컴퓨터 운영체제 버전이 뭔지도 모른 채 촌스런 분홍색 츄리닝을 입고 점안약을 옆에 둔 채 '썸남, 썸남, 썸남' 중얼거리며 핏발이 돋은 눈으로 페이스북을 살펴보고 있다. 시간은 어느새 새벽 2시. 이거 하고 오늘 치 모의고사 풀고 나면 잠자기는 글렀겠군요. 아아. 조재석. 님은 지금쯤 뭐하시고 계실까, 내 생각 하고 계실까. 개뿔. 오버워치나 하고 있겠지. 좋아한다는 여자애랑 페이스북 친구도 안 맺어 놓고.

나도 페이스북 친구라고는 겨우 4명(엄마, 아빠, 남동생, 조재석)뿐이다. 덕분에 조재석의 친구 찾기에서 친구를 찾아낸 다음 거기서 또 친구 찾기를 누르는 지난한 방식으로 겨우 권민아의 계정을 찾아낼 수 있었다. 그랬더니 거기서 또 친구가 아니라, (아우! 이놈의 친구!) 볼 수 있는 게시물이 한정되어 있었다. 나는 여자애들끼리 나누는 농밀한 댓글 같은 걸 기대했는데 화면을 차지하는 건 '수온 상승으로 죽어나가는 돌고래들. 환경을 지킵시다' 같은, 우리 오빠 표현대로라면 국방일보에나 실릴 법한 내용들이었다.

그런데 확실히 권민아가 셀러브리티이기는 한 건 그딴 내용, 심지어 '미세먼지 주의보'를 링크해 놓았을 뿐인데 댓글 수십 개에 '좋아요'는 그 배 가까이 달린다는 것이다. 멍청하게 그 댓글들을 하나하나 다 읽어 보았는데 당연히 건진 건 아무 것도 없었다. 이거 읽을 시간에 영어 단어장이라도 봤으면 100개 정도는 동의어랑 반의어까지 완벽하게 외웠을 텐데. 수사 결과 보고해 봐. 건진 게 아무 것도 없습니다. 반장님. 허허. 이럴 때 드라마에 나온 형사님들은 어떻게 하더라?

다음 날 아침, 통학 버스에서 간신히 기억이 났다. 그래. 드라마에서 보면 어떤 수사든 전과자 취조부터 시작했었다. 그러니 5반 양현석부터 시작하자. 이 자식에 대한 설명은 길거리 캐스팅 당한 적 있다, 이 한 마디로 가능하다. 연애 빙자 갈취, 어장 관리 등 불구속 전과 25범의 킹카로 교내에서 거물 중의 거물이지만 다행히 난 이 자식과 면식이 있다.

"이거 영광이네."

저 와이셔츠. 광이 번쩍번쩍 나는 걸 보아하니 교복처럼 보이지만 분명 교복이 아니다. 왜냐하면 소매 안쪽에 'LEE HYUN CHUL'이라는 정체를 알 수 없는 인물의 이니셜이 쓰여 있는 게 보이기 때문이다. 빌려 입고 온 걸까. 그것도 오더 메이드 양복을. 으와. 도대체 어떤 정신 나간 종자가 빌려 준 걸까.

"영어 단어장 대신에 너의 눈동자를 훔칠 수 있다니 말이야."

의미 없이 목 칼라를 쇄골까지 내려뜨려 호랑이 문신을 보여 준다. 저게 먹힌다니 신기하다. 나한테는 흉측하기 짝이 없는데. 거기다 교칙 위반이잖아. 저거.

"그래서, 무슨 일이야? 그렇게 너무 뜨겁게 쳐다보면 좀 곤란한데."

속에서 뭔가 올라오는 줄 알았다. 이쯤이면 충분히 짐작하겠지만 양현석 이 자식은 타고난 나르시시스트에 극장형 범죄자로, 여자들을 꼬시는 걸 자기 필모그래피로 여기는 놈이다.

"권민아는 어쩌고? 걔랑 최근에 썸 탄다는 게 너지?"

건들거리던 녀석의 몸이 순간 멎었다. 속눈썹이 가지런한 눈동자가 재빠르게 좌우로 움직인다.

"흐음. 글쎄 권민아 정도라면 뭐, 옆에 데리고 다닐 만은 하지."

심문이 제대로 풀리지 않으면 동원하는 수단은 하나다. 협박. 형사들 같은 경우 형량 거래나 뭐 그런 거겠지만 나 같은 경우는…….

"제대로 대답할 마음 없지? 알겠어. 이번 중간고사 혼자 잘해 보시든가."

돌아서려는데 녀석이 내 손목을 탁 잡았다. 역시나. 무너질 줄 알았다. 우리 학교 박보검하고 얼굴 트고 지내게 된 것도 과목 불문하고 중간고사 서술형 문제로 뭐가 나올지 내가 모조리 맞춰 버린 게 계기였다. 눈앞의 이 녀석 표현대로라면 성적이 10점 오르자 선생님이 비로소 이름을 불러 주었고 그제야 자신은 꽃이 될 수 있었다던가. 웃기는 녀석. 그런데 너 여자 손목을 너무 덥석덥석 잡는구나.

"나는 아니야."

"정말이야?"

"맹세해. 나는 아니야. 정말로."

전과자의 말을 믿는다는 건 정말 어리석은 짓이겠지. 하지만 눈이 제법 진지한 데다 플랜 B가 있으니 일단 넘어가기로 하자.

"솔직히 난 그런 타입은 별로야. 난 머리 좋은 여자 취향이라고."

네 취향은 별로 궁금하지 않은데.

"네가 별 마음 없다고 해도 권민아가 너를 좋아할 수는 있지."

"아니야. 아니야. 그 썸남 이야기가 나온 자리에 있었는데 걔 나 안 좋아해."

호오, 이거 생각지도 않았던 대형 정보다. 자세한 이야기를 재촉했다.

"얼마 전에 같이 방 탈출 게임하러 갔었거든?"

"너랑 권민아가?"

"아니, 나, 권택이, 지수, 설아, 민주, 권민아 이렇게 여섯 명이."

전부 다 교내에서 난다 긴다 하는 셀럽들이다. 양현석이 자기 폰을 꺼내 단체로 찍은 사진을 보여 주었다. 자기가 한 말이 사실이라고 나한테 증명하고 싶었던 건가. 귀여운 녀석.

"권민아랑 걔 베프 민주랑 뭔가 속닥거리더니 갑자기 민주가 이렇게 소리치는 거야. '야, 권민아 좋아하는 남자가 우리 학교에 있대.'"

나는 사진을 들여다보았다. 아니, 정확히 말하자면 양현석의 스마트폰을 들여다보았다. S 전자에서 나온 10년 전 기종이다. 신기해라. 새 폰을 장만하기에는 할부금이 부담스러운 모양이다. 하늘은 공평하시다고, 여자들이 자진해서 먹여 살려 줄 외모를 가진 녀석은 가난이라는 불행을 그 아름다운 몸에 지고 살아가야 한다.

"흐음."

"그리고 또 바로 그러더라고. '그런데 니들은 아니래!' 그러더니 깔깔거리더라."

"재수 없네. 그 민주라는 계집애."

"그렇지?"

반장님. 취조 결과를 보고합니다. 용의자를 압축했습니다. 현석, 권택, 지수 이 셋을 제외한 교내 남학생 전원입니다. 이크. 뭔가가 날아온다. 하지만 유력한 증인 하나가 급부상했습니다. 설민주. 권민아의 베스트 프렌드이자 현장에서 그녀에게 직접 뭔가를 들었던 설민주라면 결정적인 정보를 제공해 줄 가능성이 있습니다. 그런데 문제가 있습니다. 제가 그 민주란 애와 면식이 없습니다. 네. 제가 좀 은둔형 외톨이라서요, 데헷! ……진짜 수사반에서 이딴 말을 하면 바로 모가지겠지? 친구가 없는 걸 어떡하라고. 아니, 그런데 진짜로 친구나 지인 없는 형사님들은 수사를 어떻게들 하시나?

"그런데 한 가지 궁금하군. 권민아가 누구랑 썸을 타는지, 왜 캐내려는 거지?"

"부탁 받아서."

"누구한테?"

얼굴은 왜 들이대?

"대답해 주지…… 않겠어? 나의 눈동자를 보면서?"

미친놈이 내 턱에 자기 손을 얹으려고 하기에 정강이를 까주었다. 끝 모양새가 별로였지만 나름 수확이 있었던 취조였다.

"그래서? 그래서? 우리 민아가 좋아한다는 게 도대체 누구래?"

'우리 민아'라니. 권민아가 언제부터 공공재가 된 거냐. 수사 보고가 시작부터 확 깨네.

"바보야. 그렇게 쉽게 답이 나오겠냐."

재석이의 식판에서 간장 불고기를 듬뿍 집어갔다. 급식 중에서 내가 가장 좋아하는 메뉴다.

"뭐야. 다 알아낸 것처럼 말하더니. 고기 도로 내놔."

"싫어."

혹시나 도로 가져갈까 봐 왕창 입에 넣었는데 녀석은 젓가락조차 짚고 있지 않았다. 도로 내놓으라는 건 한번 해본 말인가.

"앞으로 수사, 아니 행동 방침은 단계별 진행이야. 최종 목표는 당연히 권민아 본인을 공략하는 것, 하지만 그 이전에 권민아 주변 사람부터 털어야겠지. 설민주가 베프라니까 거기서부터 시작해 보려고."

"둘 다 어떻게 하려고. 너 친구 없잖아."

재석이가 말하면서 입가를 톡톡 두들겼다. 저건 내 입가에 반찬 소스가 묻었다는 뜻이다.

"활발하게 좀 지내. 공부 좀 적당히 하고. 친구도 만들고. 설민주나 권민아도 그래. 너 정도 스펙이면 조금만 노력해도 걔네들이랑 충분히 어울릴 수 있을 텐데."

이놈의 소스는 어디에 묻어 있는 거야! 마침 재석이가 호주머니에서 꺼낸 냅킨으로 내 턱 바로 위쪽을 스윽 닦아 줬다. 오, 그게 거기에 묻어 있었군.

"그리고 설민주랑은 만나게 해 줄 수 있다."

"뭐? 네가 어떻게?"

"내가 말 안 했나? 걔랑 같이 수학 과외 받거든."

지능, 신중함 등을 지위로 치환해 보면 난 강력계 베테랑 형사 급이고 재석이는 막 배속된 초보 순경 급이다. 이 신출내기를 사건의 핵심부에 위치한 인물과 접촉시켜도 되는 걸까. 으음.

"어쩔 수 없네. 부탁 좀 하자. 그런데 권민아 썸남 어쩌고 하는 이야기는 절대로 꺼내지 마! 알았지!"

"어? 그럼 뭐라고 하면서 너랑 만나자고 해?"

이럴 때면 내가 이 자식 엄마라도 된 기분이다.

"그 과외 선생인가 뭔가 나도 소개받고 싶다고 해!"

유능한 수사원인 나 서지아의 수완으로 탐문 수사는 대단히 신속하게 이루어졌다. 권민아의 최측근, 권민아의 베스트 프렌드 설민주. 사건 해결에 직결되는 어마무지한 고급 정보를 가지고 있을지도 모르는 용의자라 신중히 다루어야 하는데, 그런데 조재석. 이 상황에서 왜 재가 아닌 내 옆에 앉는 거냐. 봐. 벌써 설민주가 노골적으로 경계하는 시선을 띈 채 팔짱을 끼고 나를 바라보잖아.

"과외 하는 데 끼고 싶다고?"

"응. 자리 있나?"

"너한테 필요해? 저번 수리영역 만점 받았다며?"

"필요라기보다는 보험 같은 거랄까?"

최대한 재수 없게 나가기로 했다. 취조의 단골 기법. 좋은 형사와 나쁜 형사. 내가 나쁜 형사 역할을 할 테니, 제발 보조 좀 맞춰 주라! 조재석!

"너희한테도 좋은 일 아니야? 내가 캐리해 줄게. 그 과외."

역시나 예상대로 설민주의 코에서 콧바람이 훅 새어나왔다. '헛' 들릴 듯 안 들릴 듯한 '뭐 이딴 게 다 있어'의 웃음소리.

"과외 할 돈은 있고?"

순간 이마에서 힘줄이 돋았다. 으으윽. 아무리 나쁜 형사라도 구타를 하거나 욕설을 퍼부을 수 없다. 지금은 21세기고 인권은 소중하니까. 자, 보조를 맞추려면 지금이다. 조재석!

"돈은 우리 아빠가 줄 거야! 우리 아빠가 얘 좋아하거든!"

오. 신이시여. 화가 극도로 치솟음과 동시에 어이가 땅바닥에 떨어지면 사람은 정말 아무 말도 하지 못한다.

"아아. 그래에?"

설민주가 입꼬리를 올리며 웃었다. 득의양양해 보였다. 여기서 다 때려치워 버릴까? 수사 드라마대로라면 극도로 화가 난 형사가 범인의 얼굴을 옴팡지게 가격하고 밖에서 동료 형사들이 기겁한 채 뛰어들어왔겠지. 이후 장면 전환되면서 경찰 서장실. 서장님이 내 얼굴에 서류를 집어 던지며 말한다. '자넨 이 수사에서 제외야!' 하지만 여긴 현실의 고등학교라 그렇게 복잡하고 볼썽사나운 과정은 생략해도 된다. 그냥 화난 척 하고 자리를 박찬 채 나가 버리면 그걸로 된다. 정말 그럴까? 그렇게 할까?

"그래. 그러니까 여러 명 모으자. 네 친구들도 오라고 해! 권민아라든가!"

조재석(남)이 수습에 나서는 듯하다. 전혀 도움이 안 될 듯하다.

"걔가 여기서 왜 나와?"

"아, 아니, 그게…… 너 민아랑 친하다며?"

"친하다며? 누구한테 들은 거야?"

"드…… 듣기는 뭘. 다들 아는……."

"그래, 다들 아는데 넌 몰랐잖아. 그동안 과외 같이 받으면서 한 번도 안 물어봤잖아!"

조재석이 나를 바라보았다. 사슴 같은 눈망울이 파르르 흔들리고 있었다. 에휴. 한심이. 떼려던 엉덩이를 다시 붙였다. 내가 저 눈동자를 버려두고 떠날 수 있을 거라 생각했다니, 오만이었다.

"내가 부르라고 했어. 민아랑 좀 친해지고 싶어서."

"네가? 네가 걔랑 왜?"

"권민아한테 썸 타는 남자 있다며?"

설민아의 눈이 이번에는 즉답없이 나를 노려보았다.

"그런 소문이 돌더라?"

"걔가 누구랑 썸을 타든 너랑 뭔 상관인데?"

숨을 크게 들이쉬었다. 회색 뇌세포 에르퀼 푸아로는 자신을 명탐정으로 만든 건 한순간의 '반짝 떠오르는 생각'이라고 했지. 이제 그 반짝하는 생각으로 첫 수를 놓는다.

"민아 썸남이랑 내 썸남이 겹치는 것 같아서."

설민주가 눈을 크게 떴다. 조재석의 입도 벌어졌다. 그래, 뭐. 전혀 보탬이 안 되는 제스처다만 예상했다. '반짝 떠오른' 아이디어라 미처 설명해 주질 못했다. 미안하다.

"너한테 물어봐도 되지만 사람 뒤에서 그러는 건 좀 비열하지 않냐? 그래서 친해진 뒤에 본인한테 직접 물어보려고 그래."

"네 썸남이 누군데?"

그 질문 나올 줄 알았다. 내 시나리오 중 최상의 경우는 여기서 부당 거래가 성립하는 것이다.

"권민아 썸남은 누군데? 그거부터 말해야지. 같이 말하든가."

외국의 형사 드라마에서 본 적이 있다. 껄렁해 보이는 형사가 표적이 된 마피아 패밀리를 파멸시키기 위해 경쟁 조직에게 일제 단속이 언제 이루어지는지 등의 경찰 내부 정보를 넘겨주고 그에 상응하는 정보를 얻어내는 장면이었다. 그런데 그 형사, 그러다 타락해서 결국 동료의 총에 맞아 숨졌던 걸로 기억이 날듯 말듯. 일단 그건 차치하고, 설민주의 입이 서서히 열리기 시작했다. 부당 거래, 성립이냐 결렬이냐!

"양현석이냐?"

엥?

"양현석이 뭐?"

"네 썸남, 양현석이냐고."

뜻밖의 질문에 멍해진 나머지 '아닌데.'라고 무심코 대답할 뻔했다. 교활한 계집애 같으니.

"오, 권민아 썸남이 양현석인가 봐?"

"뭐라고! 권민아 썸남이 양현석이야?"

아이고, 조가 놈아.

"너희 둘 다 꺼져."

저건 '더 이상 아무 말도 안 할 거요. 변호사를 불러 줘요.'의 고등학생 식 표현이다. 미친 듯이 문자를 두드리며 성난 걸음걸이로 빠져나가는 설민주를 나는 유심히 지켜보았다. 정확히 말하자면 '설민주'를 쳐다본 건 아니지만.

"너 눈치 챘냐?"

"야, 대답 좀 해 봐! 권민아랑 썸 탄다는 게 양현석이야? 그런 거냐고!"

"아 좀 닥치고. 쟤 방금 말하는 거에서 뭐 못 느꼈냐고! 설민주 쟤. 한 번도 권민아를 이름으로 안 부르잖아. 전부 '걔'라고 부르고. 친구라면서. 어쩌면……."

"어쩌면 뭐! 벌써 양현석이랑 우리 민아랑 썸씽이 있었을 거라고?"

아, 골치 아파.

"됐고. 네가 너한테 과제를 하나 내 주지. 과외 할 때 쟤가 쓰는 물건들 생김새가 어떠어떠한지 알아내 봐."

"무슨 소리야! 그게 권민아랑 양현석 하고 도대체 무슨 상관인데!"

"시키는 대로 좀 해. 너 손해 보는 거 아니니까. 쟤 볼펜, MP3, 지갑, 그런 것들 색깔이나 모양이 어떤지 살펴보라고. 무리하지는 말고! 그냥 자연스럽게 관찰할 수 있는 범위 내에서, 알겠어?"

속 편하게 보고만 받지 말고 제발 일을 좀 하시죠. 조재석 님아. 충격으로 걸음걸이마저 비틀거리는 내 업보를 불안한 마음으로 배웅하고 매점으로 향하는데 제 말 나온 호랑이, 그러니까 양현석 본인하고 딱 마주쳤다. 적어도 녀석 입장에서는 우연히 마주친 게 아닌 듯 씩씩 거리며 숨차게 돌아다니다가 나를 만나자마자 파워 워킹으로 돌진해 왔다. 조심히 다녀라. 보는 눈 많다. 스타일, 이미지 다 버릴라.

"너 좋아하는 남자 있어?"

아, 설민주가 나가면서 타닥타닥 거리던 게 어째 걸리더라니.

"좋아하는 남자가 누군데?"

유려한 속눈썹 밑에서 불덩이가 이글이글 타올랐다. 옷깃 사이에서 호랑이 문신의 이빨이 언뜻 번쩍인 것 같았다. 화가 났구나. 이해한다. 고교생들 사이에서 루머는 곧 재산이다. 누가 얼마나 빠르게 많이 자세하게 확보하느냐가 권력 쟁패의 향방을 가른다. 이 녀석도 나름 셀럽이니, 설민주보다 늦게 소문을 들은 게 분하겠지.

"알려 주기 싫은데."

"권민아 썸남하고 겹친다는 게 사실이야? 포기 안 하면

민아 머리 가죽 벗겨 버리겠다고 한 게 사실이냐고?"

설민주. 멋진 여자다.

"그러니까 그걸 내가 왜 너한테 말해 줘야 하냐고."

"알려 달라는 거 다 알려 줬잖아!"

"그래서 뭐, 그 대가로? 웃기네. 시험 도와주는 거라면 몰라도 좋아하는 남자를 불라니, 이야기가 다르지!"

뻔뻔하게 양심 없이 나가자. 범죄자처럼. 어디선가 읽었는데 형사랑 범죄자는 사주가 같다지.

"사실이구나. 권민아 썸남이 네 썸남이었어."

양현석의 눈에서 한순간 빛이 확 꺼진다.

"그랬구나……."

아니, 이 자식 머릿속에서 지금 무슨 일이 벌어진 거야. 그나저나 이 녀석 방금 그 말로 미루어 보니 권민아 썸남이 누구인지 알고 있는 걸까? 구체적으로 누구인지 실명을 밝힐 수 있는 걸까? 그렇다면 빙빙 돌 필요 없이 이 자리에서 바로 물어보면 된다. 하지만 이 자리에서 증인을 추궁하는 게 수사에 유익할까? 프로파일러로서 내적 갈등이 일었다. 한니발 렉터를 닮은 악마는 이렇게 말한다. '당장 파고들어서 이름을 말하게 해. 그러면 이 귀찮은 작업도 끝이야. 저 유약한 녀석은 거절하지 못할 거야. 중간고사를 빌미로 협박하면 어떤 정보든 다 내줄 거야…….' 다른 한편에서 표창원 선생님을 닮은 천사가 점잖게 충고한다. '저 눈빛을 봐. 부르르 떨리는 주먹을 보라고. 이유는 모르겠지만 네 앞의 남학생은 지금 극심한 감정적 동요를 겪고 있어. 저 가엾은 아이를 더 괴롭힐 거니? 저 아이는 이미 너한테 해 줄 만큼 해 줬잖아? 자기 개인정보까지 허락했다고. 여기서 더 요구하면 너한테 이용만 당한다고 생각할지도 몰라. 중요한 정보원을 그렇게 다룰 거니?' 음. 역시 표창원 선생님 의견을 따르도록 하자.

"권민아하고 사이에서 문제 생겨도 너 말려드는 일은 없도록 할게."

"아. 됐어. 신경 꺼."

양현석은 어깨를 두드리는 내 손을 탁 쳐내더니 평소의 모델을 연상시키던 워킹 따위 개나 줘 버린 채 주머니에 손을 집어넣고 불퉁불퉁 걸어갔다. 그러고 보니 평소의 그 병신같이 느끼한 대사도 전혀 치지 않았다. 뭐야, 저 자식. 기껏 배려해 줬더니.

그런데 그때 한니발 렉터의 조언을 따라야 했다. 그냥 그렇게 보내면 안 되는 거였다. 기분이 살짝 나빠진 채로 매점에서 사온 빵을 사서 우물거리는데 갑자기 소란스러운 목소리가 들려왔다.

"야, 싸움 났대! 싸움!"

"조재석하고 양현석이 붙었대!"

뭐라고! 둘이서 무슨 짓을 벌이는 거야? 헉헉대며 애들이 모여 있는 곳에 당도하니 꼴이 아주 가관이었다. 남자애 두 명이 뺨을 때리고 할퀴고 꼬집고 머리채를 잡아당기며 혈투를 벌이는데 어지간한 치정 싸움은 사뿐히 즈려밟을 정도의 박력이 있었다. 어찌나 보기에 한심했는지 조금 떨어진 곳에서는 진짜로 싸움 잘하는 애들이 "헐, 대박.", "뭐냐, 재네." 이러면서 팔짱 끼고 낄낄거리고 있다. 그 모습만으로도 충분히 수치스럽고 자괴감이 느껴져 두 놈의 불알을 걷어차서라도 말리고 싶었다.

결정적으로 나를 움직이게 만든 건 그 두 명이 맞붙어 싸우고 있는 중심에 하필이면 내 책상이 있다는 사실이었다. 같지도 않은 싸움을 벌이면서 무슨 스텝은 그렇게 요란하게 밟아대는지 두 명의 발은 정성껏 정리해 놓은 내 영어 단어장을 백골이 진토되도록 밟아 놓았고, 서로 밀쳐댄 몸뚱이들은 책상째로 내 필통을 뒤집어 놓으며 내가 가장 애정하는 제트스트림과 하이테크 브랜드의 펜들을 땅바닥에 내동댕이쳤다. 내 최고 애정 필기구들의 몸통이 부러지고 심지가 구부러지는 순간 마치 손톱이 생으로 뽑혀져 나가는 고통이 느껴져 나는 비명 같은 노호성을 지르며 두 명 사이에 끼어들었다.

"그만해! 이 미친 것들아! 백주대낮에 뭔 짓이야!"

주위에서 야유가 들렸다. "오올"은 양반이고 "백주대낮에 뭔 짓이야"라는 내 대사를 가성으로 흉내내는 놈도 있었다. 머리에 열이 확 올랐다. 그래, 어차피 망가진 거 어디 갈 때까지 가 보자. 나는 두 손을 뒤로 젖혔다가 양손으로 동시에 두 머저리의 왼뺨과 오른뺨을 찰지게 후려갈겼다. 오우와우아우아오오올. 카타르시스를 느낀 급우들의 환희가 울려 퍼졌다. 실로 훌륭하구나. 내가 복면가왕이 된다한들 이 정도 관심을 받겠냐. 설민석 선생님이 이 교실에 와도 이렇게나 농밀한 집중력이 담긴 시선은 받아보지 못할 거다.

"이게 뭐야! 싸우냐? 누가 싸워!"

설상가상으로 학생 주임이 등장하셨다. 들어오면서부터 교실 문을 발로 뻥 차며 공포 분위기를 조성해 주셨다. 그 소리에 애들이 궁뎅이 걷어차인 당나귀처럼 똥줄 빠지게 착석하면서 씩씩거리는 양현석과 조재석 두 또라이, 그리고 두 명이 책상과 의자를 걷어차는 바람에 몸을 숨길 곳을 잃고 엉거주춤 하고 있는 나, 이렇게 세 명만 일어서 있는 모양새가 되었다. 한 마디로, 변명의 여지 없이 제대로 걸린 것이다. 학생 주임은 당장이라도 물어뜯어 버릴 것 같은 눈동자로 우리 세 명을 번갈아 노려보았다.

"너희들이 싸웠냐? 어?"

교편이 내 정수리를 가볍게 콕 찍었다. 다음에는 내 옆에 양현석을 건드릴 차례인데, 으악!

"넌 1반 놈이 왜 여기 있어?"

저거, 저거. 교복(닮은 와이셔츠)이 구겨져서 문신이 그대로 드러났네. 그것도 학주 앞에서. 난 양현석 앞에 서서 학주의 시야를 가렸다.

"얘는 죄 없어요!"

"헛, 미친. 드라마 찍냐?"

이번에는 교편이 내 복부를 찍었다. 이어서 양현석의 이마를 콩 때리고 지나갔다. 다행이다. 아슬아슬했다. 학주 말대로 무진장 오글거리는 학원 드라마 한 편 찍었다만 그래도 남몰래 힘껏 잡아당겨 준 옷깃이 중대한 교칙 위반인 양현석의 문신을 절묘하게 가려줬다.

"고마워."

양현석이 속삭이는 소리가 들렸다. 학주의 눈길이 이제 조재석에게로 향하지만 건드리지는 않았다. 애쓴다. 마음 같아서는 지금 당장이라도 '다 교무실로 따라와'라고 소리 높여 노호성을 지르고 싶겠지. 하지만 이 사태의 원흉 중 한 명 때문에 도저히 성질대로 굴 수 없는 것이다.

"권 선생님. 무슨 일이예요? 이 분위기는 뭐야? 너희들 또 뭔 짓 했냐?"

담임 선생님까지 나타나셨다. 잠깐 학생 주임 권 선생님의 눈이 담임에게 돌아간 틈을 타서 조재석이 옆에서 속삭였다.

"걱정 마. 별 일 없을 거야."

미친놈아. 별 일 없을 거라는 거 나도 알아. 네 덕분에 그렇다고 생색낼 생각이면 아주 아작을……. 저것 봐. 양현석도 같은 생각을 했는지 순간 무섭게 조재석을 째려본다.

"서지아. 너까지? 너희들 단체로 뭐라도 복용했냐? 모의고사는 그 꼬라지로 보면서 아주 참 잘들 하는 짓이다? 잘들 하는 짓이에요?"

솔직히 전 피해자입니다. 쌤.

"내가 지켜볼 거야. 성적은 그 꼬라지면서 행동하는 것도 아주 개판이야, 이것들이!"

사건은 학주의 엄포로 마무리되었다. 그래도 조재석 덕에, 엄밀히 말하자면 재석이네 집안 덕에 우리는 학생부에 불려가는 일 없이, 심지어 생활 기록부에 기록되는 일도 없이 사태를 마무리 지을 수 있었다. 이건 엄연히 폭행 사태인데도 말이다. 내 망상에 기초해 보자면 수사 총책임자가 증인하고 뒤엉켜 싸운 초유의 사태이기도 하고 말이다. 하지만 이것이 이른바 '윗분들의 사정'이라는 거다. 비리에 찌든 상층부, 개판 5분 전인 수사 현장. 현실이 드라마에 너무 접근하는 거 아니냐? 이거?

나는 무너진 책상과 의자를 일으켜 세우고 난잡하게 굴러다니는 물건들을 정리했다. 흑, 내 아까운 하이테크 볼펜들. 볼펜 수십 자루가 굴러다니는데 신묘하게도 처절하게 부서진 건 내 제트스트림과 하이테크 볼펜들뿐이었다. 분수에 맞지 않은 필기구를 구입한 죄이옵니까. 주님.

"아. 진짜 미안하다고, 화 좀 풀어."

네 꼴보기 싫은 얼굴이 오후 내내 학교부터 학원 근처 맘스터치까지 껌딱지처럼 붙어 따라다니는 상황에서 어떻게 화를 풀겠니.

"양현석이 시비 턴 거란 말이야. 1반 놈이 갑자기 우리 반에 오더니 날 막 노려보더라? 그래서 뭘 보냐고 진짜로, 진짜로 가볍게 물었거든? 그랬더니 나가는 척 하면서 갑자기 확 어깨빵을 했단 말이야. 아, 진짜 어이없어서."

닥쳐! 변명은 듣고 싶지 않네! 증인을 폭행해? 자네가 이번 수사를 완전히 망쳤어! You are fired! 넌 해고야! 수사반장 모가지라고! 신분증하고 권총 반납하고 나가! 이렇게 소리 지르고 싶다. 진짜로. 드라마의 한 장면처럼.

"화 좀 풀어. 지아야. 어떻게 하면 믿어 줄래?"

조재석의 눈망울이 새끼 사슴처럼 순해진다. 아니야. 아니야. 넘어가서는 안 돼. 저 자식은 지금 미안한 게 아니야. 내가 확 열 받아서 권민아 썸남이 누구건 알 바 아니라고 할까 봐 겁을 내는 것뿐이야. 비겁자에 쫄보라고, 시선을 조재석 얼굴 대신 막 받아온 햄버거에 고정시켰다.

"잠깐, 피클! 피클 내가 다 먹어 줄게! 너 피클 싫어하잖아."

조재석의 남자답게 큼지막한 손이 햄버거 포장지를 막 뜯으려던 내 손 위에 포개졌다. 아주 자연스럽게 햄버거를 자기 쪽으로 가져간 조재석은 포장지를 뜯어 그걸로 번을 감싼 채 햄버거를 해체한다. 그리고 냅킨으로 피클을 하나하나 골라내 자기 입에 집어넣는데 그러는 내내 죄지은 강아지처럼 눈치를 보고 있었다. 그걸 보니 결국, 진짜 이러면 안 되는데, '풋' 하고 웃음이 나왔다.

"야, 야. 됐어. 그만해. 그보다 설민주하고 과외 언제 해?"

"오늘 밤에. 학원 끝나고 바로."

"잘됐네. 내가 시켰던 거 기억하지? 실수 없이 처리해."

이게 자네한테 주는 마지막 기회일세.

"어. 확실히 기억해. 설민주 소지품들 어떻게 생겼는지 보고 오라는 거?"

고개를 끄덕이며 몇 가지 당부를 하려던 순간 옆에서 풍겨온 시트러스 향에 떠들려던 입을 즉시 다물었다.

"안녕. 너 5반 재석이지? 정말 미안한데. 잠깐만 이거 여기에 좀 내려놔도 될까?"

흡사 아기를 재우는 어머니 같은 목소리였다. 그 음성을 듣자마자 나는 무의식적으로 내 식판과 겨우 한 입 베어 먹은 햄버거를 가장자리로 찌부러질 정도로 밀어붙여 식탁 위에 공간을 마련해 줘 버리고 말았다.

"어…… 어어어? 어어어어어어어? 미…… 민아야! 여기, 여기 앉아!"

이름을 불린 조재석은 용수철 튕기듯 일어나 자기 자리

를 옆에 선 그녀에게 양보했다. 온몸이 꼴사납게 허둥대는 모습이 너무나도 자연스럽게 보였다. 오히려 계속 자리에 앉아 있는 내 쪽이 큰 죄를 짓고 있는 듯한 기분이 들었다.

"머…… 먹을 게 없네? 뭐라도 사올까? 패스트푸드 싫어해? 그러면 바로 옆에 편의점 있는데……."

"괜찮아. 난 이거면 돼."

권민아가 자기 식판 위에 놓인 종이컵을 살짝 들어보였다. 조재석 말대로 식판 위에는 종이컵 하나만 달랑 있었는데 옆에 빨대가 누워 있는 걸 봐서 내용물은 탄산음료 같았다. 아메리카노가 아니라는 게 어쩐지 굉장히 의외였다. 종이컵을 내려놓는 가녀린 손가락에 컵 표면에 맺힌 물방울이 묻어나오자 권민아는 살짝 불쾌해 보이지 않을 정도로 얼굴을 찡그렸다.

"휴지 가져올게!"

그러고 보니 그녀의 식판에는 휴지도 없었다. 이상하다. 보통 뭘 시키든 냅킨은 아르바이트생들이 기본으로 몇 장 깔아 주는데.

"안녕?"

"어…… 아, 안녕."

엉겁결에 받았는데 나한테 한 말이 아니었다. 바로 옆을 지나가는 남학생들이 호감이 듬뿍 묻어나오는 미소를 담은 채 권민아를 향해 살랑살랑 손을 흔들어 댔다. 나한테 아주 흘끔 '저 듣도 보도 못한 애는 뭐야'라는 의미의 시선을 던진 건 덤이었다.

"마…… 만나는 건 처음이네."

내 입에서 믿을 수 없을 정도로 한심한 대사가 흘러나오는 게 똑똑히 들렸다. 권민아의 대답은 없었다. 무시한 걸까, 아니면 아는 척 하는 애들에게 손 흔들며 인사해 주느라 바쁜 걸까. 진짜 얘는 무슨 연예인이라도 되는지 몇 초 간격으로 지나가는 인간들이 남녀 가리지 않고 "어머머, 민아야." 하면서 말을 걸어온다.

그들에게 상냥하게 인사하는 동년배 여자를 바라보았다. 가지런한 이목구비와 매끈한 피부는 자연스럽게 자리잡아 인위적으로 손을 댄 흔적은 찾으려야 찾을 수가 없었다. 선명한 입술 안에서 언뜻 덧니를 봤는데 보통 같으면 흉이 될 튀어나온 이빨도 그녀의 얼굴에 달려 있으니 인간미와 훈훈함을 더해주는 플러스 요소가 되었다. 그녀의 미세한 움직임을 따라 실로 꽃이 피어나오는 듯했고 매장 안의 학생들은 물론이거니와 쇼윈도 너머에서 길거리를 걷는 행인들의 눈길도 그녀를 바라보는 듯했다. 백문이 불여일견이라더니 내가 도대체 뭘 믿고 내가 미모로 얘랑 비벼볼 수 있다고 생각한 걸까.

"아…… 안녕……."

세 번째 인사였는데 또 대답이 없었다. 화가 난다기보

다 위축되는 느낌이었다. 압도적인 비주얼과 셀럽으로서 발휘하는 카리스마는 둘째 치고 이 여자애는 내 수사의 핵심 용의자다. 순수악이며 최종 보스다. CSI로 치면 피날레 에피소드에 등장하는 슈퍼 빌런이나 마찬가지다. 요 며칠간 계속 머리에 담고 살았던 여자와 아무 준비도 없이 마주치게 되니 심장이 미친 듯이 달음박질했다. 이 여자애한테 묻고 싶은 게 100만 개는 있었던 것 같은데 마른 입 밖으로는 한 마디도 제대로 나오질 않았다. 진정하자. 진정. confine은 제한하다, drive의 두 번째 뜻은 유도하다, 어떤 의도대로 상황을 몰아가다…….

"조재석 이 자식은 도대체 언제 오는 거야?"

a little은 약간 있는, considerate는 사려 깊은……. 매대를 보니 거기에 조재석이 없었다. 이쪽, 그러니까 권민아를 힐긋거리는 낯선 남학생들뿐이었다. 아니, 진짜로 이 자식이 어딜 간 거지?

"너, 좋아하는 남자 있다며?"

그 목소리는 낮지만 선명하게 들려서 나를 겨냥해 던진 질문이라는 게 너무나도 명백하게 드러났다. 이래 봬도 처음 보는 사이인데, 다짜고짜 반말이었다. 지, 질 수 없지. 나도 똑같이 응대해 주마.

"그…… 그래."

분명히 권민아가 썸 타는 애랑 겹친다고 블러핑을 쳤었

지. 그렇지? 맞는 거겠지? 그러니까 얘가 지금 나한테 좋아하는 남자 있냐고 묻는 거겠지?

"누군데?"

"나도 알고 너도 아는 그 애."

권민아의 고개가 살짝 외로 꼬였다.

"걍 포기해라? 겉으로는 어떨지 몰라도 걔 마음속에 있는 건 나거든."

고르고 고른 표현이었다. 아이돌을 방불케 하는 계집애한테 '걔 너 싫어해'라고 해 봤자 신용도만 떨어질 것이다. 이성으로부터 사랑과 호감만 받고 무럭무럭 자랐을 테니 남자가 자길 싫어한다는 말 따위 절대 믿지 않겠지.

"네가 나랑 해 볼 수 있을 것 같아?"

권민아의 잔잔한 목소리에 전율이 일었다. 걸려들었다. 거짓말이라고 일축하지도 않고, 거기다 심지어 권민아 본인의 썸남이 '나도 너도 아는 그 애'라는 걸 인증까지 했다. 봐라! 이것이 베테랑의 취조 기술이란 것이다!

"어디 한번 해 보자고. 걔가 누구를 택할지."

나도 알고 너도 아는 그 애. 용의자의 윤곽이 서서히 잡히기 시작한다.

오, 잠깐, 설마. 권민아의 썸남이라는 게 설마!

"헐! 대에박……. 칵!"

말이 헛 나왔다. 경탄을 울리려던 순간 햄버거 받침대가 확 밀리면서 콜라가 내 치마 위로 쏟아져 버린 탓이다. 축축해. 속옷까지 젖은 거 아닐까? 정신없이 티슈를 찾는데 탁자 끝에 아슬아슬하게 걸쳐져 있던 받침대가 뭔가에 밀려 툭 떨어져 내리며 내 무릎을 강타했다. 뭔가 이상하다 싶어 고개를 들어보니 권민아가 한 손을 앞으로 내민 채 나를 응시하고 있다. 한쪽 입꼬리를 한껏 치켜 올린 채 도와주려 하지도 않고 허둥대는 내 꼴을 찬찬히 바라보고 있었다. 설마 이 계집애가?

"야…… 너……."

"뭐야, 너 뭐 엎질렀어?"

조재석이 돌아왔다. 품에서 물티슈와 화장지들이 종류별로 우르르 쏟아져 내렸다. 가게 매대에 있는 걸 모조리 쓸어왔다고 해도 믿을 만한 엄청난 양이었다. 설마 저걸 사러 갔다 온 거냐. 권민아 손가락이 살짝 젖었다고 해서?

"아, 진짜 칠칠치 못하게 뭐하는 거야!"

아까워 죽겠다는 표정을 지으며 조재석은 사온 물티슈 봉지를 마구잡이로 뜯어 내용물을 꺼낸 후 탁자와 의자에 묻은 음료수를 닦아 주었다. 모자란 녀석이어도 최소한의 상식은 있는지 감히 내 치마와 다리에까지 손댈 생각은 하지 않았다. 하지만 손을 닦는데 녀석이 코와 볼을 물티슈로 훔쳐 주는 걸 보니 눈치 채지 못하는 사이 얼굴에까지 음료수가 튀었나 보다.

"지나가던 사람이 치고 그냥 가 버렸어. 진짜 매너 없게."

어느 새인가 권민아가 옆에서 무릎을 구부린 채 종이컵과 플라스틱 뚜껑을 정리해 주고 있었다. 뭐라고? 아주 태연하게 얼굴 표정 하나 변하지 않고 거짓말을 하네? 왈칵 화를 내며 빽따구를 올려붙이지 못했던 건 권민아의 눈이 어떻게 사람이 저런 표정을 지을 수 있나 싶을 정도로 사납게 활활 타오르고 있었기 때문이었다. 나를 쳐다보는 눈동자 이외에 얼굴의 다른 부분은 생글생글 우아하게 웃는 표정 그대로라 더욱 소름이 끼쳤다. 한심한 말이지만 솔직히 압도되어 버렸다. 미드 크리미널 마인드에서 연쇄살인마들과 얼굴을 맞대고 대결하던 미중년 아저씨들이 이런 기분이었을까. 그 용기를 존경합니다, 크마의 리드, 하치, 그리고 나의 영원한 이상형 모건 아저씨! 그리고 지금 이 시간도 수고하고 계실 프로파일러 여러분들도. 아무래도 전 쫄보였나 봐요. 그래도 아직 자존심은 남아 있어 태연하게 조재석이 사가지고 온 티슈 중 개봉하지 않은 걸 권민아에게 건네주었다.

"이걸로 손이나 닦지? 얘가 널 위해 사온 건데."

흐…… 흥! 봤냐? 아무렇지도 않게 말 거는 거? 난 딱히 너한테 겁을 먹거나 한 게 아니라고!

"좀 공손하게 말하면 안 돼?"

분위기 파악 못한 조재석(18세, 남)이 속삭인다. 이 애송이! 우리가 지금 어떤 상황에 처했는지 모르겠나? 이건 단순한 썸남 수사가 아니야! 사이코패스의 마음속으로 잠수해 들어가는 일이란 말일세!

"고마워. 재석아. 사는 데 돈 많이 들었겠다. 티슈 값 나중에 줄 테니까……."

내가 내민 티슈에는 눈길조차 주지 않고 권민아가 재석이에게 말한다.

"번호 좀 알려 줄래?"

재석이가 눈을 동그랗게 떴다.

"아니야! 아니야! 돈은 진짜로 필요 없어!"

어이구. 한심한 내 남사친.

권민아의 눈이 살짝 찌푸려졌다.

"그래도 너무 미안하잖아. 자리 빌리더니 칠칠치 못하게 음료수나 엎지르고. 진짜 미안해서 그래."

너가 미안해해야 할 건 나일 텐데? "그…… 그래? 그러면……." 하면서 미친 듯이 떨리는 손으로 갤럭시 노트9을 건네는 남정네가 아니라. 가여운 것. 저 비싼 폰 저러다 떨어져 박살날라.

"우와아, 야! 대박! 대박!"

썸녀의 번호를 딴 조재석(18세, 남)이 내 손과 어깨를 잡고 기쁨을 표현하고 있었다. 야, 적당히 해라. 보기 흉한 건 둘째 치고 너무 꽉 쥐니까 좀 아프다.

"고마워. 조만간 연락할게."

나가기 전 마지막으로 나를 흘끗 봤을 때 권민아의 칼날 같은 눈에서는 어떤 감정도 느껴지지 않았다. 흐음. 흥미로운 계집이로세. 암흑의 카리스마가 있어. 내 상대로 전혀 부족함이 없군!

"어우야. 나 진짜 어떡해. 재 나한테 감정 있는 거지? 맞지? 야! 대답 좀 해 봐! 엉?"

권민아가 사라지자 은근슬쩍 다가와 정리를 도와주던(혹은 도와주는 척 하고 있던) 남자 놈들도 슬슬 자기 자리로 돌아가 버린다. 쟤들도 방금 조재석이 권민아 번호를 따는 걸 똑똑히 봤겠지.

"그런 것 같지? 이제 수사는 접어도 될까?"

"안 되지! 무슨 소리야! 뭔가 확실한 걸 가져다 달라고! 그러면……."

조재석의 얼굴이 황홀경에 휩싸였다.

"내 쪽에서 먼저 고백할 거야."

아. 재석아. 넌 진짜 사람이 가질 수 있는 남사친 중에서도 최악에 속하지만 그래도 함께 해 온 세월이 있는데, 이대로 너를 저 암늑대의 아가리로 처넣어도 될까? 고민해 봐도 소용없겠지. 황홀경에 빠진 저 표정을 보건대 말린다고 될 일이 아니었다. 그리고 무엇보다 이 수사는 이제 내 쪽에서 끊을 수 없게 되어 버렸다. 권민아. 감히 이 명형사

를 도발했겠다? 그 꾀꼬리 같은 입으로 썸 타는 남정네가 누군지 아주 노래를 부르게 해 주지. 어장 관리하며(아마 했겠지? 저 얼굴에 저 인기로 한 번도 안 했을 리 없어.) 행복했던 지난날과 작별할 시간이다.

그리고 기다리고 기다리던 물적 증거는 바로 그날 밤 조재석의 카톡을 통해 전달되었다. 과학수사연구원, 에, 그러니까 내 대뇌 속의 회색 뇌세포에서 증거품을 분석하고 결과가 나오자마자 최종보스의 측근 설민주와 접촉했다. 마침 체험학습이 있었고 또 하필이면 드론 교육원에서 개최해서 정말 다행이었다. 좌중의 시선이 공중에 부유하는 귀여운 비행 물체에 쏠린 틈을 타서 다른 반이자 교내 유명인이자 권민아의 최측근이자 나한테 별로 감정이 안 좋으면서, 마지막 만났을 때 별로 좋게 헤어지지 못한 여자애와 무사히 접촉할 수 있었다. 아니나 다를까 날 눈치 채자마자 눈살을 찌푸리며 재빨리 자기 무리를 찾아가려고 하기에 덥석 붙들었다.

“잠깐 있어 봐. 할 이야기가 좀 있으니까.”

“난 너하고 할 말 없는데?”

“있을걸? 오른쪽 브라 위에 호돌이는 잘 지내니?”

“너…… 너…… 씨XX…… 그걸 어떻게…….”

이럴 줄 알았다. 맨 처음 뭔가 이상하다 느낀 건 설민주가 폰을 두들기는 모습을 봤을 때였다. 나름 교내에서 잘 나가는 여자애이자 고액 과외를 받을 형편이 되는 애의 폰이 10년 전 기종이었던 것이다. 10년 전 기종에 무슨 의미가 있을까에 사고가 미쳤을 때 번개처럼 깨달음이 찾아왔다. 잘생긴 대신 가난한 양현석의 폰이 10년 전 기종이었던 것이다. 그래서 조재석에게 물증을 찾아오라고 시켰는데 어제 날아온 회신이…….

몰랐는데 설민주 휴대폰이 갤럭시3더라? 그런데 이상한 게 예전에는 노트7을 썼던 것 같거든? 그리고…….

"휴대폰도 똑같은 옛날 기종으로 바꾸고, 가슴 위에 똑같은 문신도 새기고, 양말도 신발도 똑같은 거 신고, 그렇게 몰래 양현석 몰래 커플룩으로 맞춰보고 있었어? 혹시 팬티도 남자용 트렁크로 입은 거 아니야? 양현석이랑 같은 메이커 같은 색으로? 소름 끼친다. 야."

"아니야! 그런 거 아니란 말이야!"

"그래? 그럼 지금 당장 애들 불러서 네 휴대폰 한번 까볼까? 폴더에 양현석 몰카가 열 장 넘게 들어 있다는 거에 내 대입을 건다. 얘들아!"

외치려는 순간 설민주가 내 입을 막았다. 눈에 눈물이 글썽글썽하다.

불쌍한 것, 완전히 무너졌구나. 전부 조재석이 보내준 소지품 정보를 기반으로 메이커와 색깔까지 대조 분석한 덕분이다. 보았느냐. 이것이 과학 수사의 힘이다!

"뭘 원하는데."

이후에 고것이 자그맣게 중얼거린 욕설들은 실로 끔찍한 내용이었지만 상황이 상황인지라 너무 깜찍해 보였다. 그나저나 "원하는 게 뭐야?" 이 말은 진짜 생애 한 번쯤 들어보고 싶은 대사였는데 이렇게 소원성취 할 줄이야.

"너, 나랑 같이 일 하나만 하자."

아, 이 쾌감. '신세계'에서 최민식 아저씨가 이런 기분이었을까. 전능감으로 온몸에 아드레날린이 흐른다. 영화에서 최민식 아재가 배에 칼빵 맞을 때까지 잘생긴 이정재 오빠를 괴롭힌 이유가 바로 이거였다.

"우선 권민아한테서 썸 타는 남자가 누군지 최대한 많이 뽑아내 봐."

"알아내고 말고 할 것도 없어! #$%@S(끔찍한 욕설), 양현석이라고! 양현석! X*&$#(더 끔찍한 욕설)."

허허. 이거 완전히 깡패 새끼네. 아니, 이건 최민식 아저씨의 대사지. 저작권, 저작권 조심! 요 계집애야. 목소리 좀 낮춰라. 드론까지 깜짝 놀라 휘청이잖냐.

"오호라. 그래서 권민아를 그렇게 미워했냐? 절친이라면서 한 번도 이름으로 안 부르고. 방 탈출 게임하다 썸 타는 남자 있다고 큰 소리로 외친 것도 일부러였지? 거기 모인 애들 중에는 썸남 없다고 한 건 네가 그 자리에서 지어 낸 말이지? 권민아가 말한 게 아니라. 그냥 당당히 대쉬하지. 왜? 권민아 상대는 절대 안 될 것 같아?"

얼굴이 붉으락푸르락. 고등학생이 기껏 화장까지 했건만 저러면 아무 효과가 없잖아. 나는 신세계의 최민식 아저씨보다도 천재적인 형사적 감(단어가 맞나?)을 가지고 있었으므로 여기서 한 번 슬쩍 이완을 준다.

"그리고 권민아 썸남이 꼭 양현석이라고 볼 수는 없어."

설민주의 눈이 동그레지면서 희번득거렸다. 훗. 역시 일개 고등학생, 감정 변화가 급격하고 그걸 숨길 줄도 모르는 애송이 녀석. 유능한 프로파일러의 상대는 절대로 되지 못하지, 아니, 잠깐. 나도 고등학생이잖아. 설정 놀이에 너무 빠지지 말자. 자칫 잘못하면 중2병에 걸린다.

"맞아. 내가 아는 게 좀 있거든. 네가 잘하면 같이 공유해 줄게. 잘만 풀리면 양현석한테 가는 하이패스가 뚫리는 거야."

"무슨 하이패스?"

어이쿠. 깜짝이야. 어느새 권민아가 바로 근처에 다가와 있었다.

"현석이가 왜? 그리고 지아 너는 왜 우리 반에 와 있어?"

최종보스건 슈퍼빌런이건 악령이건 나쁜 것들일수록 예상치 못한 순간에 절묘한 타이밍으로 나타나는 법이지. 지금 이 자리에 모습을 드러낸 게 네가 순수악이라는 더할 나위 없는 증거다! 권민아!

“여기 오는 길에 하이패스 광고 봤어? 그거 광고하는 연예인이 양현석 걔하고 닮은 것 같은데 누군지 이름을 모르겠어서.”

“네가 그런 거에도 관심 있어? 겨우 그걸 물어보려고 여기 왔다고?”

나는 설민주를 돌아보며 신속하게 한쪽 눈을 깜빡였다. 잠입 수사원의 충성도를 알아볼 기회!

“지아 애는 드론 보려고 여기 와 있었고, 내가 먼저 물어본 거야.”

잘했어. 설민주. 자네는 훌륭한 요원이야. 아무 짝에도 쓸모없는 조재석이 자네 반만 닮았으면 참 좋겠군.

체험학습으로부터 며칠 후, 나는 수사 상황을 보고했다. 확실한 게 나왔다고.

“정말이야? 진짜? 그래서 누구래? 민아가 좋아하는 남자가?”

말해 주려고 했다. 내가 자기를 위해 얼마나 많은 프로젝트를 추진해 왔는지, 그리고 그게 어떤 결실을 맺으려고 하는지. 그런데 막상 입을 떼려고 하니 혓바닥이 바싹바싹 타는 기분이 들어 좀처럼 말을 꺼낼 수가 없었다.

조재석. 눈앞의 이 녀석하고는 알고 지낸 지 벌써 10년이 넘는다. 함께 수영 교실에 다니고, 같은 초등학교에 다니고, 같은 중학교에 다니고, 같은 학원에 다녔다. 같이 PC방에 가고, 같이 코인 노래방에도 갔고, 같이 KTX 타고 지방에도 내려간 적 있었다. 그 녀석 부모님 부탁으로 각종 대회도 방학 과제도 함께 했고, 나의 눈부신 활약으로 공동 수상도 여러 번 했다. 그 보상으로 재석이네 부모님이 가족 여행에 데려가주시는 바람에 하와이에도 괌에도 가 봤다. 생각해 보니 재석이하고 같이 쌓아올린 역사가 참 깊었다. 야한 동영상하고 딸딸이만 빼놓으면 어지간한 건 다 같이 해 본 것 같았다.

이 수사의 대가는 그 추억들로 퉁치면 되는 걸까. 탐정의 수사는 돈을 받고 형사의 수사는 명예와 승진을 받는다. 나의 썸남 수사는 과히 나쁘지 않았던 그 기억들을 선불로 받은 셈 치면 되는 걸까?

"야, 왜 대답이 없어?"

"확실한 게 나오면 권민아한테 고백하겠다고 했지? 그러면 네가 협조할 게 있어."

수첩에 적힌 학사 일정을 봤다. 축제까지 며칠이나 남았는지 헤아렸다. 내가 말해 주고 땡 하는 게 아니라 권민아가 스스로 썸남의 이름을 밝히도록 만든다. 이 방법이 훨씬 낭만적이고 극적일 거라고 스스로와 재석이를 설득시켰다. 그리고 세세한 작전을 설명해 줬다.

"지…… 진짜 그렇게까지 하라고?"

재석이는 또 겁을 먹었다. 완전히 형사 드라마에 나오는 보신주의 상사의 모습 그대로다. 허락할 수 없네! 지아 형사. 이건 자네와 나 모두 모가지가 날아갈 수 있는 일이야.

"나만 믿어. 평생 기억에 남을 축제로 만들어 줄게."

위법 수사인 건 알지만 어쩔 수 없습니다. 정의, 아니 사랑을 위해서는! 나는 결국 못난 상사의 승인을 얻어내 최후의 단계인 함정 수사에 착수했다.

그리고 축제 당일이 되어, 나는 재석이 녀석의 차를 얻어 타고 학교로 향했다.

"어이, 정신 차려. 오늘이 바로 디데이라고."

"지금까지 입 다물고 네가 시키는 대로 했는데, 지아야. 난 이 모든 상황이 너무 불편해."

이 배은망덕한 발언에 뒤통수를 날리지 않은 건 녀석이 주먹을 꽉 쥔 채 안쓰러울 정도로 몸을 부들부들 떨고 있었기 때문이었다.

"모든 게 다 잘될 거야. 내가 말한 것만 잘 기억하고 시킨 대로 해. 알겠지?"

정신 똑바로 차리라고, 신참! 이번 상대는 보통 놈이 아니니까. 학교 최고의 인기녀이자 성깔이 보통이 넘는 계집이지. 몇 년 동안 철저하게 자기 썸남의 정보를 감추면서 어떤 증거도 남겨놓지 않은 능구렁이야. 그 입에서 자백을 이끌어내려면 오늘 자네가 잘해 줘야 한다고!

"허허. 무슨 이야기를 그렇게 다정하게 해? 벌써부터 아주 깨가 쏟아지네. 사장님도 좋아하시겠어. 둘이 잘 되는 거 아시면."

재석이네 기사 아저씨한테 아저씨가 그걸 어떻게 알아요, 하고 묻지는 않기로 했다. 신경 쓰지 않기로 한다. 중요한 건, 고등학생의 연애 사정하고는 한 100만 광년 떨어져 있을 것 같은 사람에게까지 우리가, 그러니까 나와 조재석이 사귀는 걸로 보인다는 거다. 수사는 무서울 정도로 정확하고 순조롭게 진행 중이었다.

"재석아. 내려. 그리고 제발 부탁이니까 표정 좀 펴고."

나와 재석이가 차에서 내리자 심상치 않은 공기가 감지되었다. 주위의 모두가 우리를 쳐다보는 듯한 이 긴장감. 이거야 말로 함정 수사의 묘미이자 넘어서야 할 심리적 난관일세, 신참! 이라고 말하고 싶지만 실제로 실시간으로 주위 모든 녀석들이 우리를 흘끔거리며 쳐다보고 있었다. 축제날이라 평소보다 유독 교문 근처가 북적이는데 그 많은 시선이 다 우리를 향하고 있었다. 기사 아저씨가 모는 벤츠를 타고 등교하는 고교생이 사실 진귀하기는 하다. 하지만 그것 때문이 아니다. 이전에도 가끔 재석이는 이런 식으로 등교한 적이 있다. 지금 우리 학교 교복을 입은 남녀들이 우리를 훔쳐보는 건 다 내가 판 함정 때문이다.

함정 수사에 착수한 그날부터 축제날인 오늘까지 나와 재석이는 모든 SNS 계정을 전체 공개로 돌리고 열심히 사진들을 올렸다. 서로 손 잡고 사이좋게 웃고 있는 사진을 올렸고 커플 할인을 받은 영화표를 찍어서 올렸고, 똑같은 식당에서 똑같은 음식 사진을 똑같은 시간에 올렸다. 그 외에도 깨가 쏟아지는 것처럼 연출된 사진들을 하루가 멀다 하고 업로드했다. 그 결과 교내에는 '조재석과 서지아가 서로 좋아 죽으려 하고 있으며, 머지않아 둘 중 하나가 고백할 것이다'라는 조작된 소문이 돌게 되었다.

지금 양현석, 설민주 옆에서 이쪽을 무섭게 째려보는 권민아가 그 소문을 꼭 믿어 줬으면 한다. 그래서 과감하게 조재석의 팔짱을 끼고 권민아의 시선을 정면으로 받아쳐 줬다. 어이, 신참, 팔 빼려고 하지 마! 하지만 이 도발에 반응을 보인 건 권민아가 아니었다.

"서지아. 어떡할 거야. 권민아가 그러는데 자기 썸남이 연예인이랑 이름이 같대."

권민아와 양현석이 이야기를 나누는 사이 몰래 접촉해 온 설민주가 그렇게 따졌다. 내 소중한 잠입 수사 요원. 여기까지 오는데 그녀의 공이 컸다. 나와 조재석이 심상치 않은 사이일지도 모른다는 거짓 정보가 전교에 퍼지기까지 우리 학교 셀럽이자 잘 나가는 아이인 그녀의 거침없는 수다와 넓은 교제 범위가 큰 도움이 되었다. 권민아가 미끼를 물 때까지 옆에서 부추기는 역할도 맡아 주었다. 여기까지만 해도 정말 큰 공을 세운 건데, 거기에 더해 마지막의 막판에 고급 정보를 물어다주다니. 권민아의 썸남이 연예인과 이름이 같다고. 흐음.

"이야기가 다르잖아! 재 양현석 좋아하는 거 아니라며!"

그래. 권민아가 좋아하는 건 양현석이 아니야.

"진정해. 너도 여기 이 한심한 남자처럼 오늘 그냥 굿이나 보고 떡이나 먹으면 된다고."

조재석의 옆구리를 쿡 찌르며 설민주를 향해 빙긋 웃어 주었다. 실제로 그렇게 될 것이다. 양현석 쟁탈전의 가장 강력한 상대가 오늘 떨어져 나갈 테니 말일세. 요원. 작전을 완수한 자네에게 내가 내리는 포상이 바로 그걸세. 최민식 아저씨와 달리 난 내 요원을 버리지 않아. 하지만 어째 설민주도 조재석도 영 불안한 기색이었다. 작전의 입안자인 난 자신에 넘치는데. 저 둘한테는 강당에서 열린 최종 공연까지 얼마 되지도 않는 시간이 참 길게 느껴졌을 것이다. 훗. 풋내기들.

"여러분! 박수로 환영해 주세요!"

요란한 환호성에 귀가 먹먹할 지경이다. 차트 순위도 착착 떨어지는 와중에 이미지 관리 하느라 일부러 학교까지 찾아와준 아이돌 그룹이 무대 위로 올라왔다. 그래도 TV에 나오는 얼굴과 몸매 끝내주는 언니들의 등장에 남자,

여자 가리지 않고 울부짖는다. 전교생의 열광이 최고조에 달했을 때 교복을 입은 남자애 하나가 무대 위로 뛰어올라왔다. 조재석이었다. 돌발 사태에 일순 드높던 환호성이 사그라졌다. 화려한 복장의 아이돌 그룹도 학생들도 당혹스럽고 어리둥절한 표정으로 갑자기 나타난 재석이를 바라보고 있었다.

"오늘 이렇게 모여 주셔서 감사합니다!"

뭐야, 뭐야, 재 뭐하려고 그래. 웅성거림이 삽시간에 강당 전체를 가득 채웠다.

"저에게는 아주 예전부터 사랑하는 사람이 있었습니다. 이 학교 학생입니다. 좋아한다고, 사귀어 달라고 말하고 싶었지만 그러지 못했습니다."

내 업보이자 평생의 짐 덩어리. 나만 바라보는 눈도 간신히 마이크를 부여잡고 있는 손도 애처로울 정도로 떨렸다. 보이지는 않지만 심장도 마찬가지겠지. 걱정마라. 진범 권민아는 반드시 걸려든다. 몇 초 지나지 않아 자신의 입으로 썸남의 이름을 밝힐 것이다. 그 이름은…….

"하지만 오늘 이 자리에서 용기를 내보려고 합니다."

……조재석. 바로 너다. 축하한다. 이 자식아. 좋아하는 여자가 자기를 좋아해 주다니 이 얼마나 큰 복이냐. 내 것까지 다 빨아먹었으니 그 정도를 받나 보다.

"고백해! 고백해!"

"우우우우!"

설민주로부터 시작된 응원의 파고가 서서히 퍼져나갔다. 훌륭하네. 나의 이정재여. 황당함을 감추지 못하던 현장의 분위기가 서서히 녹아 가기 시작했다. 아이돌 중 몇 명은 손으로 입을 가렸다.

"뭐하는 짓들이야. 지금!"

보디가드로 동원된 선도부원과 주최를 담당한 선배들, 그리고 선생님들이 뒤쪽에서 뛰어온다. 뭐, 작전대로다. 험한 꼴은 보겠지만 그건 참아 줘야겠지. 재석이네 집안이 집안이니까 어차피 크게 혼내지는 못할 거다. 아무튼 모든 요소는 다 내 계산 아래 있다.

"제가 좋아하는 사람은……."

조재석의 눈동자에서 반짝 빛이 난다. 우는 건가? 겁먹은 건가? 멍청한 녀석. 그럴 필요 없어. 나만 믿으면 돼. 곧, 이제 아주 곧 권민아가 널 좋아한다고 외칠 거야. 사실 아주 명백했던 문제다. 맘스터치에서 권민아와의 대화가 결정적이었지. '(나의 썸남은) 나도 알고 너도 아는 그 애.' '개 마음속에 있는 건 권민아 네가 아니라 바로 나, 서지아거든.' 이 두 대답을 권민아는 모두 긍정했다. 아니, 생각해보니 보다 결정적이었던 건 내 좁은 인간관계였다. 날 '좋아한다'는 말을 권민아가 믿을 정도로 나랑 가까운 애면서 권민아하고도 면식이 있는 애. 그리고 오늘 결정적으로 들어온 제보. 설민주가 전해 준 소식. 권민아의 썸남은 연예인과 이름이 같다. 설민주는 원 서태지와 아이들 멤버이자 현 YG 엔터테인먼트 대표를 생각한 것 같지만 생각해 보면 조재석의 이름 '재석'도 엄연히 연예인의 이름이지 않은가. 그리하여 수사 결과! 권민아의 썸남은 조재석일 가능성이 대단히 높다……는 개뿔. 사실 수사고 추리고 연역이고 귀납이고 과학이고 직감이고 완전 필요 없었다. 권민아가 맘스터치에서 조재석 휴대전화 번호를 물어봤던 시점에서 이미 다 나온 거지. 솔직히 티슈 값 물어준다고 번호 알려 달라는 게 말이 되냐. 관심 있고 좋아하니까 따고 싶었던 거지.

"에, 그러니까, 제가 좋아하는 사람은……."

축하한다. 조재석. 심장 근처가 왜 이렇게 서늘한지 잘 모르겠지만 권민아 썸남이 너라는 거, 경사스러운 소식 맞지? 너 재 썸남 못 되면 자살하겠다고까지 그랬잖아. 지금까지 별 접점도 없던 학교 최고 미녀가 어쩌다 너를 좋아하게 되었는지는 잘 모르겠지만. 네 집 재산 보고 혹한 거라고 말해 버리면 내가 너무 치졸한 거겠지? 재가 그동안 죽 너를 봐 왔고 진짜로 조건 없이 너를 좋아하는 걸 수도 있는 건데 말이야.

그나저나 권민아는 아직 나설 기색이 없었다. 입술로 손톱을 질근질근 무는, 평소로서는 도저히 상상도 할 수 없는 행동을 하고 있긴 하지만, 그래도 묵직하게 제자리를 지키고 있었다. 설마, 함정이 위력을 발휘하지 못한 건가? 그럴 리가. 적지 않은 시간 동안 조재석이 나한테 고백할 듯한 분위기를 조성하려고 그야말로 갖은 애를 다 썼다. 축제 날 아이돌 공연 무대라는 경천동지할 정도로 공개적인 장소에서 조재석이 나한테 고백할 것 같은 행동에 나서면 권민아는 반드시 그러기 전에 먼저 나서서 조재석을 향해 너를 좋아한다고 외칠 거라 예측했다. 맘스터치에서 나한테 음료수를 쏟아 버릴 정도로 성깔 있고 행동력 있는 계집애였으니까. 자기가 좋아하는 남자를 전교생 앞에서 뺏기는 광경을 절대 참을 리 없다고 믿었는데.

뭐, 상관없다. 조재석에게는 미리 말해 두었다. 혹 권민아가 나서지 않는다면 그냥 작전은 무시하고 그 자리에서 권민아한테 네 사랑을 고백하라고. 후폭풍은 전부 내가 감당할 것이다. 지난 시간 SNS에 올라온 사진들과 우리 둘을 둘러싸고 돌았던 온갖 소문들은 다 내가 좀 있어 보이려고 조작한 거였다고 아이들한테 밝힐 것이다. 그러니까 용기를 내서…… 엥?

“저도 고백하고픈 마음이 있습니다!”

양현석, 네가 왜 거기서 나와?

“한때 이루어지지 않을 거라 여기고 단념하려고 했지만 도저히 그럴 수가 없었습니다. 사랑이니까요!”

뭐야, 무대로 튀어 올라서 뭐 하려는 거야. 본부! 본부! 돌발 상황이다! 민간인이 작전에…….

"서지아! 너를 좋아해!"

양현석이 무릎을 꿇었다. 나를 바라보며 외쳤다.

"나랑 사귀어 주지 않을래?"

큰 목소리가 또랑또랑하게 울려 퍼졌다. 그러자 그로부터 나에게로 이르는 길이 열렸다. 아이들이 좌우로 물러섰다. 우리 학교 박보검의 파르르 떨리는 눈동자가 나에게 날아와 꽂혔다. 그 애는 여전히 무릎을 꿇고 있었다. 무릎을 꿇고 나한테, 다른 누구도 아닌 나한테 사랑을 구하고 있었다…… 그리고 시공이 사라졌다. 무슨 일이 있었는지 정신을 차린 후에는 체육관 뒤편 으슥한 공간에 혼자 쪼그리고 앉아 교복 상의로 얼굴을 감싸 안고 있었다. 뭘까, 방금 도대체 무슨 일이 있었던 걸까.

"거절을 해? 너 의외로 낙관적이다? 너 같은 애가 앞으로 살면서 저렇게 잘생긴 남자랑 엮일 일이 있을 것 같아? 영광스럽게 받아 주지는 못할망정."

뒤를 돌아보니 권민아가 있었다. 다리의 멋진 각선미와 매끄러운 피부를 보고 있자니 그녀가 계속 양현석하고 함께 있었다는 사실이 기억났다. 그래서 물었다.

"이거 네가 그린 그림이냐?"

"당연하지. 조재석은 애초에 내가 찜해 놨던 남자라고.

그런데 걔, 나한테 분명 마음이 있는 것 같은데 도통 대시해 오질 않더라? 그것도 너 때문이지? 이 불여우 같은 계집애. 어장관리나 하고."

뭐가 어쩌고 어째?

"그래서, 절친을 이용해서 낚으려고 한 너는 잘한 거고?"

"절친? 아아. 민주. 맞아. 썸남이 있다고 슬쩍 흘려주면 걔가 동네방네 소문내고 다닐 줄 알고 있었어. 그러면 재석이가 뭔가 행동을 보여 줄 거라고 생각했는데, 설마 그게 너한테 가서 상담하는 거였다니. 기가 막혀서. 너희 둘 도대체 무슨 관계니?"

"……."

"네가 재석이 부탁 받고 내 썸남 캐고 다니는 것도 진작 알았어. 네가 재석이를 위해서 그렇게까지 해 주는 걸 보니 딱 감이 오더라? 얘를 재석이 옆에서 떼어놔야 뭐가 좀 수월하게 풀리겠구나. 그래서 양현석한테 축제 때 네 마음을 고백하라고 살살 부추겼지."

"뭐, 뭐라고?"

"뭐야. 그 얼굴은. 양현석이 너 좋아하는 거 여태 몰랐어?"

머리가 띵해졌다.

"그…… 그러고 보니, 양현석이 권민아 썸남이 네 썸남이냐고……."

"그래. 걘 설민주하고 달리 멍청하지 않아서. 내가 좋아하는 애가 조재석이라는 걸 알고 있었거든. 네 썸남 얘기 듣고 재석이 패러 갔을 때 딱 감이 안 오든? 등신 같이. 넌 평소에 네가 되게 똑똑하다고 생각하면서 살지?"

진심으로 좋아해? 양현석이 나를? 우리 학교 박보검의 썸녀가 나라고? 방금 강당에서 한 그 고백이, 나를 좋아한다는 그 말이 머릿속에 울려퍼졌다. '좋아해'라는 단어가 이다지도 낯설 수 있다니, 오늘 처음 알았다. 좋아해? 사랑해? 걔가 나를 왜? 길거리 캐스팅 당할 정도의 남자가 나를 왜?

"이제 알았지? 네가 그동안 어떤 짓을 했는지. 조재석하고 양현석 사이 오가면서 어장 관리나 하고. 얌전한 척 하면서 올라갈 부뚜막은 다 올라가지."

권민아가 예쁜 코를 세웠다. 자신만만해 보였다.

"이제 난 돌아가서 재석이한테 내 마음을 고백할 거야. 그 애가 너한테 조금 마음이 있었다고 해도 우리 학교 박보검을 상대해야 한다는 걸 안 이상 그만 접을걸? 그리고 나랑 사귀겠지."

나는 분노에 차서 외쳤다.

"너, 조재석 좋아하는 거, 걔 집이 잘 살기 때문이지?"

권민아는 대답조차 하지 않았다. 추했다. 정말 추한 결말이었다. 그래. 믿고 싶지는 않지만 이것이 썸남 수사의 종결이다. 형사는 범죄자에게 농락당했다. 처음부터 끝까지 손바닥 위에서 놀아났다. 고등학생의 수사래봤자 어차피 프로도 아니잖아, 그렇게 변명하기에는 너무나도 비참한 패배였다. 사이버 수사에 전과자 취조, 탐문에 잠입 수사, 심지어 함정 수사까지 했는데 이런 결과니 문책은 당연한 수순이다. 나는 축제 다음 날 본부에서 끌려나와 연행당했다. 내 책상에서 학생 주임에게 체포되어 교무실로 끌려갔다. 선생님은 착한 우등생 서지아가 완전히 망가졌다고 야단 쳤고 아이들은 겉보기와 달리 남자 잘 홀리는 애였다고 수근거렸다.

대중과 공권력에게 모두 버림받은 형사는 타락하여 빌런으로 전락…… 에라. 이 마당에 무슨 형사 놀이냐! 축제 다음 날 교무실로 끌려온 건 맞는데 그건 연애 수사 실패하고는 하등 관계없고, 아니, 관계가 없지는 않나. 설민주가 아침부터 득달 같이 우리 교실로 달려와 "이 못된 계집애!"라면서 나한테 손찌검을 했기 때문이니까. 내 유능한 잠입 수사 요원에게 진짜로 미안해야 할 맥락이긴 했다. 실컷 이용해먹고 그녀의 썸남을 가로챈 꼴이 되었으니.

양현석이 나를 좋아하는 줄은 진짜 몰랐다고 변명하며 사죄할 수도 있었고, 그러는 게 맞았을 터이다. 하지만 나도 권민아한테 실컷 농락당한 터라 기분이 과히 좋지 않았던 터라 권민아한테 못 했던 싸대기 후리기를 그녀한테 시전했고 그 결과 이렇게 교무실로 끌려온 것이다. 선생님은 먼저 달려든 설민주보다 나를 더 많이 야단쳤는데 아마 평소 학업성적도 태도도 좋았던 나에게 느끼는 실망감이 더 커서였을 터이다. 그랬는데도 설민주의 분노는 가라앉지 않았는지 교무실을 나오자마자 "너, 언젠가 부숴 버릴 거야."라고 표독스럽게 내뱉더랬다. 우와, 드라마에서나 나오던 대사를 실제로 듣게 되다니.

"그렇게는 안 돼."

으악! 양현석! 손톱자국이 난 얼굴보다, 뽑혀 나간 머리카락보다, 아이들의 수근거림보다, 선생님의 분노에 찬 호통보다 저 잘생긴 얼굴이 갑자기 내 눈 앞에 나타난 게 심리적으로 더 타격이 크다.

"뭔진 몰라도 얘한테 해코지하는 건 내가 용서 안 해. 얘는 내가 지킬 거니까."

설민주는 울먹거리더니 결국 손으로 얼굴을 가린 채 달아나 버렸다. 미치겠다. 지금 도대체 어떤 얼굴로 양현석을 봐야 하는 걸까.

"난 포기 안 했어."

얼굴을 안 보려고 필사적으로 고개를 돌렸지만 그 목소리만큼은 똑똑히 들렸다.

"지금 네 마음속에 내가 없더라도 상관없어. 언젠가 널 꼭 내 여자로 만들 테니까."

시야 한구석에 양현석의 팔이 올라오는 게 보인 순간 속으로 비명을 질렀다. 제발, 지금 벽을 쾅 치거나 애절하게 내 팔을 부여잡거나 이런 건 하지 말아 줘. 내 연약한 마음은 쿠크다스 같아서 이미 한계라고. 부서질 것 같다고. 하지만 다행히 양현석은 반쯤 뻗어온 팔로 내 몸을 잡을까 말까 망설이다가 도망치듯 떠나 버렸다. 휴. 이제 끝이구나. 끝은 아니지만 하여튼 끝이로구나.

"걔하고 방금 무슨 얘기했어?"

아, 맞다. 얘가 남아 있었지. 나한테 수사를 의뢰했던 놈. 이 모든 일의 알파이자 오메가. 나의 원수이자 업보. 조재석. 얼굴을 보면 손톱으로 확 그어 주려고 했는데. 왜 갑자기 눈물이 나려고 그러냐.

"별로. 별 얘기 안 했어."

"양현석하고 사귈 거야?"

"뭔 상관이래."

우물쭈물했다. 평소답지 않게 서로 발만 꼬았다. 그러고 보니 어색할 때 하는 동작이 닮았구나. 우리들.

"너야말로. 권민아한테 고백 받았지? 오늘이 1일째인가? 축하해."

그래. 재석이가 행복해졌으면 그걸로 만사 해결된 거다. 이제 썸녀하고 같이 영화도 보고 남산도 오르고 멋진 식당도 가고 유원지도 갈 것이다. SNS에는 최근 올린 가짜 연애 사진 대신 진짜 사랑이 넘쳐나는 사진들이 매일 같이 업데이트 되겠지. 그래. 이러면 된 거다. 사람들이 다들 잊고 있지만 애초에 수사는 비록 형사나 탐정이 주인공이더라도 그들을 위해 행해지는 바가 아니다. 결국 목표는 피해자를 위해 정의와 진실을 되찾고 그들의 얼굴에 웃음꽃을 되찾아 주는 것. 어마무지한 시간 낭비와 개고생 끝에 불여우한테 실컷 농락당해 명예는 땅 끝으로 추락하고 전교생들의 눈요깃거리가 된 데다가 날 부숴 버리겠다는 인간까지 등장했지만 재석이와 권민아가 이어졌으니 결국 내 눈물은 보답받게 된…….

"아. 그게, 거절해 버렸어."

……것이……. 응? 잠깐. 뭐라고?

"아니, 진짜 민아가 나한테 좋아한다고 사귀자고 하더라니까? 진심 레알 믿겨져? 그런데 네가 양현석한테 그렇게 멋지게 고백 받고 나니까 어딘지 모르게 김이 샜달까, 이건 아니라는 생각이 들었달까. 그래서 고등학생인데 연애는 좀 그렇다고, 말해 버렸어. 나 잘한 거지? 어? 어? 야, 뭐야! 그거 뭐야! 커터칼은 왜 꺼내들어? 아! 아야! 너 진짜 미쳤어?"

그래. 미쳤다. 멍하니 서 있지 마. 서면 죽어. 아아. 실로 반전영화이자 명품 느와르의 종막 같도다. 범죄자로 돌변해 버린 형사. 으으으. 정말, 다시는 절대로! 연애 따위 하지도 않고! 남의 연애 사정에도 끼어들지 않을 테다!

Cookie.

점심시간, 사방에서 나를 향해 쏟아지는 시선(양현석이 재랑 사귄대. 어머머. 미쳤네. 재랑? 왜?)을 무시하고 문제집에 집중했다. 연애수사니 뭐니 지X를 하다가 공부가 상당히 뒤쳐졌다. 그야말로 눈알이 빠질 정도로 노력하지 않으면 다음 모의고사 때 전과목 전국 백분위 99.99퍼센트 유지가 어려울지도 모르겠다. 아니. 아니. 무슨 약한 소리를. 9가 단 하나라도 8로 변하는 걸 보면 난 미쳐 버리고 말 거야. 의식을 활자체로 집중시키는데 바로 옆에 못 보던 여자애 하나가 서 있었다. 나를 바라보며 공손히 손을 모으고 움찔움찔하는데 못 본 척 할 수도 없었다.

"……?"

'뭐야?' 하는 시선으로 쳐다보니 그 애가 자기소개를 했다.

"안녕하세요. 선배. 전 1학년 양규리라고 하는데요, 권민아 선배 소개로 왔거든요……."

권민아? 그 이름을 듣는 순간 온몸이 경직되었다.

"제 남자친구가 요즘 다른 여자하고 썸을 타는 것 같은데, 누구인지 알아봐 주세요! 부탁드립니다!"

의식이 날아가 버릴 것 같았다.

"권민아 선배가 그러셨어요. 선배가 기가 막히게 촉이 좋다고! 연애 방면에서는 완전 셜록 홈즈라고! 부탁드릴게

요! 남자 친구가 나 말고 다른 여자랑 썸씽이 있는 건 확실한데 도대체 그 망할 계집애가 누구인지 모르겠어요! 저 정말 요즘 이거 때문에 초조해서 잠도 못자고 생리도 늦어져요. 이러다가 죽을지도 모르겠어요. 제발 선배…… 저 좀 살려 주세요…….”

하하하하. 이렇게 연애 수사 시즌 2가 시작됩니다. 부제는 권민아의 리벤지. 아악! 다 집어치워! 그러니까! 난 절대! 연애 수사 같은 거! 안 한다고오!

11월의 마지막 경기

그날의 경기는 안개에 싸인 것처럼 희뿌옇게 머릿속에 단편들만 남아 있다. 그러나 그 단편들 하나하나는 너무나 선명해서 지금도 그대로 그려낼 수 있다. 우리의 마지막 경기. 그날 이후로 인생의 전부였던 축구를 더 이상 할 수 없으리라는 것을 우리 모두 알고 있었다. 경기가 종료되면 우리 삶의 한 자락도 같이 끝나는 것도 알고 있었다. 하지만, 우리는 경기 내내 울고 웃었다. 소리 지르고 춤을 추었다. 그게 뭐 어쨌단 말인가. 그 경기는 먼저 떠난 친구를 기리는 것이었고 우리의 마지막 경기였다. 온전히 우리 것이었다.

송이문

기억을 저장하는 소프트웨어를 만드는 일을 한다. 가스통 바슐라르와 할란 엘리슨을 좋아한다.

1.

장이 죽었다.

사인은 자살이었지만, 우리 축구부원들은 누가 실제로 그를 죽였는지 알고 있었다. 우리 말고도 꽤 많은 사람들이 그럴 것이라고 생각한다.

내가 살고 있는 이곳, 바다를 끼고 있는 소도시에 불행한 사람들은 존재하지 않는다. 여기서 불행이란, 오늘이 어제와 다르다고 느끼는 것이었고 불행한 사람들은 단지 별나서 그렇다고 생각한다. 그런 사람들은 서울에나 있는 것이다. 여기서 불행하다고 생각하는 사람은 소리 소문 없이 제 발로 사라지거나 바닥에 엎드려서 희미해져 갔다.

가끔 숨길 수 없는 큰일이 터질 때가 있다. 그럴 때, 한

순간 날 것 그대로의 말과 이야기들이 온 동네를 큰 파도처럼 휩쓴다. 그러나 결국 그것들은 잠잠해지고, 얼마 뒤 조금씩 다른 이야기들이 저녁 해무와 함께 동네를 슬금슬금 돌기 시작한다. 대개 그 이야기들은 피해자들 사정이 딱하기는 하지만 알고 보니 그럴 만도 했다는 식으로, 그쪽도 원인을 제공했다는 식으로 흘러가게 마련이었다. 그렇게 안개 낀 밤을 보내고 다시 맞은 날은 수많은 어제들과 비슷해졌고 사람들은 안심할 수 있었다.

모두 그렇게 살았다.

장에 대해서도 마찬가지였다. 고등학생 한 명이 산속에서 목을 맨 것은 결코 작은 일이 아니었지만, 일어날 수 없는 일도 아니었다. 게다가 그의 아버지는 죽은 지 오래였고, 어머니는 캄보디아에서 온 사람이었다. 공부 머리가 없어 운동을 했고, 그 역시 시원찮아서 대학 지명을 받지 못한 젊은이. 반은 한국, 반은 동남아 피가 흐르는 그에 대해서 안타까워하는 사람은 없었다.

아버지가 이렇게 말씀하신 적이 있다.

"어릴 때 죽은 친구는 그냥 잊어버리게 돼. 몇 년 지나면 이름과 얼굴도 기억이 안 나더라. 어린 나이에 받아들이기에는 너무 큰일이라 마음이 그냥 지워 버리는 거지."

과연 그럴까, 장이 죽은 여름에서부터 늦은 가을까지 일어났던 일들을, 그 모든 일을 잊을 수 있을까. 잊힌 것은 눈에 보이지 않지만 결국 내 속 어딘가에 있는 검은 연못에서 자고 있을 것이다. 그래서 이 글을 쓴다. 나는 죽은 친구를 그리워하거나 추모하기 위해서 쓰는 것이 아니다. 어느 날 내 안의 검은 연못에 있는 것이 기어 나오지 않게 하기 위해서다. 그래서 나는 쓴다.

2.

장과 나는 중학교에서 처음 만났다. 그저 그런 중학 축구부에 동기로 들어간 우리는 금방 친해졌다. 동지의식 같은 것이리라. 여기 같은 소도시에서 운동부 생활을 한다는 것은 공부 체질은 아닌 놈으로 낙인찍히는 것이었고, 나중에 읍내에서 건들거리거나 서울로 도망갈 놈들 취급을 받는 것이다. 장과 나는 그런 밑바닥에서도 가장 밑에 있는 신세였다. 이제 수염이 나기 시작하는 우리에게 선배들의 구타와 괴롭힘이 쏟아졌지만, 그 덕분에 장과 나는 더욱 친해졌고 고등학교까지 같이 가게 되었다.

계속 이어진 축구부 생활이 즐거웠다고는 할 수 없었지만, 이제 괴롭다고 느끼지는 않았다. 학교 밖에서든, 교실이든, 운동부 합숙소든 어디에나 폭력은 있었고 그것을 피해 가는 사람은 여기 먹이 사슬 위에 올라앉은 사람들과 그 자식들이었다. 의문을 제기한다는 것은 별난 사람이 되는 것이었고 곧 불행해질 사람들이었다. 그런 식으로 장과 나, 우리 동기 모두는 그렇게 살았고 나름 마음 편하게 지냈다. 하지만 학교는 그 안의 사람을 씹어서 흐물거리게 만들고 어른이라는 딱지를 붙인 다음 뱉어내는 곳이다. 우리는 충분히 물렁해졌고 이제 쫓겨 날 때가 되고 있었다.

장과 나는 수비수였고 운동장보다 벤치에 앉아 있는 시간이 많았다. 가끔 도내 대회에서 교체 선수로 출장하긴 했지만, 전국대회에서는 뛰어 본 적도 없었다. 2학년 겨울 방학부터 나와 장은, 그리고 비슷한 신세의 동기들은 장의 집에 모였다. 모두 3학년이 되면 어떻게 할 것인지 마음을 정하라는 성화에 시달리고 있었고, 그런 말을 하지 않는 어머니가 있는 장의 집이 제일 좋은 곳이었다. 지금 생각해 보면 그 겨울 방학이 가장 좋았다. 바깥에는 칼바람이 불었지만 우리는 장의 방에 모여 밤새도록 시답잖은 잡담을 지껄이며 노닥거렸다. 그리고 장의 어머니가 해 주시는 동남아식 야식과 주전부리를 먹어 치웠다.

봄이 왔고 우리는 3학년이 되었다. 각자 운동을 때려치울 이유를 수만 가지씩 준비하고 참석한 첫 훈련 때 감독은 새로 코치가 올 것이라고 발표했다

"경험은 없지만, 너희들에게 도움이 될 거다."

그때는 무슨 말인지 몰랐지만, 곧 알게 되었다. 당뇨가

점점 심해지는 감독은 이제 은퇴할 예정이었고 그 전에 재단 이사장 아들이 코치로 들어와서 팀을 인계받게 된 것이었다. 재단은 대학까지 가지고 있는 도내에서 가장 큰 사학재단이었고 그 대학 축구팀은 특례입학을 통해 끌어모은 몇몇 선수 덕에 그럭저럭 이름이 알려진 팀이었다. 우리의 귀를 솔깃하게 한 것은 그 대학으로 특례입학 할 수도 있다는 이야기였다.

코치가 오던 날, 운동장에 늘어선 우리는 나름 기대에 차 있었다. 감독과 함께 우리 앞에 선 코치는 선글라스를 끼고 몸에 달라붙는 화려한 운동복을 입고 있었다. 우리의 경례를 받은 그는 감독의 소개와 훈시가 있을 때 짝다리를 짚은 채 건들거렸다. 잠시 후 감독이 코치에게 훈련일지를 넘겨주고 교무실로 들어가자 그가 우리 앞에 허리를 짚은 채 섰다. 그리고 입을 열었다.

"내가 기억력이 별로라서 말이야."

그는 얇은 입술 끝을 찌그러뜨리며 말했다.

"한 명씩 자기 성명하고 포지션 복창해 봐."

왼쪽 끝의 주장부터 시작된 복창은 장의 차례에까지 왔다. 장이 이름과 포지션을 말하려고 할 때 코치는 손을 들어 제지했다. 그리고 장 앞에 섰다.

"넌 뭐야?"

그가 선글라스를 벗고 장을 위아래로 훑어보았다.

"깜둥이네. 잘 뛰냐?"

그리고 악몽이 시작되었다.

3.

그가 부임하자마자 여러 가지 소문이 퍼졌다. 재단 이사장 아버지의 힘을 빌려 대학에 특기생으로 들어가고, 운동하면서 생겼다는 부상을 핑계로 군대를 면제받았다는 이야기. 그래도 공부깨나 한다고 했던 형과 누나와 달리 학교 졸업한 후 해외로 도피성 유학을 갔다가 결국 아버지에 의해 이곳으로 끌려 내려왔다는 이야기.

소문이 사실인 것을 증명하는 것처럼, 코치는 얼마 안 가 본색을 드러냈다. 걸핏하면 내는 짜증은 욕설과 가벼운 손찌검으로 이어졌고 결국 본격적인 구타로 이어졌다. 그나마 감독이 있을 때는 조심하던 코치는 봄이 지나기도 전, 감독 대행을 맡게 되었고, 축구팀을 자기가 지배하는 세계로 바꾸려고 했다. 당연히 그에게는 이 작은 세계에 이미 존재해 왔던 우리 3학년들이 눈엣가시였다. 우리 동기들은 훈련이 끝난 후 따로 특훈을 받아야 했고 실수할 때마다 선배로서 모범을 보이지 않았다는 이유로 욕을 먹었다. 우리 중에서도 특히 타깃이 된 장은 집요하게 괴롭힘을 받았다. 코치는 장의 포지션을 3번 바꾸었고, 터무니없는 트집을 잡아 기합을 주었다. 특훈을 빙자한 기합은 장 때문에 한밤중까지 이어지는 일이 잦아졌고, 봄이 끝나고 여름이 올 때까지 계속되었다.

공포는 전염된다. 그리고 공포가 지나간 자리는 비겁함이 메우는 법이다. 우리도 장에 대해 짜증을 내기 시작했다. 그가 없다면 어차피 다른 누가 희생양이 될 터였지만 우리는 아직 그 정도로 세상일에 밝지 못했다. 그저 내가 아니라서 다행이라고만 생각했으니까. 여름방학 직전, 2학년이 주축이 되어 구성된 팀이 도내 라이벌 학교와의 연습게임에서 이기게 되자, 이제 후배들도 노골적으로 우리를 무시하는 것 같았다. 그 시합 며칠 전에 상대 팀 감독과 코치가 읍내의 단란주점에서 거하게 술을 마셨다는 소문이 있었지만 소문은 소문일 뿐이었다.

"안 힘드냐?"

금요일 밤 집으로 가는 길이었다. 우리 둘 다 땀에 전 흙투성이 운동복을 입은 채 다리를 절뚝거리며 걷고 있었다. 그동안 부쩍 그와 소원해졌던 나는 어색하게 그에게 물었다. 그는 씩 웃었다.

"힘들지."

"훈련 말고, 갈굼당하는 거 말이다."

"더 열심히 해야지."

초여름을 지나는 날이었고 달이 밝았다. 집으로 가는 길은 방풍림을 끼고 가는 숲길이었다. 나무 사이로 사각거리는 바람 소리가 들렸다. 공기는 따뜻하고 상쾌했다. 그래서 나는 화가 폭발했다.

"때려치워라. 축구가 뭐라고 이렇게 사냐."

말을 뱉고 나는 바로 후회했다. 우리는 한참을 말없이 걸었다.

"미안하다."

그는 대답 없이 계속 걸었다. 저 앞에 동네의 불빛이 보였고 우리는 건널목 앞에서 신호가 바뀌는 것을 기다리며 섰다. 장이 내게 물었다.

"너는 왜 안 그만두냐?"

"이거 안 하면 뭐하겠냐, 공부는 글렀고. 코치가 잘 따라오는 놈은 대학 보내준다고 했잖아."

그는 고개를 끄덕였다. 그리고 잠시 후 말했다.

"대학은…… 상관없어. 그냥 축구가 좋아."

장은 잠시 말을 멈추고 입을 열었다.

"초등학교 때 애들이 날 놀렸어. 난 우리나라 사람처럼 안 생겼으니까. 그런데 학교 운동회만 되면 그날만은 달랐지. 달리기를 잘했으니까. 릴레이 때 마지막 주자로 뛰면서 3명을 제친 적도 있었어."

나는 고개를 옆으로 돌렸다. 그는 얼굴에 미소를 띠고

있었다.

“운동을 하면 되겠구나. 그러면 된다고 생각했지. 그래서 축구부가 있는 중학교에 들어간 거야. 그런데 내가 생각한 것하고 다르더라. 선수로 하는 운동은 다르더라고.”

그는 말을 멈추었다. 신호가 바뀌었지만 우리는 그대로 서 있었다.

“몸이 힘든 것으로 따지면 그때가 훨씬 더 힘들었어. 아침에 일어나면 베개가 코피로 젖어 있곤 했지. 엄마는 그만두라고 했지만 난 내가 좋아서 한다고 했어. 왜 그랬는 줄 알아?”

나는 고개를 저었다.

“너희들 때문이었어. 진짜 친구를 처음 가져봤거든. 그렇게 말하니 엄마가 막 울더라. 그다음부터는 아무 말도 안 하고.”

그는 다시 말을 멈추고는 하늘을 올려다보았다.

“중학교 졸업하기 전에 아버지가 돌아가시고, 엄마는 캄보디아로 돌아가자고 했어. 거기에 가면 외가도 있고, 엄마가 틈틈이 모아 보내준 돈으로 외삼촌이 가게도 하나 열었다고 하더라. 그런데 나는 안 간다고 했어.”

그의 목소리가 조금 커졌다.

“여기서 겨우 친구들과 사귀었는데 거기에 왜 가야 하냐고 그랬지. 거기에 가면 난 캄보디아 사람도 아니니 또 처음부터 시작해야 한다고."

장의 목소리가 떨리기 시작했다.

"엄마는 마음을 돌리셨어. 나 때문에 여기 남기로 결심한 거야. 그러니 여기서 포기할 수는 없어."

그 뒤에 우리가 나누었던 말은 잘 기억이 나지 않는다. 툭툭 치며 시답잖은 농담을 주고받으며 집으로 돌아왔던 것 같다. 지금 그때를 생각하면 장을 어떻게든 말렸어야 한다는 후회가 들곤 한다.

4.

사건은 그날 밤 대화 후 일주일 정도 지나서 터졌다. 우리는 전국대회 예선을 앞두고 합숙 중이었고, 오후 연습을 위해 운동장에 모였지만 코치는 나타나지 않았다. 그의 지각이야 워낙 자주 있는 일이었으므로 우리는 늘 하던 대로 러닝을 시작했다. 러닝을 마친 뒤에도 코치는 보이지 않았다. 그날따라 무슨 일인지 축구팀을 격려하려고 온 교장이 운동장에 내려왔을 때 우리는 여전히 코치 없이 준비운동을 하고 있는 상태였다. 초여름 더위에 한참을 기다린 교장은 마침내 코치의 행방을 물었고 우리가 우물쭈물할 때 코치가 술 냄새를 풍기며 나타났다. 그는 스탠드 그늘에 앉아 있는 교장을 미처 알아차리지 못했고 운동장 한 쪽에 모인 우리를 보고는 욕설을 퍼부었다. 그렇게 시작된 욕설은 교장과 학교에까지 이어졌다. 그리고 코치는 교장을 발견했다.

그 후의 일을 회상하는 것은 지금도 고통스럽다. 교장은 우리가 있는 데서 이런 일이 생긴 이상, 형식적으로나마 코치를 나무랄 수밖에 없었고 우리 앞에서 꾸중을 들은 코치는 불쾌해진 얼굴을 숙였다.

코치는 그날 밤 합숙소 뒤편으로 부원들을 집합시켰고 물에 불린 몽둥이로 우리를 때렸다. 우리 3학년부터 시작된 몽둥이질은 2학년까지 내려왔고 우리는 그것으로 끝인 줄 알았다. 구타야 그 당시 늘 있는 일이었지만 1학년을 때린 적은 없었던 것이다. 하지만 코치는 1학년들에게로 걸어갔고 설마 했지만 정말로 그들을 때리기 시작했다. 그때 장이 일어섰다.

"저희가 잘못했습니다. 앞으로 이런 일이 없도록 하겠습니다."

"뭐야?"

감독이 들고 있던 몽둥이를 내려놓고 장 쪽으로 걸어왔다. 우리는 엎드린 채 얼어붙었다.

그렇다. 우리는 그때 장과 같이 코치에게 항의해야 했다. 적어도 한 사람이라도 장의 편을 들어 주었어야 했다. 거의 미친 코치가 장을 글자 그대로 개같이 때렸을 때라도 말이다. 우리는 그래야 했다. 하지만 우리는 아직 고등학생에 불과했다. 축구부는 학교라는 작은 세계 안의 더 조그마한 부분에 불과했지만, 우리에게는 세계의 전부였고, 그 두목인 코치는 절대 권력이었다. 그때 우리는 그냥 엎드린 채 두려움에 떨기만 했고 그 순간이 끝나기만을 바랐다.

그들도 그렇게 해서는 안 되었다. 다음 날 이사장이 교장을 부르지 말았어야 했고, 결국 교장이 우리를 모아 놓고 앞으로 코치 말에 절대복종하라는 훈시를 하면 안 되었다. 코치가 축구부원의 학부모들을 한 명씩 차례로 불러 으름장을 놓도록 해서도, 우리의 부모들도 우리에게 세상이 원래 그러니 참고 살라고 해서도 안 되었다.

무엇보다도 장을 축구부에서 쫓아내었을 때, 항의했어야 했다. 소식을 듣고 찾아온 그의 어머니를 코치가 윽박지르고, 그녀가 울면서 나오는 것을 봤으면 말이다.

우리 모두, 그저 장 다음의 타겟은 누가 될까만을, 내가 아니기만을 바랐다.

축구부에서 쫓겨나고 이틀 뒤 장은 집을 나갔다. 그의 어머니는 필사적으로 우리를 붙잡고 아들이 있을 만한 곳을 물었지만, 우리도 아는 것이 없었다.

5.

더위가 절정에 달한 날 밤, 나는 집으로 터덜거리며 걷고 있었다. 전국대회는 본선에도 오르지 못했고 열이 받은 코치는 입에서 단내가 나도록 우리를 괴롭혔다. 내일 일어날 자신도 없었고 모든 것이 지긋지긋했다. 집 앞에 도착했을 때 누군가가 나를 불렀다. 장이었다. 처음에는 알아보지도 못할 정도였다. 헝클어진 머리는 떡져 있었고 옷은 때에 절어 있었다. 탄탄했던 몸에는 살이라고는 하나도 남아 있지 않았다.

"야, 깜짝 놀랐잖아."

"놀랄 게 뭐 있냐."

그는 씩 웃었다.

"어디 있었냐?"

"산에."

"산?"

"아버지가 일하시던 산막. 거기 있었다."

"농사지으려고?"

"아니."

"그러면?"

"집 나와서 갈 데가 없더라."

"어머니는?"

"서울에서 일할 데 알아보고 있으니 걱정 마시라고 편지를 남겨 놓았지."

우리는 저번처럼 말없이 그냥 서 있었다. 갑자기 장이 무엇인가를 내게 건네었다.

"받아라."

"뭐냐?"

목걸이였다. 너덜너덜한 붉은 색 끈을 엮은 그것을 장은 샤워할 때나 잘 때도 늘 걸고 있었다. 장의 말로는 그것이 악귀나 흉사를 막아 주는 캄보디아의 부적이라고 했다.

"이걸 왜, 이거 너한테는 귀한 거리며."

"이제 필요 없어. 나쁜 일도 못 막았잖아."

"그래도……."

"한국 사람이 캄보디아 미신이나 믿으니 이런 일이 생긴 거지. 그래도 기념품으로 가져. 엄마가 알면 난리 날 테니 비밀로 해 주고."

나는 그것을 건네받았다. 가로등 불빛에 비춰 보니 알 수 없는 글자들이 촘촘히 박혀 있었다. 나는 그것을 주머니에 넣고 물었다.

"뭐야. 이거 주려고 온 거야."

"그래. 그리고 우리 엄마한테는 오늘 나 만난 것은 비밀로 해 줘."

"그래도……."

"모든 것이 제자리로 돌아갈 거야. 잘 있어."

장의 목소리가 살짝 바뀌었다. 나는 새삼스레 그를 다시 쳐다보았다. 평소의 모습답지 않게 차분하고 침착해 보였다. 이게 다 농담이었다는 듯 장이 씩 웃었다. 그러고는 방향을 돌려 집 반대 방향으로 걸어갔다.

"개학하면 학교 다시 나올 거지?"

등 뒤에 대고 내가 말하자 그는 돌아보지 않고 손을 흔들었다. 그리고 어둠 속으로 사라졌다.

6.

방학이 끝나고 개학이 되었지만, 여전히 장은 나타나지 않았다. 개학 날 담임은 나를 불러 장에 대해서 캐물었고, 결국 나는 그날 밤에 장을 만났다는 사실을 털어놓았다. 오후 수업시간 중간에 담임이 상담실로 다시 한 번 나를 불렀다. 문을 열고 들어가자 담임 옆에 앉아 있는 장의 어머니가 보였다. 담임은 내게 앉으라는 눈짓을 하고 장의 어머니에게 말했다.

"뭐, 큰일은 아니었습니다. 제가 직접 걔하고 상담도 별도로 했고요. 어머님은 잘 모르실 수도 있겠지만 우리나라에서는 운동하려면 빠타, 그러니까 매도 맞고 그럽니다. 그때 너도 맞았지?"

나는 고개를 끄덕였다.

"원래 운동부가…… 그러면 안 되지만 옛날에 비하면 좋아진 겁니다. 예전에도 이런 일이 있었고……. 가출을 한 아이도 있었지만 결국 돌아왔……."

장의 어머니가 담임의 말을 자르고 나를 바라보며 말했다.

"다시 말해 주겠니? 네가 마지막으로 봤을 때 개가 뭐라고 했지."

"아무 말도 안 했어요."

"정말이니? 정말 아무 말도 안 했니?"

나는 입술을 깨물었다. 그녀의 커다란 눈에 눈물이 맺힌 것이 보였다. 어떻게 해야 할지 혼란스러워졌다. 어쩌면 큰일이 생겼을지 모른다는 느낌이 스멀거리며 올라왔다.

"이걸 줬어요."

나는 주머니에서 목걸이를 꺼냈다.

장의 어머니는 목걸이를 받아 살펴보고는 한참을 멍하니 있었다. 그리고 눈물을 흘리기 시작했다. 나와 담임이 어쩔 줄 몰라 하는 사이에 그녀는 알아들을 수 없는 말을 외치며 바닥에 주저앉았다. 담임이 급히 무릎을 꿇고 일으켜 세우려고 했지만, 울음소리는 점점 커졌고 끝내 손바닥으로 땅을 치며 울부짖었다. 나는 급히 담임 반대편에서 그녀의 팔을 잡았다. 힘을 모아 겨우 의자에 다시 앉히자 담임은 내게 나가라는 눈짓을 보냈다. 나는 도망치듯이 문을 닫고 나왔다. 교실로 돌아가지 않고 복도를 걸어 나와 운동장에 섰다. 뒤에는 컴컴한 복도가, 앞에는 늦은 여름의 백열광이 있었다. 빛과 열기가 덮쳤지만, 몸이 오슬거렸다.

나는 장이 죽었다는 것을 깨달았다.

산막에서 장의 시신이 발견되었다. 그의 아버지가 남의 산에서 버섯 농사를 지으며 지냈던 산막 옆에 서 있는 나무에 목을 맨 채였다. 여름 산들바람에 가볍게 앞뒤로 흔들리는 시신 아래에 깨끗하게 빤 하얀 축구화가 가지런히 놓여 있었다.

그가 화장되기 전 몇 가지 소문이 돌았다. 장이 집을 나와 산막에서 한 달여 간을 혼자서 보냈다는 이야기. 야간 산행을 하던 등산객들이 한밤중에 산막 앞쪽에서 볼 트래핑을 하던 그를 보았다는 이야기.

그리고 장례식이 있었다. 빈소는 첫날 몇 명을 제외하고는 텅 빈 채였고 3일 차에 그를 실은 검은 리무진은 3학년들만 나와 있는 휑한 운동장을 한 바퀴 돌고 사라졌다. 며칠 뒤, 그의 어머니가 동네를 떠났다는 이야기가 들렸다. 캄보디아로 다시 돌아갔다는 사람도 있었고, 서울에서 보았다는 사람도 있었지만 모두 확실하지 않았다. 여느 소문이나 이야깃거리처럼 말이 꼬리를 물지 않았다. 장과 그의 어머니에 대해서는 짧은 속삭임이 있을 뿐 이야기가 이어지지 않았다. 바람이 시원해지기 시작하면서 아무도 그들 모자에 대해 말하는 사람은 없었다. 아니, 그들이 존재했다는 사실 자체가 지워져 버린 것 같았다.

7.

가을이 오고 대학 전형이 시작되었다. 예상대로 나를 불러주는 곳은 없었다. 나뿐만 아니라 대부분이 그랬다. 결국 코치의 말은 허언으로 끝났다. 운이 좋은 놈들과 뒷배가 있던 놈들 몇 명만 진학이 확정되었다. 집에서는 늦더라도 내년을 다시 써서 입시 준비를 하라고 했지만 나는 될 대로 되라는 심정이었다.

11월이 훌쩍 지났고 우리들은 함바집 한구석에서 소주잔을 앞에 두고 모였다. 우리는 쓸쓸했다. 어렸음에도 불구하고 우리 부원들은 19세의 육신 그대로 쓸쓸했다. 아무런 앞날이 보이지 않는 우리에게 11월은 견디기 힘든 시간이었다.

"지금 잔들만 비우고 일어서라."

"예."

함바집 미닫이문 가에 선 학생 주임이었다. 평소라면 사달이 났겠지만, 그 역시 둥그렇게 둘러앉은 우리들에게 그 이상의 말은 하지 않았다. 어차피 한 해는 갔고, 내년쯤에는 서울로 올라갔거나 시내 유흥가에서 건들거릴 인생들이었다. 간혹 정신 차린 놈은 기름밥을 먹고 있을 것이고 몇 놈은 군대에서 똥 볼만 차고 있을 것이다.

"너는 뭐할 거냐."

"모르겠다. 아버지 가게나 봐야지. 너는?"

"작은 삼촌이 해병대 가라더라. 거기서 스쿠바 자격증 딸 수 있다고 하니까 제대하면 저 밑 바닷가 가게에 취직이나 해야지."

"나는 공부해서 2년제라도 갈란다. 사회체육과 가서 헬스 클럽 차리면 괜찮을 거야."

"코딱지만 한 동네에서 그게 되겠나?

"단골만 좀 모으면 먹고는 산다더라."

"팔자 좋네. 나 취직이나 시켜 주라. 청소하고 코치는 내가 할게."

"지랄."

"코치란 말은 입에 담지도 마라."

침묵이 흐르고 우리는 앞에 앉은 소주잔들만 노려보았다. 아마 모두 코치를 생각했을 것이고 그날을 생각했을 것이다. 그리고 그가 죽인 것이나 마찬가지인 장을, 그것을 도운 것이나 마찬가지인 우리 자신에 대해 생각했을 것이다.

"가자."

누군가가 내뱉었다. 우리는 말없이 헤어졌다.

그때까지는 정확히 기억할 수 있다. 11월 말의 차갑고 검푸른 하늘과 바닥에 뒹구는 말라비틀어진 플라타너스 잎, 잔열이 희미하게 남은 숯불의 부스러기. 소주잔에 비친 멍한 내 얼굴까지.

떠오르는 것은 거기까지다. 집으로 가면서 올려보았던 창백한 달무리부터 내 기억은 희미해진다. 집 앞 골목 어귀 그림자 밑에서 누군가가 나를 불렀던 것은 지금 생각해보면 현실같이 느껴지지 않는다.

"어머님?"

그림자 밑에 서 있던 사람은 장의 어머니였다. 초췌해 보였고 해쓱해져 알아보기 어려울 지경이었지만 그녀가 틀림없었다. 내가 조심스럽게 인사를 건네자 그녀는 고개를 끄덕였다.

"오랜만이네."

"네."

"학교는 어때?"

그리고 우리는 몇 마디 의미 없는 안부를 교환했다. 나는 초조해지기 시작하고 자리를 뜨고 싶었지만, 그녀는 나를 놓아 주지 않았다. 그러다 갑자기 정색하고 말했다.

"장은 누가 죽였다고 생각하니?"

"네?"

내 손이 떨리기 시작했다. 장이 죽은 이후 늘 스스로에게 묻던 질문을 그녀에게서 듣자 가슴이 멍해졌다.

"그야…… 경찰들이 말한 것처럼……."

"정말 그렇게 생각하니? 너도 그렇게 생각해?"

공기가 얼어붙는 것 같았고 나는 도망치고 싶었다. 그렇지 않으면 그 자리에 주저앉은 채 굳어 버릴 것 같았다.

"그렇지만…… 저는…… 장을 그렇게 만든 것은……."

이상한 느낌이었다. 울음이 터져 나와야 했지만, 그 자리를 차지한 것은 분노였다. 멍해졌던 가슴 한구석에서 분노가 차고 올라, 어느 순간 얼굴이 달아올랐다. 나는 코치의 이름을 말했다.

"그래서 어쩔 거니?"

나는 그녀를 바라보았다. 어쩌다니.

"이제 와서……."

나는 말을 채 잇지 못했다. 그녀는 말없이 나를 보다 다시 입을 열었다.

"네가 장하고 가장 친했지."

"네."

그녀는 내게 무엇인가를 건네었다. 장이 주었던 목걸이였다.

"그게 뭔 줄 아니?"

"목걸이요."

"그건 요안이라는 거란다."

그녀는 잠시 말을 멈추었다.

"캄보디아에서 아이들에게 주는 부적이지. 나쁜 일을 막아 주고 악귀를 쫓는 거란다. 절대로 자기 몸에서 떼어놓으면 안 되는 거야."

나는 갑자기 사실을 깨달았다.

"그래. 장이 그것을 네게 주었을 때 그 아이는 이미 결심했던 거란다. 걔는 너를 제일 좋아했거든."

"저는, 저는……."

말하려 했지만 목에서 꺽꺽거리는 소리만 나오고 나는 말을 할 수가 없었다.

"그래서 어떻게 할 거니?"

그녀가 다시 물었다. 나는 아무런 말도 할 수 없었다.

"그냥 이대로 넘어가는 거니? 아무 일도 없었던 것처럼?"

그날이 떠올랐다. 우리 모두가 짐승이었던 날. 잡아먹는 짐승과 잡아먹히는 짐승들만 모여 있던 날 밤. 코치의 얼굴과 장의 마지막 모습이 엇갈리면서 나는 소리쳤다.

"제가 뭘 할 수 있겠어요!"

"다른 방법이 있다면 어떻게 할 거니."

"다른 방법이라뇨."

"벌을 내리는 것……."

나는 말없이 그녀를 바라보았다.

"내 아들을 죽인 놈에게 복수하는 것."

"어떻게 그렇게 할 수 있죠?"

내가 그때 일이 현실 같지 않다고 말했나? 그 뒤에 장의 어머니와 내가 나눈 대화는 더욱 흐릿해져서 마치 꿈속에서 꾸는 꿈같았다. 그녀는 장이 죽은 후 했던 일을 말해 주었다.

"나는 장을 보내고 내 나라로 돌아갔어. 그리고 아싼을 찾아갔단다."

그녀는 내 표정을 보고는 말을 이었다.

"아싼은 사원에 있는 사람이란다."

"스님인가요?"

"아니, 사원에서 수행하는 사람이지. 한국의 무당 같은 일을 하기도 해. 장에게 부적을 만들어 준 사람은 내 할머니의 할머니 때부터 우리 마을의 아싼이었지. 그를 찾아가 따졌다. 아들이 이렇게 될 때 왜 당신이 만든 부적이 못 막아 주었냐고. 그는 말없이 내 말을 듣기만 했다. 나는 지쳐 쓰러졌고, 그놈을 죽이고 아들을 따라가겠다고 했다. 며칠을 그렇게 찾아가서 원망했더니 마침내 그가 말했어. 악귀를 벌하는 것은 하늘이 하는 것이지 사람이 하는 것은 아니라고. 나는 죽어서 칼로 만든 지옥 길을 걷더라도 그렇게 하겠다고 했지. 그는 한참을 잠자코 있더니 말했어. 하늘의 그물이 성길 때 그것을 직접 조이는 방법이 있다고."

그녀는 눈을 감고 말없이 서 있었다. 찬바람이 불었다. 아까 내 몸을 불타오르게 했던 분노와 슬픔은 사라졌고 냉기가 다시 느껴졌다. 늦가을이라고 하기에는 너무 싸늘해서 그녀와 내가 나누는 말들이 그대로 공중에서 얼어붙어 버리는 것 같았다.

"나는 어떻게 하면 그렇게 할 수 있냐고 물었다. 그는 나를 다시 말렸지. 그것은 허락되지 않은 방법이고 너무 큰 대가를 치러야 한다고 했어. 나는 무조건 그렇게 하겠다고 했다. 그렇게 못하면 그냥 스스로 아들을 따라가겠다고 했어. 아싼은 한참을 망설이다 그 방법과 치를 대가에 대해서 말해 주었어. 그래도 하겠느냐고 물었지. 나는 가엾게 죽은 내 아들을 위해서는 뭐든지 할 수 있다고 했다."

그녀의 눈이 형형하게 빛났다. 그리고 이제 냉기는 더 심해져서 내가 그냥 얼음덩어리 속에 갇힌 느낌이 들었다. 보이지 않는 얼음벽 너머에서 그녀가 말하기 시작했다.

8.

잊힌 신, 제단에서 쫓겨난 어두운 신이 있다고 했다. 차마 빌 수 없는 소원을 가진 사람들은 길 없는 검은 열대 숲을 며칠 동안 홀로 걸어서 숲 어딘가 가장 깊은 곳에 비밀스럽게 모셔져 있는 그 신을 찾아갔다. 오래된 인골을 엮어 만들어진 좌대 위에 올라앉은 신상 앞에서 공물을 바치고 소원을 빌었다. 그 소원은 대개 복수였고 대개 이루어졌다. 하지만 소원을 빈 자는 그 대가를 혹독하게 치러야 했고, 결과는 언제나 예상치 못한 방향의 파국으로 이어졌다. 그러나 복수의 담즙을 달콤하게 느끼는 사람은 늘 있는 법이었다.

장의 어머니는 소원을 빌었다. 복수를, 아들을 그렇게 만든 자에게 가장 잔인한 복수를 기원했고 신은 웃으며 어두운 축복을 내렸다. 그리고 그녀는 그 축복을 가지고 이곳으로 돌아왔다.

장의 어머니와 만난 그날 밤, 나는 꿈속에서 장을 만났다. 마지막에 만난 그 모습 그대로였다. 그는 아무 말도 없이 웃기만 했다. '그렇게 할게…….' 나는 그에게 말했다. 하지만 그는 웃으며 도리질 쳤다. 나는 그에게 소리쳤다. '네가 뭐라고 하든 그렇게 할 거야. 이 바보야. 착하기만 하니까 그 새끼가 너를…….' 차마 뒤의 말까지 할 수는 없었다. 장이 슬픈 표정을 지었다. 어느 사이에 그의 모습이 희미해지고 다시 나타났다. 더 또렷해 보였지만 무엇인가 달랐다. 장은 녹색으로 빛나는 요안을 목에 감고 있었고 몸에서 열기가 뿜어져 나왔다. 입을 열자 연기가 뿜어 나왔고 자기 목소리가 아닌 탁한 저음의 목소리로 말했다.

"내게 조아려라. 소중한 것을 바쳐라."

나는 땀에 범벅이 된 채 깨어났다.

나는 친구들을 모았고 장의 어머니에게서 들었던 말을 전했다. 모두 전하지는 않았다. 그녀가 했던 말 중에서는 나만 알고 있어야 하는 것이 있었고 내가 해야만 하는 일이 있었다. 만약 이 일로 좋지 않은 일이 일어나면 그건 내가 오롯이 뒤집어써야 하는 것이었다.

솔직히 친구들이 모두 찬성했을 때 놀랐다. 그녀의 어머니가 지시하고 우리가 할 일을 최대한 돌려서 말했지만, 그런 일을 제정신으로는 받아들이기 힘들었다. 그렇지만 그들은 모두 같이 하겠다고 했고 밤에 모여 각자의 피를 모아 장의 목걸이를 담그는 소름 끼치는 의식을 할 때도 주저함이 없었다. 나는 깨달았다. 모두가 전날 밤, 장의 모습을 한 것의 방문을 받았던 것이다. 나는 다음 날 밤까지 각자 해야 할 것을 알렸다. 익숙한 일들이었다. 길지 않은 인생에서 우리는 그것만 했었다.

경기를 준비하는 것.

내가 해야 할 일이 유일하게 해 보지 않은 것이었다. 하지만 어떻게든 해낼 생각이었다.

그날 밤. 나는 코치의 집으로 갔다. 심부름할 때 알고 있었던 비밀번호는 그대로였다. 조심스레 문을 열고 들어가자 유달리 환한 달빛이 거실을 밝히고 있었다. 소파에는 빈 소주병과 배달음식 남은 것이 널브러져 있었다. 조심스럽게 안방 문을 열어 보니 코치는 침대 밖에 한쪽 팔을 떨어뜨린 채 자고 있었다. 발소리를 죽이고 다가가 그를 내려다보자 손이 떨리기 시작했다.

장이 내게 주었던 요안을 꺼내어 오른손에 들었다. 여기까지 오면서 수백 번을 반복했던 순서를 다시 되뇌었다. 머리 위에 요안을 살짝 걸치고 그대로 베개를 훑으며 목덜미까지 당겨 목에 걸면 된다. 나는 숨을 참은 채 천천히 몸을 기울였다. 그리고 양손으로 조심스럽게 요안의 줄을 벌리고 천천히 머리와 베개 사이에 걸쳤다. 코치의 얼굴과 내 얼굴이 닿을 듯이 가까워진 순간 그의 입에서 기침이 터져 나왔다. 깜짝 놀란 나는 참았던 숨을 무심코 뱉었다가 들이쉬었다. 역겨운 술 냄새가 내 얼굴 위로 확 끼쳐 나왔다. 동작을 멈춘 채 이를 악물고 다시 숨을 참았다. 이제 당기기만 하면 된다.

'그다음엔 모든 것이 알아서 이루어질 거야.' 장의 어머니가 말했었다.

새삼스레 어떻게 된다는 것인지가 궁금해졌다. 그때…… 그녀의 눈은 전혀 거짓말을 하고 있지 않았다. 온몸에 일어난 닭살은 추위 때문이 아니었다, 냉기를 뿜어 대던 그녀의 눈. 그것은 속이거나 뭘 숨기는 눈이 아니었다.

코치가 몸을 뒤척였다. 나는 놀라 요안을 떨어뜨릴 뻔했다. 그는 팔을 괸 채 옆으로 누웠다. 요안은 머리와 팔, 베개 사이에 어정쩡하게 걸쳐 있었다. 지금 당긴다면 귀에 걸리거나 팔에 느끼는 이질감 때문에 그가 깰 것 같았다. 그대로 멈춘 채 다시 바로 눕기를 기다렸다. 그러나 그는 좀처럼 움직이지 않았고, 코까지 가볍게 골기 시작했다. 숨이 차오고 눈에 눈물이 맺히기 시작했다. 고개를 엉거주춤 돌리고 숨을 헐떡였다. 코에 감기는 악취 때문에 맺혀 있던 눈물이 흐르기 시작했다. 나는 이를 악물었다. 순간 그가 눈을 떴다.

"뭐야."

나는 요안을 잡아당겼다. 하지만 그것은 귀에 걸렸고, 짧은 그 순간, 나는 이 모든 것이 허사가 되리라는 것을 알아차렸다. 코치와 내 눈이 마주치고 내가 뒤로 물러서자 코치는 지금까지 잠든 척한 사람처럼 벌떡 일어났다.

"너 뭐야, 이 새끼야."

그가 침대에서 내려와 내게로 다가왔다. 그리고 주먹을 치켜들었다. 그 순간 귀에 걸린 요안의 줄이 움직이기 시작했다. 그것은 뱀처럼 움직이며 코치의 목을 둘러싸고는 자리를 잡았다. 그러나 코치는 흥분한 나머지 자기 목을 두른 것은 신경 쓰지 않는 것 같았다. 다가와 멱살을 잡고 몇 번을 흔들고는 내 목을 움켜쥐고 졸랐다. 눈앞이 흐려지고 발에 힘이 풀렸다. 주저앉기 바로 전 내 시선의 정면에 있던 요안이 녹색 빛을 뿜어내었다. 코치의 손에 힘이 풀리는 것을 느꼈고 나는 주저앉았다.

바닥을 짚은 채 비틀거리며 일어났을 때 코치는 한 손으로는 목을 쥐고 다른 한 손으로는 누구를 부르는 것처럼 손을 앞으로 내밀고 있었다. 구름을 나온 달빛이 거실을 밝힌 순간, 나는 허공에 떠 있는 요안의 줄이 그의 목을 뒤에서 당기고 있는 것을 보았다. 그는 입에서 알아들을 수 없는 말을 하며 내민 손을 앞으로 휘저었다. 그리고는 몸을 돌려 다시 나를 마주 보았다. 그 눈은 어리둥절함에서 놀람으로, 그리고 당혹감으로 바뀌었다. 앞으로 주저앉아 무릎을 꿇었다. 이제 필사적으로 두 손으로 요안을 움켜쥐었지만, 녹색 빛이 점점 강해지고 그의 눈에 흰자위만 남았다. 잠시 후 두 손이 앞으로 떨어지고 그는 바닥을 짚은 채 캑캑거렸다. 잠시 후 소리가 잦아들고 몸이 바닥에 무너졌다. 그리고…….

'넌 거기까지만 하면 된다. 눈을 돌려도 돼.' 장의 어머니가 말했었다.

나는 바닥에 주저앉은 채 눈을 감았다. 그러나 소리는 여전히 들렸다. 목걸이가 움직이며 스르륵거리며 살을 파고드는 소리, 단단한 것이 갈려 나가며 부서지는 소리, 끈적한 액체가 바닥에 쏟아지며 꿀렁거리는 소리.

이제 조용해졌다. 나는 무릎을 짚고 일어섰다. 그리고

잘린 머리가 발치로 굴러왔다.

나는 코치의 머리를 보자기에 쌌다. 목이 없는 코치의 시체는 고개를 숙인 채 바닥을 짚고 가볍게 아래위로 흔들렸다. 잘려나간 목 위에서 피가 고여서 바닥에 떨어지는 소리와 허공으로 연결된 성대에서 그르렁거리는 소리가 들렸다.

나는 아파트를 나와 학교로 달렸다. 공기가 빽빽해졌고 비가 쏟아졌다. 겨울비답지 않게 빗방울이 굵어졌고 번개까지 쳤다. 길에는 아무도 없었다.

보자기에 싸인 코치가 입을 열었다. 중학생 때 친구들과 여자애 하나를 윤간했던 일, 군대에서 후임을 거꾸로 매달았던 일, 약혼자를 기절할 때까지 때린 일.

"맞을 만했으니 맞은 거고, 따먹힐 짓을 하고 다니니 그렇게 된 거 아냐. 누굴 원망해."

나는 이를 악물고 계속 달렸다. 그는 쉴 새 없이 떠들었다.

"씨발. 내가 이 좆같은 동네에 와서 돌대가리들 선생질이나 해야 되겠어? 졸업하면 주유소에서 기름이나 넣고, 짜장면이나 배달할 새끼들 데리고, 응?"

교문이 보이는 곳까지 왔을 때 비가 그치고 달이 떠올랐다. 그리고 코치는 서서히 조용해졌다. 학교로 들어가는 나를 본 사람이 있을까 하는 생각에 뒤를 돌아보았다. 저 멀리 동네는 여전히 겨울비가 난폭하게 쏟아지고 있었다.

고개를 돌려 학교를 보았을 때 운동장을 밝히는 환한 달빛이 보였다.

9.

운동장에는 경기 준비를 끝낸 친구들이 하프 라인에서 마주 보고 서 있었다. 줄 끝에 장의 어머니가 보였다. 나는 보자기를 그녀에게 건네었다. 그녀는 조심스럽게 그것을 바닥에 내려놓고 매듭을 풀었다. 코치의 머리는 눈을 감은 채였다. 그녀가 머리를 들어 마주 보자 코치가 눈을 번쩍 떴다.

"하, 그 새끼 어머니군. 잘 지내셨소?"

장의 어머니는 입을 깨물었다.

"걔가 그렇게 된 것은 좀 미안하게 생각하지만."

코치가 입술 한쪽을 찌그러뜨렸다.

"그 새끼는 근성이 없었어. 동남아 새끼 아니라고 할까 봐. 물러 터진 새끼."

그는 눈을 치켜뜨고 눈알을 굴렸다.

"병신 새끼들. 너네들 같은 놈들은 노력도 안 하고 불평만 하지. 그냥 다 잡아서……."

그녀는 주머니에서 무엇인가를 꺼냈다. 달빛에 반짝이는

금속 날이 보였다.

"모두 눈을 감아 주겠니?"

우리는 그렇게 했다.

슥삭대는 소리. 그 사이사이로 단단한 것이 부러지고 잘려나가는 소리가 들렸다. 그래도 코치는 계속 떠들고 있었다. 그리고 신음소리가 들렸다. 우두둑거리는 소리가 나며 신음 소리는 기괴해졌다. 뚝 하는 소리와 함께 무엇인가가 뽑혀져 나갔고 소리가 멈추었다.

"이제 눈을 떠도 돼."

땅바닥에는 구르기 쉽게 코와 귀를 잘라낸 코치의 머리가 놓여 있었다. 장의 어머니와 눈이 마주쳤다. 그녀는 고개를 끄덕이고 스탠드로 걸어갔다.

우리는 경기를 시작했다. 미니 게임이었지만 우리들만의 경기를.

10.

코치의 머리는 하프라인 중간에 놓여 있었다. 스트라이커가 그의 머리를 뒤로 살짝 차내고 공격수들이 앞으로 돌진했다. 나는 있는 힘껏 그것을 차서 전방으로 패스했다. 머리는 푸른 달빛을 배경으로 선홍색 피를 뿌리며 날아올랐다. 볼을 받은 공격수가 턴할 때 태클이 들어왔고 턱뼈가 부서지는 소리가 들렸다. 공격수가 상대편 진영으로 쇄도했고 머리가 굴러간 자리를 따라 남은 허연 뇌수 자국이 달빛을 받아 반짝거렸다.

그날의 경기는 안개에 싸인 것처럼 희뿌옇게 머릿속에 단편들만 남아 있다. 그러나 그 단편들 하나하나는 너무나 선명해서 지금도 그대로 그려낼 수 있다. 우리의 마지막 경기. 그날 이후로 인생의 전부였던 축구를 더 이상 할 수 없으리라는 것을 우리 모두 알고 있었다. 경기가 종료되면 우리 삶의 한 자락도 같이 끝나는 것도 알고 있었다. 하지만, 우리는 경기 내내 울고 웃었다. 소리 지르고 춤을 추었다. 그게 뭐 어쨌단 말인가. 그 경기는 먼저 떠난 친구를 기리는 것이었고 우리의 마지막 경기였다. 온전히 우리 것이었다.

그리고 스코어는 2대2. 남은 시간은 1분.

우리 쪽 미드필더가 머리를 잡았고, 2번의 패스 만에 내게 왔다. 그리고 골문을 향해 단독 드리블로 달렸다. 태클 하나를 젖히고 페널티 라인까지 치고 올라갔을 때 골키퍼가 내 앞으로 달려들었다. 슛을 날릴 각이 없었다. 그때 익숙한 목소리가 들렸다.

"여기!"

장이었다. 마지막으로 보았을 때와는 사뭇 달라져 있었다. 힘차 보였고 웃고 있었다. 은색의 달빛이 그의 몸을 통과하면서 반쯤 투명하게 보이는 그의 모습은 초현실적으로 아름다웠다. 나는 사이드 킥으로 깔아 그에게 패스했다. 장은 코치의 머리를 받아 머뭇거리지 않고 한 번에 바로 슛을 날렸다. 두개골이 깨지는 소리와 함께 코치의 머리는 아름다운 포물선을 그리며 골문을 통과해 네트에 꽂혔다. 그리고 경기가 끝났다.

우리는 모두 얼싸안았다. 서로의 등을 두드려 주고 웃음을 터뜨렸다. 그리고 악수를 나누었다. 우리들 중 몇 명은 올해가 지나면 다시 얼굴을 못 볼 것이다. 하지만 아무 일도 없었던 것처럼, 내일 다시 볼 수 있을 것처럼, 어른의 악수를 나누었다. 그리고 헤어졌다.

운동장에 마지막으로 남은 나는 장의 어머니에게 다가갔다. 그녀는 아들의 손을 잡고 나란히 선 채 웃으며 눈물을 흘리고 있었다.

"끝났어요."

"그래."

"어머님도 이제 쉬셔야죠."

그녀는 달이 지고 있는 서쪽으로 고개를 돌렸다. 그녀의 고향이 있는 곳이었다. 옆얼굴에 마른 눈물 자국이 보였지만 여전히 웃고 있었다.

"그래. 나는 내 할 일을 했어. 이제 돌아가야지."

장이 그녀의 어깨를 감싸 안으며 내게 말했다.

"잘 있어. 고마웠다."

장과 나는 손을 맞잡았다. 달빛에 비친 그의 얼굴은 수척해지기 전 모습 그대로였다. 손을 잡은 동안, 그는 우리가 처음 만났을 때의 모습으로 바뀌었다. 내가 6년 동안 알고 있던 그의 모습이 투명한 유체 위에서 시간 순으로 빠르게 바뀌며 투사되었다. 은색으로 빛나는 축구복을 입은 채 빛나는 모습이 그의 마지막 형상이었다. 장은 이제 더 이상 나이를 먹지 않을 것이다. 세상에 남겨진 우리는 늙고 추해지겠지만 그는 이 모습 그대로일 것이다. 나는 가슴이 먹먹해졌다. 내 마음을 읽기라도 한 듯 장은 고개를 끄덕이고는 싱긋 웃었다.

장은 어머니의 어깨를 안은 채 뒤를 돌아 걸었다. 이제 세상은 그들 모자만의 것이었다. 웃으며 아들을 올려 보는 어머니의 모습과 환한 미소를 띤 채 내려보는 장의 옆모습이 보였다. 그들의 모습은 달빛 속으로 녹아 사라졌다.

그들이 떠난 후 한참 동안 나는 그 자리에 서 있었다. 그리고 코치의 머리를 챙겼다. 머리 위쪽은 거의 반쯤 없어졌고 눈알이 터져 나간 자리는 검은 구멍 한 쌍밖에 남지 않았다. 부서진 턱이 덜렁거렸다. 내가 아는 가장 깊숙한 곳에 그것을 던져 버리자 달이 구름 사이로 사라졌다. 암흑이 내렸다.

그 뒤에 무슨 일이 있었냐고?

아무 일도 없었다. 며칠 동안 코치는 학교에 출근하지 않았고 일주일쯤 지난 뒤에 그가 사라졌다는 소문이 온 동네에 퍼졌다. 숙소는 내가 떠날 때 그대로였지만 핏사국만 남겨 놓고 코치의 목 아랫부분은 사라진 채였다. 짐을 꾸린 흔적도, 메모도 아무것도 없었기에 경찰은 골치가 아파졌지만 할 수 있는 것은 없었다. 이사장이 길길이 뛰었고 형사들이 우리 모두의 진술을 받아갔지만, 사건은 완전히 미궁 속으로 빠졌다.

소도시는 소문이 빠른 법이다. 헛소문일수록 소문의 발은 빨라졌다. 여학생을 임신시키고 도망갔다는 이야기부터 시작해서 도박 빚 때문에 야반도주했다는 이야기가 돌았다. 말도 안 되는 것도 있었다. 아파트 경비원이 한밤중에 무거운 것이 바닥에 떨어지는 소리를 들었고, 나가 보니 휘청거리며 걸어가는 코치를 보았다는 이야기가 있었다. 누군가가 바닷가에서 그를 보았다는 이야기도 있었다. 뒷모습은 분명히 코치가 맞았고 허리까지 잠긴 채 바다로 걸어들어가고 있더라는 이야기였다. 후자의 경우, 자살 가능성을 생각해서 경찰이 파고들었지만, 결국 포기했다. 그들이 뭘 할 수 있었을까? 체격과 복장에 대한 것은 신빙성이 있었지만, 얼굴을 보지는 못했다고, 사실 어깨 위로 머리가 있어야 할 자리에 아무것도 없었다는 목격자의 진술을 듣고 말이다.

그리고 그들은 아무도 쓰지 않는 운동장 구석의 재래식 화장실 아래를 뒤져 머리를 찾아볼 생각은 하지도 않았다.

11.

다음 해, 나는 서울로 올라가기로 마음을 먹었다. 졸업식이 얼마 남지 않았지만 참석할 생각은 없었다. 부모님은 연락만은 자주 하라는 말씀만 하셨다.

시외버스 터미널 귀퉁이에서 서울행 버스를 기다리며 담배를 피우던 내 등을 누군가가 쳤다. 뒤돌아보자 코치 실종사건 때 진술을 받아간 형사였다. 내가 인사하자 형사가 내 손을 보고는 다시 얼굴을 보았다. 나는 담배를 비벼 껐다.

"어이, 축구부. 이제 담배도 태우네."

"이제 운동 안 합니다."

형사는 이해한다는 듯이 고개를 끄덕였다.

"그래도 몸에 안 좋은 것은 배울 필요 없지."

"예."

"나도 끊으려고 하는데 잘 안 되네. 새해에 담배하고 라이터하고 싹 갖다 버렸는데."

나는 주머니에서 담배를 꺼내 그에게 건네었다. 그는 내가 불을 붙여 주자 깊숙이 한 모금을 들이켰다.

“간만에 피우니 좋네.”

우리는 말없이 나란히 선 채 담배를 피웠다.

“서울 가는 거냐?”

“예.”

“가서 할 것 있냐?”

“찾아봐야죠.”

그는 다시 한 모금을 빨고는 고개를 돌려 나를 보았다.

“너, 혹시 내 명함 가지고 있냐?”

“안 가지고 있습니다.”

그는 주머니에서 명함 한 장을 꺼내어 건네었다.

“서울 올라가서 혹시 안 좋은 일 생기면 전화해라.”

“무슨 일 있겠습니까.”

그는 땅바닥에 침을 뱉었다.

“세상에는 별의별 일이 다 생기는 법이다.”

잠시 후 형사가 다시 말했다.

“나도 축구했다. 고등학교까지. 나름 열심히 한다고는 했는데, 안 되더라.”

그는 하늘을 보며 말했다.

“정말 별일이 다 있지. 이 조그마한 동네에서도 일이 이렇게 터지는데. 서울은 오죽하겠냐? 너 죽은 장이라는 애하고 동기지?”

"예."

"개하고 코치 일 때문에 한동안 정신없었는데, 또 일이 터졌네. 그 애 엄마가 발견됐다. 캄보디아에서 시집왔다고 했던가?"

"맞습니다. 그분한테 무슨 일이 있었습니까?"

그는 측은하다는 듯이 나를 보았다.

"그게…… 아니다."

나는 다시 캐물었다.

"무슨 일입니까?"

"담배 하나 더 주라."

그는 받아든 담배에 불을 붙이고 입을 열었다.

"그 엄마 시신이 발견되었다. 어젯밤에. 산에서 목을 맸다."

나는 고개를 숙였다. 놀랍지는 않았다. 결국 그럴 것이라는 느낌이 계속 있었다.

"애도 그렇지만 엄마까지 이게 무슨 일인지. 그것도 애가 죽은 다음 바로 그 자리에서 그대로 몇 달을 그러고 있었으니. 거참."

나는 깜짝 놀랐다.

"몇 달이라면, 언제 돌아가셨다는 겁니까?"

"한참 되었지, 작년 10월 31일에."

나는 담배를 떨어뜨렸다. 형사가 놀란 표정으로 나를 보았다.

"괜찮냐?"

"예. 괜찮습니다. 그런데 작년 10월이라고요?"

"그래."

"어떻게 그렇게 날짜를 알 수 있습니까?"

형사는 미간에 주름을 짓고 나를 보았다. 내게 뭔가 이상한 것을 느낀 것 같았다.

"왜, 뭐 아는 것 있나?"

"아니요."

형사는 말없이 나를 바라보았다. 그러고는 고개를 살짝 흔들었다. 나는 다시 물었다.

"작년 10월 말이라면 한참 전인데 어떻게 그렇게 날짜를 정확하게 알 수 있습니까?"

"그게 참 기가 막힌 것이, 장이라는 애가 그렇게 된 후 그 산 주인이 산을 어디 서울의 건설회사에 팔아 버렸거든."

형사는 이제 얼마 남지 않은 담배를 아쉬운 듯이 바라보았다.

"펜션 타운을 지으려고 했지. 도로 포장하고 산막 싹 밀어내고 공사 시작하려고 했는데 뭔가 본사 자금 사정이 여의치 않아서 공사를 연기한 거야. 자재 쌓아 놓은 것을 다시 빼기도 뭣해서 울타리 치고 CCTV를 설치해 두었는데 거기에 찍혔던 거야. 10월 31일에. 희한하게도 목을 맨 다음에 벼락을 맞아 CCTV는 그 상태에서 멈춰 버렸고.

그날 날씨도 맑았는데."

형사는 계속 말했다.

"내 살다 살다 그런 것은 처음 봤네. 나무에 올라가서 목매는 것이 처음부터 그대로 찍혔으니. 날짜와 시간까지 정확하게 나오게 말이야."

12.

서울에 올라와서 10년 동안 이 일 저 일 닥치는 대로 하면서 지냈다. 중간에 군대도 다녀왔고 사는 곳은 고시원에서 옥탑방으로 바뀌었다. 낮에는 편의점에서 일하고 밤에는 대리운전을 했다. 몸은 힘들었지만 그렇게 할 수밖에 없었다. 밤에 잠을 잘 수 없었기 때문이었다. 얕은 잠은 생생한 꿈으로 이어졌고 그 꿈은 장의 모습에서 시작되었다. 그는 장처럼 보였지만 어느 샌가 다른 것으로 바뀌었고 우물 밑바닥에서 나오는 것 같은 목소리로 내게 공물을 요구했다. 결국, 나는 소리를 지르며 땀에 흠뻑 젖은 채 깼다.

그렇게 잠을 깨었을 때 달이 밝을 때가 있다. 그럴 때면 침대에서 일어나 창가에 서서 어두운 밤을 내려다본다. 그리고 11월의 마지막 경기를 생각한다. 살아 있을 때 한 번도 넣어 보지 못한 결승 골을 넣고 마냥 기뻐하던 장의 환하게 웃는 모습을.

그리고 장의 어머니를 떠올린다.

그녀는 공물을 바쳤다고 했다. 그녀에게 마지막으로 남은 것이었겠지. 그때 나는 환한 달빛이 장과 그의 어머니를 그대로 지나 반짝였던 것을 기억한다. 그리고 장이 죽은 후 그녀를 처음 보았을 때부터 느꼈던 냉기를 기억한다.

어두운 신에게 자신을 바치겠다고 맹세를 한 후 캄보디아에서 여기까지 온 어머니의 유령을 생각한다.

그러고는 내 마음속의 검은 연못을 본다. 책상 서랍 깊숙한 곳에 숨겨놓은 요안을 그 검은 물속에 던져 버리고 싶지만, 그렇게 하면 어두운 바닥에서 무엇이 올라오리라는 것을 알고 있다. 그것을 똑바로 볼 수 있을지 자신할 수 없다. 녹색 빛을 뿜어내는 요안을 목에 두른 나의 모습을 바로 볼 자신이 없다. 나는 그렇게 선 채, 먼동이 트며 내 안의 검은 연못이 희미하게 사라질 때까지 기다리곤 한다.

곧 죽어도 등교

1판 1쇄 찍음 2019년 2월 14일
1판 1쇄 펴냄 2019년 2월 21일

지은이 | 송헌 외
발행인 | 박근섭
편집인 | 김준혁
책임편집 | 최고운
펴낸곳 | 황금가지

출판등록 | 2009. 10. 8 (제2009-000273호)
주소 | 06027 서울 강남구 도산대로 1길 62 강남출판문화센터 5층
전화 | **영업부** 515-2000 **편집부** 3446-8774 **팩시밀리** 515-2007
홈페이지 | www.goldenbough.co.kr

도서 파본 등의 이유로 반송이 필요할 경우에는 구매처에서 교환하시고
출판사 교환이 필요할 경우에는 아래 주소로 반송 사유를 적어 도서와 함께 보내주세요.
06027 서울 강남구 도산대로 1길 62 강남출판문화센터 6층 민음인 마케팅부

ISBN 979-11-5888-506-9 03810

㈜민음인은 민음사 출판 그룹의 자회사입니다.
황금가지는 ㈜민음인의 픽션 전문 출간 브랜드입니다.